KB237357

求道詩集

금빛비늘

宏乙 지음

청어

求道詩集

이 을 지음

발행처 · 도서출판 **청어**
발행인 · 이영철
기　획 · 이진수 | 손영국 | 이동호
편　집 · 임진희
디자인 · 오주연
영　업 · 정수완

등　록 · 1999년 5월 3일(제22-1541호)

1판 1쇄 인쇄 · 2004년　1월 17일
1판 1쇄 발행 · 2004년　1월 27일

주소 · 서울시 서초구 서초동 1588-1 신성빌딩 A동 412호
대표전화 · 586-0477
팩시밀리 · 586-0478

E-mail · ppi20@hanmail.net
ISBN · 89-89232-52-x (03810)

求道詩集

 금빛비늘

- 眞人의 世界를 向하여

새롭게 거듭 나려는 사람을 위하여

인간의 욕망은 끝이 없다. 저승을 갈 때 아무 것도 가지고 가지 못하는 줄 알면서도 서로들 차지하여 빼앗아 제 것으로 챙기기에 급급하다. 암만 채워도 만족할 줄 모르고 정신적 갈등만 더욱 심해지고 배움이 늘수록 세상은 복잡하다 못해 병들어가고 있다.

나는 그 동안 교정시설에 갇힌 수용자들과 많은 대화를 나누어 왔다. 그들은 겉으로는 태연하려고 하나, 내심 썩 초조한 심경이 역력했다. 인생의 방향을 찾지 못하고 소외된 불안감 또는 사회와 가족 혹은 친지들에 대한 그리움으로 전율하는 모습이 무척 안스럽게 보였다. 이제는 나의 일상의 일부가 된 새벽마다 참선을 마치면 으레 심상에 고인 시어를 노트에 옮겨 두곤 했다. 이는 내 자신을 위함도 되지만, 한 순간의 과오로 영어의 몸이 된 불우한 수용자들, 지난날 오판과 무분별했던 자신의 행위를 자성하고 새롭게 거듭 나려는 사람을 위하여, 풍진의 자극에 황폐된 그 마음을 달래려고 쓴 연작시가 어느덧 수백 편이 넘었다.

선(禪)은 때를 벗겨내는 작업이며 동시에 욕망으로 치달으며 오염되어 가는 정신세계를 정화시켜주고 여과시켜 주는 절대수단이라 여긴다. 참선수련이 시간적 제약이나 장소의 구애가 따르지 않으므로 한 곳에 머무르고 있는 사람들에게 권하고 싶었던 심신수련법이다. 그러므로 이 시집에는 선종(禪宗), 참선수행, 단전(丹田) 호흡, 명상수도, 단도(丹道), 그리고 기타 마음의 근본을 다스릴 수 있는 요소와 방법 등이 채워져 있다. 원컨대 일년 365일 하루 한 편씩 읽고서 심신을 수련하여, 수용자 모두가 인식의 깨침을 통해 차별없는 참사람[眞人], 신선(神仙)이 되어주길 바라지만, 그렇다고 모두 신선이 되어 조화를 부리며 불노장생하는 기적을 바라는 것은 결코 아니다. 다만 정서가 불안한 사람들이나 수용자들의 심신수련과 건강유지에 도움이 되고 노화방지나 두뇌활동에 이바지하리라는 마음에서다.

선의 경계에 도달한 사람은 손끝 하나에도 서로 마음이 통한다고 했다. 선을 수행함은 심신의 업으로 길들어져 욕망으로 덮어진 의식에서 벗어나, 적육단(赤肉團, 어떤 재력과 권력을 떠나, 인간 그 자체로 아무것도 걸친 것 없는 붉은 살덩이. 즉 인식의 업을 걸치지 않은 붉은 살덩이)이 되어 서로를 바라볼 때 말없이 이심전심에 들게 된다는 것이니, 누구든 자신의 과오를 깨치고 참회와 반성하는 가운데 정도(正道)가 무엇이며 자신의 존재가 무엇인가에 깊이있는 자문자답으로 뜻밖에 어떤 희열이 가슴을 뜨겁게 채울 것으로 기대하고 싶다. 갖가지 사연에 얽매인 수용자들의 회한에서 거듭나기 위한 몸부림과 눈물어린 침묵에 이 시집이 다소 위안이 되길 바라며 비록 괴롭고 불편한 수형생활이지만 이것이 인생에 있어 큰 깨침의 전환점이 되길 참으로 바라는 마음은 숨기고 싶지 않다.

누에방이 하나도 없는 잠실에서

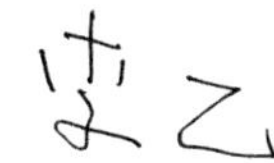

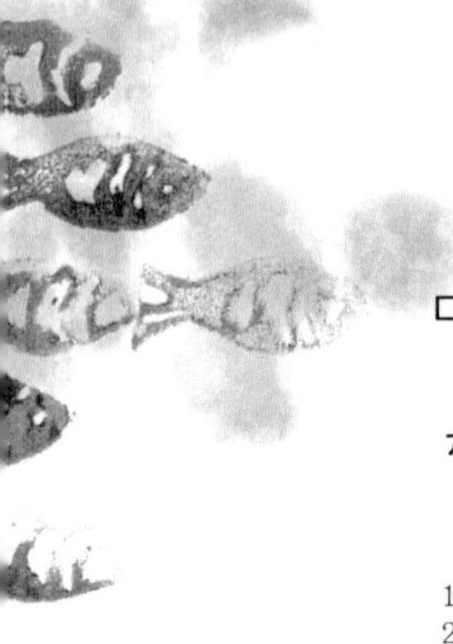

□ 차례

제 1 장 허공엔 상이 없다

1. 그림자 속에 그림자 | 15
2. 나 버리기 | 16
3. 나를 태운 침묵의 기름으로 | 17
4. 홀로 초연하다 | 18
5. 마음을 태우다 | 19
6. 내 안에 내가 없다 | 20
7. 무주에 눕다 | 21
8. 무상의 지혜 | 22
9. 남에게 먼저 길을 비켜 주면 | 23
10. 단견을 감싸다 | 24
11. 일념의 깨침 | 25
12. 심식 | 26
13. 지혜의 빛 | 27
14. 우주의 묘용 | 28
15. 정각의 열매 | 29
16. 푸른 나무 | 30
17. 돌멩이 속에도 도는 있다 | 31
18. 땔감이 다 타면 | 32
19. 속박하는 엔담 | 33
20. 텅 빈 허공 속에 | 34
21. 없는 것은 무엇인가 | 35
22. 돌을 갈아 거울을 | 36
23. 마음의 집 | 37
24. 관념이 존재하지 않음 | 38
25. 마음이 바로 부처 | 39
26. 성심 | 40
27. 허물 | 41
28. 마음의 해탈 | 42
29. 무애 | 43
30. 무거운 짐 | 44
31. 세간과 출세간 | 45
32. 마음에 두지 않아야 | 46
33. 달의 흔적 | 47
34. 마음에서 흘러나온 것 | 48
35. 내심의 깨침 | 49
36. 사구 아래에서 | 50
37. 오고 가는 것 | 51
38. 맑은 뭇지혜는 바다를 | 52
39. 텅 비어 항상 고요하니 | 53
40. 있음과 없음 | 54
41. 선 | 55
42. 마음의 요체 | 56
43. 고통의 근원 | 57
44. 우주의 진실 | 58
45. 집착에서 구할 것이 없다 | 59
46. 마음을 이기는 공부 | 60
47. 기이한 가운데에도 진리가 | 61
48. 도를 얻는 것은 | 62
49. 자성의 빛 | 63
50. 선기 | 64
51. 형상을 초월한 것 | 65
52. 참부처는 마음 속에 | 66
53. 마음을 벗어나기 | 67
54. 인간세상의 사유 | 68
55. 색즉시공 | 69
56. 찰라의 경계 | 70
57. 모두는 하나 | 71
58. 다함이 없이 돌고 돈다 | 72
59. 서로 다르나 같다 | 73
60. 범인과 성인 모두 똑같다 | 74
61. 하나의 진실 | 75
62. 자연스러움 | 76
63. 우주의 진리 | 77
64. 묘용 | 78
65. 진정한 체험 | 79
66. 공허한 존재 | 80
67. 금빛비늘 물고기 | 81
68. 죽살이는 어디서 왔는가 | 82
69. 법 없음이 | 83
70. 허환된 몸 | 84
71. 천상천하 | 85
72. 자성 | 86
73. 선심 | 87
74. 우주 속의 터럭 하나 | 88
75. 참되게 얻는 것 | 89
76. 파계한 범부 | 90
77. 우주와 한 몸 | 91
78. 진인을 만나면 | 92
79. 남을 속이는 것 | 93
80. 비로자나를 뛰어넘고 | 94
81. 불 속에 얼음 | 95
82. 소리와 이름이 없다면 | 96
83. 마음이 없으면 법도 없다 | 97
84. 일 없는 사람 | 98
85. 부처의 경계 | 99
86. 알음알이 | 100
87. 진리와 현실은 둘이 아니니 | 101
88. 마 | 102
89. 내심의 원상태로 돌아가는 것이 | 103
90. 죽음의 길 | 104
91. 허공엔 상이 없다 | 105

제 2 장 벽곡이면 족하랴

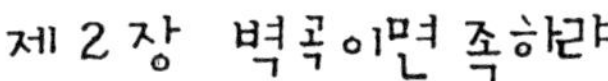

92. 티끌에 물들지 않음이 | 109
93. 여래란 바로 본래와 같다 | 110
94. 불이의 도리 | 111
95. 백발이 되어서야 | 112
96. 말속의 산울림 | 113
97. 청맹과니는 보아도 보지 못하고 | 114
98. 눈으로 들을 수 있는 소리는 | 116
99. 여여한 경지 | 118
100. 상규에 벗어나서 | 119
101. 선가에서는 | 120
102. 지옥이 괴롭다고 | 121
103. 물 속의 달 | 122
104. 망패된 마음 | 123
105. 헛된 그림자일 뿐이다 | 124
106. 시간은 화살과 같으니 | 125
107. 달과 물 | 126
108. 고묵선 | 127
109. 묵조선 | 128
110. 날마다 덜어내는 것 | 129
111. 한 그루 큰 나무 | 130
112. 투철하게 벗어나 | 131
113. 외물에 물들지도 않으니 | 132
114. 열반의 묘한 마음 | 133
115. 마른 하늘의 벽력 | 134
116. 산은 여전히 산 | 135
117. 콧구멍 | 136
118. 오직 나 홀로 존귀하다 | 137
119. 죽살이는 자연에 속하고 | 138
120. 자기에게 있다 | 139
121. 자성의 참된 나 | 140
122. 마음은 형상을 뛰어넘어야 | 141
123. 철벽이 자기라는 것을 | 142
124. 집착을 쓸어버리고 | 143
125. 날마다 좋은 날이 | 144
126. 자성청정심 | 145
127. 구도로 가는 지름길 | 146
128. 무게를 느끼지 않고서 | 147
129. 하늘의 길 | 148
130. 극성진실 | 149
131. 이승에 있는 한 나는 없다 | 150
132. 해탈로 가면 | 151
133. 공덕이 하늘에 미치어 | 152
134. 우주의 어머니 | 153
135. 조금 부족한이 있는 | 154
136. 저승으로 가는 시간 | 155
137. 벽곡이면 족하랴 | 156

138. 혈 | 157
139. 모남이 없도록 | 158
140. 스스로 돕는 자를 돕는다 | 159
141. 감사 | 160
142. 지박령 | 161
143. 소리없이 이루어지다 | 162
144. 소우주 | 163
145. 길을 묻다 | 164
146. 영혼의 공백 | 165
147. 빙의와 무당 | 166
148. 피부호흡 | 167
149. 몸과 더불어 영생은 없다 | 168
150. 참선자의 자세 | 169
151. 탈피 | 170
152. 기로 눈을 씻으며 | 171
153. 하늘의 마음 | 172
154. 빛을 의념하라 | 173
155. 밝고 맑고 고운 곳 | 174
156. 정심에 도달하여야 | 175
157. 금빛비늘 | 176
158. 하단에 둔다 | 177
159. 잊어버림 | 178
160. 무념의 집중 | 179
161. 참선의 묘미 | 180
162. 버리는 것 | 181
163. 참선이 깊을수록 | 182
164. 파계 | 183
165. 개안 | 184
166. 개심의 조건 | 185
167. 하늘의 범위에서 | 186
168. 오늘의 결과 | 187
169. 조건으로 인하여 | 188
170. 엄격한 도덕성 | 189
171. 도리와 자신의 위치 | 190
172. 자유로움 | 191
173. 몸에 티끌까지 | 192
174. 붉은 기운으로 | 193
175. 호흡과 의식을 모아서 | 194
176. 약간 딱딱함이 | 195
177. 우주호흡 | 196
178. 우주의 가운데 | 197
179. 호흡으로 마음을 바꾸면 | 198
180. 무념의 상태에서 | 199
181. 단전을 생각하라 | 200
182. 우주를 생각하면서 | 201

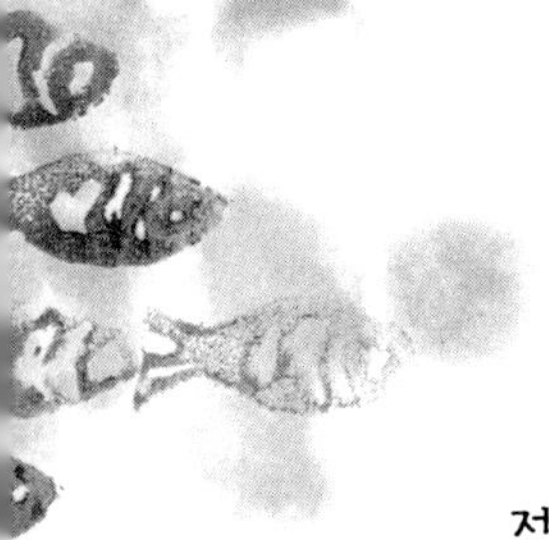

제 3 장 자기를 바라보는 일

183. 영의 잔재 | 205
184. 하늘단계에 가면 | 206
185. 갈림길 | 207
186. 어차피 혼자 | 208
187. 마음먹기 따라 | 209
188. 행동이 바뀌면 인생이 바뀐다 | 210
189. 동물과 인간 | 211
190. 인간이 완성한 것으로 | 212
191. 본래 없거늘 | 213
192. 대직관 | 214
193. 이심전심 | 215
194. 부질없음을 | 216
195. 각자의 그릇 | 217
196. 절대무의 세계 | 218
197. 실조증 | 219
198. 신선의 경지 | 220
199. 우주파 | 221
200. 참선의 장소와 시간 | 222
201. 되도록 묵을 지켜야 | 223
202. 결가부좌 | 224
203. 반가부좌 | 225
204. 여성의 정좌 | 226
205. 손 | 227
206. 어깨를 낮추다 | 228
207. 반안 | 229
208. 추가 배꼽 안으로 | 230
209. 안락의 법문 | 231
210. 호흡은 마음을 가라앉힌다 | 232
211. 삼매경 | 233
212. 폐포에 그대로 남게 되다 | 234
213. 호흡을 바로잡는다 | 235
214. 생리적인 호흡 | 236
215. 심리적인 호흡 | 237
216. 혈액순환 | 238
217. 산소부족 | 239
218. 신진대사 | 240
219. 피의 흐름 | 241
220. 리듬편승 | 242
221. 호흡의 길이 | 243
222. 편안한 호흡은 금물이다 | 244
223. 호흡의 단계 | 245
224. 자기를 바라보는 일 | 246
225. 부동심 | 247
226. 배꼽과 블랙홀 | 248
227. 비우는 수련 | 249
228. 선의 체험 속에서 | 250

229. 자유롭고 즐거운 느낌 | 251
230. 비사량 | 252
231. 안심입명 | 253
232. 감는 것은 금물이다 | 254
233. 불가사의한 현상 | 255
234. 내 모습 | 256
235. 인간의 의지 | 257
236. 나는 의식이다 | 258
237. 영원한 본향 | 259
238. 선천지기 | 260
239. 허정한 상태에서 | 261
240. 금단 | 262
241. 선도 | 264
242. 성 | 265
243. 이물 | 266
244. 욕망의 때 | 267
245. 가도 | 268
246. 성과 정 | 269
247. 선천과 후천 | 270
248. 금단을 찾는 열쇠 | 271
249. 돌이킬 수만 있다면 | 272
250. 다시 찾아내어 | 273
251. 최초의 그곳으로 | 274
252. 전도법 | 275
253. 색도 공도 아니다 | 276
254. 진성을 본체로 | 277
255. 텅 비어 잇는 영명함 | 278
256. 욕망의 늪 | 279
257. 작은 구슬 | 280
258. 좁쌀 만한 단 | 281
259. 인성이 부드러워지다 | 282
260. 호연지기 | 283
261. 허하고 고요함이 | 284
262. 성태의 형상 | 285
263. 성태는 곡신이다 | 286
264. 태가 자라 십삭이 지나도록 | 287
265. 도의 참된 묘법 | 288
266. 봉황의 둥지를 알랴 | 289
267. 쉬임이 없이 | 290
268. 조화되어 하나로 | 291
269. 죽고 사는 명 | 292
270. 생각 하나가 일어나다 | 293
271. 아무 생각도 없이 | 294
272. 가끔 나타나 보이는 것 | 295
273. 도심의 본향 | 296

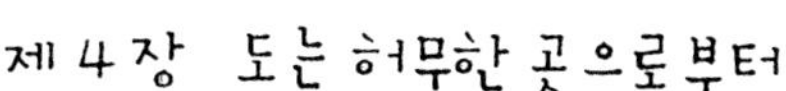

제 4 장   도는 허무한 곳으로부터

274. 맑은 거울 | 299
275. 양심의 끈 | 300
276. 캄캄한 곳에서 | 301
277. 진연 | 302
278. 진성이 나타나다 | 303
279. 정극동 | 304
280. 도가 아닌 것이 없다 | 305
281. 무위로 들어가다 | 306
282. 인심의 정욕 | 307
283. 걸치고 잡되고 무른 쇠는 | 308
284. 음양이 조화를 | 309
285. 더함도 덜함도 없는 | 310
286. 성명의 근원 | 311
287. 득류 | 312
288. 단법 | 313
289. 불결한 음정 | 314
290. 흘레처럼 | 315
291. 신선이 되어 | 316
292. 도심의 진지 | 317
293. 수중은 | 318
294. 성정과 음양 | 319
295. 공으로 돌아가서 | 320
296. 진의 경지에 이르면 | 321
297. 순청한 기 | 322
298. 사상을 통솔정리하고 | 323
299. 색도 공도 아니다 | 324
300. 성인의 지위 | 325
301. 음양이기 | 326
302. 수명을 연장하다 | 327
303. 현빈의 문 | 328
304. 순역의 이치 | 329
305. 정욕의 속박에서 | 330
306. 정이 물욕에 물들어 | 331
307. 본래대로 돌아오게 | 332
308. 가성과 망정이 되어 | 333
309. 순양의 기 | 334
310. 음기 속에 묻힌 양기 | 335
311. 신실이 오래도록 | 336
312. 공으로 만들어진 풍진세계 | 337
313. 예기가 흩어지면 | 338
314. 육근을 멸함이 | 339
315. 강이란 | 340
316. 불택곡목 | 341
317. 혈기의 성질 | 342
318. 명리와 명예 | 343
319. 무용지물이 되고 만다 | 344

320. 무명욕화 | 345
321. 적자의 마음을 | 346
322. 자웅 | 347
323. 두 다리를 잘라 | 348
324. 집터를 잘 고르고 | 349
325. 불구덩이와 칼에 꽂힌 산 | 350
326. 망령된 생각 | 351
327. 허공 중에 집을 | 352
328. 서까래와 기왓장 | 353
329. 시비흑백과 정사의 구분 | 354
330. 진세에서 탈피 | 355
331. 안 되는 일은 행하지 않는다 | 356
332. 홍몽 가운데 | 357
333. 슬퍼할 일에 슬퍼하고 | 358
334. 큰 수레에 수레채마구리 | 359
335. 도를 이루어 천보를 | 360
336. 규제하는 관문 | 361
337. 둥글고 너그러워 | 362
338. 빛을 화하게 | 364
339. 둥글면 둥근대로 | 365
340. 대도에 들어간 사람 | 366
341. 너는 너, 나는 나 | 367
342. 성정이 있는 곳 | 368
343. 천지가 다 내게로 돌아온다 | 369
344. 유무가 모두 공이다 | 370
345. 티끌이나 먼지도 생기지 않아 | 371
346. 진가를 구분 못하며 | 372
347. 완공으로 착각해선 안 된다 | 373
348. 참다운 정이란 | 374
349. 정욕 | 375
350. 도는 허무한 곳으로부터 | 376
351. 무이면서 유이고 | 377
352. 황홀하고 아득한 가운데 | 378
353. 태극인 단이 맺힌다 | 379
354. 부귀 보기를 뜬구름 같이 | 380
355. 신실이 썩은 오물에 | 381
356. 모든 거짓된 일을 깨드려 | 382
357. 유무가 내 마음 속에 없으면 | 383
358. 태허의 경지에 | 384
359. 영은 곧 신실의 주인이다 | 385
360. 화후법 | 386
361. 대도는 아득하다 | 387
562. 화를 만나도 옥을 품어 | 388
363. 느낌이 오고 드디어 | 389
364. 양을 내고 음을 없애는 | 390
365. 기미가 살고 정신이 둥글면 | 391

금빛비늘

― 眞人의 世界를 向하여

李 乙 求道詩集

○……선(禪)이란 염화미소(拈華微笑)에서 비롯된 것. 어느 날 세존(世尊)이 영축산(靈鷲山)에서 말없이 금빛 연꽃을 높이 들고 대중에게 보이니, 아무도 그 뜻을 몰랐으나 마하가섭(摩訶迦葉)만이 미소지었다. 이것이 곧 직지인심(直指人心), 즉 서로 따져 생각할 여지가 없이 즉각적으로 마음과 마음이 서로 통한다는 것으로서 이심전심(以心傳心)이다.

○……선도(仙道)를 단도(丹道) 또는 금단도(金丹道)라고도 한다. 단도는 출생후 잃어버린 단(丹)을 회복하는데 있다. 인간이 선천적(先天的)으로 지니고 나온 본래면목(本來面目)이 단이며, 선천지기(先天之氣)를 다시 얻기 위해서는 부모(父母)에게서 분신(分身)되기 이전의 상태로 거슬러 올라가는 수련방법이다.

제 1 장
허공엔 상이 없다

1. 그림자 속에 그림자
2. 나 버리기
3. 나를 태운 침묵의 기름으로
4. 홀로 초연하다
5. 마음을 태우다
6. 내 안에 내가 없다
7. 무주에 눕다
8. 무상의 지혜
9. 남에게 먼저 길을 비켜 주면
10. 단견을 감싸다
11. 일념의 깨침
12. 심식
13. 지혜의 빛
14. 우주의 묘용
15. 정각의 열매
16. 푸른 나무
17. 돌멩이 속에도 도는 있다
18. 땔감이 다 타면
19. 속박하는 엔답
20. 텅 빈 허공 속에
21. 없는 것은 무엇인가
22. 돌을 갈아 거울을
23. 마음의 집
24. 관념이 존재하지 않음
25. 마음이 바로 부처
26. 성심
27. 허물
28. 마음의 해탈
29. 무애
30. 무거운 짐
31. 세간과 출세간

32. 마음에 두지 않아야
33. 달의 흔적
34. 마음에서 흘러나온 것
35. 내심의 깨침
36. 사구 아래에서
37. 오고 가는 것
38. 맑은 뭇지혜는 바다를
39. 텅 비어 항상 고요하니
40. 있음과 없음
41. 선
42. 마음의 요체
43. 고통의 근원
44. 우주의 진실
45. 집착에서 구할 것이 없다
46. 마음을 이기는 공부
47. 기이한 가운데에도 진리가
48. 도를 얻는 것은
49. 자성의 빛
50. 선기
51. 형상을 초월한 것
52. 참부처는 마음 속에
53. 마음을 벗어나기
54. 인간세상의 사유
55. 색즉시공
56. 찰라의 경계
57. 모두는 하나
58. 다함이 없이 돌고 돈다
59. 서로 다르나 같다
60. 범인과 성인 모두 똑같다
61. 하나의 진실
62. 자연스러움

63. 우주의 진리
64. 묘용
65. 진정한 체험
66. 공허한 존재
67. 금빛비늘 물고기
68. 죽살이는 어디서 왔는가
69. 법 없음이
70. 허환된 몸
71. 천상천하
72. 자성
73. 선심
74. 우주 속의 터럭 하나
75. 참되게 얻는 것
76. 파계한 범부
77. 우주와 한 몸
78. 진인을 만나면
79. 남을 속이는 것
80. 비로자나를 뛰어넘고
81. 불 속에 얼음
82. 소리와 이름이 없다면
83. 마음이 없으면 법도 없다
84. 일 없는 사람
85. 부처의 경계
86. 알음알이
87. 진리와 현실은 둘이 아니니
88. 마
89. 내심의 원상태로 돌아가는 것이
90. 죽음의 길
91, 허공엔 상이 없다

그림자 속에 그림자

어둔 방 혼자살이 하는 하얀 넋은
겉이 없잖아 있고
속이 있잖아 없는
외진 세상 나들이에
조양 검은 자락을 암구는 빛벌레
눈뜨고 봐도 속이 없는
손끝 시린 그 검푸름
속이 없는 속에서
고름 같은 한 점 구나를 줍는다

오직 속됨 없는 침묵의 샘
정작 비어 있어 고요한 본향
물빛, 물방울……속마음
마주 스치고도 알지 못하고
매양 그리움으로 자리한 인천인가
비우고 또 비운다
바닥마저 비운다
텅 빈 마음그릇
무이만 가득하다

겉치레 옷일랑 벗어 던지고
알몸으로 허허한 자궁에 들어서면
속이 없는 속으로 들어서면
너른 하늘도 좁은 땅도 없는
너와 내가 따로 없는
그림자 속에 그림자
자유 아닌 자유
그 무애를 기린다

*구나(求那) : 덕(德). *인천(人天) : 사람의 하늘. *무이(無異) : 주관과 객관의 차별
이 없음. *무애(無碍) : 장애가 없는 자유로움.

나 버리기

말없이 벽을 바라본다
벽을 바라보며 또 다른 하나의 벽을 쌓는다
마음에 부질없는 벽을 쌓는다

기둥이 곧아야 움직이지 아니하듯
이제라도 내 나를 아껴야 한다면
내 속내 꾸밈없이 벗겨야 한다면
종내 나를 찾아 나를 없애야 하거늘

허울좋은 모꼴을 던지고 알몸으로 되돌아가
차라리 터무니없는 무지와 뒹굴다 보면
꼬라비도 없이 첫찌도 없이
애초에 아무것도 아니었음을

버려야 하는 사위 속에서
얻어야 하는 귀진 속에서
손사래쳐야 하는 무자 속에서
딴전 부러야 하는 무타 속에서
고작 알량한 고깃덩이인 나를 던져 버리고
이제사 나를 찾아야만 하는가

*선의 근본법이란 스스로 인증하고 스스로 깨우쳐야 한다. 스스로 본성을 보는 진길한 경계에 들어서면 긍정도 부정을 초월하고 범인과 성인을 초월하는 무애의 경계이니, 이런 경계를 어찌 바깥에서 구할 수 있느냐(達磨). *벽을 바라봄은 마음이 담벽과 같아야 한다는 것을 비유함. 일체의 집착과 편견을 떨쳐 내고 집착이 없는 마음바탕으로 우주의 진실한 이치를 깨닫도록 계발하려는 것이다. 거짓을 버리고 참으로 돌아가 진실한 도와 합일되도록 하면, 자기도 없고 상대도 없으니 본래는 둘이 아니었음을 깨달음[達磨].

나를 태운 침묵의 기름으로

바람 같은 세월을 모개로 쌓았다
탓과 미움, 쓰라림과 번민이
하얀 마음바탕에 얼룩이 되고 이미
내 오래 묵은 씨앗이 된 과보들
차라리 나를 태운 침묵의 기름으로
소잔해진 의식의 심지를 돋궈야 하는가

어쩌다가 짝꿍인 내와 나
그 만남에 즐거움보다 괴로움이 더하다
우리 이 만남이 다하여 언젠가 헤어지면
나는 나대로 인연을 끊고
다른 나는 나대로 인연을 끊고 서로
비아가 되어 무로 돌아갈 수 있을까

얻기 위하여 버려야 한다지
끝없는 닦음도 종내 소득이 없거늘
바깥에서 얻고자 언제까지 끔찍하게
내 나를 옥죄이며 고문해야만 하는가
엔담에 가둔 나를

*모꽁 : 꼼수. *무지(無知) : 어두운 마음은 사리를 비추어 알지 못함. *사위(捨僞) : 현실이라는 거짓을 버려야 함. *귀진(歸眞) : 초현실적인 진여세계를 추구함. *무자(無自) : 개인이란 존재의 진실성을 부인함. *무타(無他) : 타인이란 모든 객관적인 세계의 진실성을 부인함.

*과보(果報) : 인과응보(因果應報)의 준말. *비아(非我) : 무아(無我)와 같음. 나의 것이 아님. 나에겐 없음. *무(無) : 성지(聖智)에 의한 무, 무소득, 무집착을 나타냄. 언망려절(言忘慮絶)의 경계. *엔담 : 사방을 둘러쌓은 담.

홀로 초연하다

무시로 여름도 가을도 아니었다
길지도 않았고 짧지도 않았다
생각에 잠겨 호젓이 거닐다 보면
만남도 아니고 헤어짐도 아니며
순백도 아니고 고독도 아닌 고독에 싸여
그저 고요하여 못내 적막한 마음밭

어디 사람이 이름한 사막만 사막인가
목마른 사막이 따로 없다
이제 풀 한 포기 나무 한 그루 없는
마음밭에 더는 아픔을 새기지 말아야 한다
옹이 마디를 만들지 말아야 한다
아무런 얽매임 없이 초연히 홀로 벗어나
고요에 적응하는 본성
모름지기 우주의 관망이 아닌가

내 눈 내 마음을 볼 수 있어서
그 눈으로 세상을 바라본다면
안팎은 어둡고 사방은 막히지 아니하여
하찮은 태어남도 죽음도 없으리

*본성(本性) : 과거로부터 미래에 이르기까지 언제나 변함 없는 본래의 성품, *생
기지도 않고 멸하지도 않으며, 깊고 고요하여 항상 적막한 것이 마음의 본체. 스스
로 마음 속에 갖추고 있는 천성을 보는 것. 바로 집착이 없고 얽매임이 없어 초연
히 홀로 벗어나 마음에 아무런 장애가 없이 세상에 적응하는 것.

마음을 태우다

한갓 허망한 분별의 끄나풀을 끊고
오롯이 무상해야만 비로소
참마음이 내 앞에 나타날 수 있을까
옛적 어진 이들은 참마음을 얻기 위하여
제 뼈를 두들겨 그 골수를 마셨고
제 살을 찔러 피를 내어
주린 이웃을 구제했거늘

아무런 걸림도 얽매임도 없이
몸을 벗어나 티끌도 없어야
공무의 세계에 이르게 될까

온갖 허망한 분별을 지우고
온갖 인연을 끊어 버리고
행과 불행마저 모두 버리고 나면
한낱 있고 없음조차도 허망하다는 것을

마음을 태운다
고독과 사랑 그리고 미움도 태운다
타다 남은 것은 오직 무위……
그마저 남김없이 태워야 하는가

*무상(無想) : 무상정(無想定), 즉 이무심정(二無心定)의 하나, 무상천(無想天)이 낳는 인(因)이 되는 선정, 모든 심상(心想)을 없애므로 이같이 말함. *공무(空無) : 일체의 사물은 개개의 자성(自性)이 없음을 뜻함. *무위(無爲) : 여러 가지 원인, 인연에 의해 생성되지 않는 것.

내 안에 내가 없다

괴로운 만남도 무거운 헤어짐도
아픔에 웃음도 기쁨에 눈물도
지나고 나면 모두 하잘것없듯이
내 안에 머문 것이 정녕 내가 아니다
내 밖에 머문 것도 정녕 내가 아니다
안팎 그 사이에 머문 것도 정녕 내가 아니다
다만 깊이와 폭을 헤아릴 수 없는
그윽한 미지의 뜰

이처럼 얄팍한 풍진세상,
털끝 만한 틈새만 있어도
청맹과니는 서로 어긋나기
괜스레 마음과 힘을 들이기보단
차라리 미워하지도 사랑하지도 않는다면
이것저것 가릴 것이 없지 않을까
이날도 요마적처럼 사라지는데

나를 동여매 논 사람이 없었다
허나 그간 나는 오랏줄보다
더 질긴 무승자박에
방종을 꿈꾸고 타락을 흠모하면서
수많은 나날들을 이유 없는 이유로
편견에 다른 편견을 낳았고
집착에 다른 집착을 낳았기에
못내 나를 자유인으로 꾸미지 않았던가

내 여직 나를 동여 놓고서
불염오 썩은 줄에 목을 메고서

무주에 눕다

마음그릇에 거울 있음을 짐짓 몰랐다
때론 참회한다며 달래 보았다
무상의 지혜를 얻겠다면서
스스로 속내를 찾아야 한다면서
만남과 헤어짐마저 털어야 한다면서

본디 절로 청초한 자성은
있음도 없음도 아예 없이
스스로 모두 갖추어
아무런 동요됨이 없다지만

세상 헛물키며 제멋대로인 나는
정녕 이승, 집도절도 없는 형이상에서
머무름이 없는 무주에서
그나마 실낱같은 마음이 생겨나
한낱 미련과 집착으로 목내이가 되지 않을까

*풍진(風塵) : 바람과 티끌. 세상의 속된 일, 또는 속세(俗世). *청맹과니(靑-) : [녹내장(綠內障)으로] 겉보기에는 멀쩡하면서 앞을 못 보는 눈. 당달봉사. *무승자박(無繩自縛) : 남을 속박하는 것이 아닌 스스로를 구속함. 기성의 관념에 얽매이고 스스로는 자각도 못하는 사람을 꾸짖는 말. *불염오(不染汚) : 태어나면서 가지고 있는, 번뇌에 더럽혀지지 않은 청정심(淸淨心).

*무상(無常) : 세간(世間)의 일체법(一切法)은 모두 생멸전변(生滅轉變)하여 잠깐도 상주(常住)함이 없는 것. *자성(自性) : 본래 갖춘 심성의 의미, 자심(自心), 불성, 자성청정심. *형이상(形而上) : 형체가 없어, 감각으로는 그 존재를 파악할 수 없는 것. 시간과 공간을 초월한 관념적인 것. *무주(無住) : 자상을 가지지 않고 아무 것에도 주착하지 아니하며 연(緣)에 따라 일어남. *목내이(木乃伊) : 미라(mirra).

무상의 지혜

무릇 좋은 일을 쌓는 공행이 그리 흔할까
복되게 하는 덕행이 그리 흔할까
자비라는 이름으로 조건없이 물품을 준다고
제를 올리며 복을 빈다고
복덕이 되고 공덕이 되랴

내겐 아무런 공덕이 없다
복덕도 공덕도 말할 수 없다
마음 속으로 쌓아 공이 되고
마음 밖으로 행하여 덕이 된다지만

자성으로 밝게 길을 열어야 공이 되며
몸과 맘이 잡념을 벗어나면 덕이 될까
스스로 성품을 닦는 것은 공이며
스스로 몸을 닦는 것은 덕이 된다고
허나 참된 공덕은 보시나 공양으로
결코 얻을 수 없는 것이

*공행(功行) : 공(功)은 행위에 의해 생긴 결과라는 뜻. *덕행(德行) : 객관적인 소성
(所成)의 선(善)을 덕(德), 주관적인 능성(能成)의 도(道)를 행(行)이라 이름. *복덕
(福德) : 선행(善行)과 선행(善行)에 과보(果報)로서 받는 행복과 이익, 복스러운 공
덕. *공덕(功德) : 공(功)은 복리(福利)의 공능(功能)으로서 선행(善行)의 덕(德)이
되므로 이같이 이름함. *보시(布施) : 재물을 남에게 베풂. *공양(供養) : 공급하여
자양(資養)한다는 뜻.

남에게 먼저 길을 비켜 주면

심안이 밝고 맑으면
어이 정도를 지키려고 하며
품행이 선하고 곧으면
어이 선게를 읊을까

은혜를 생각하면 어버이께 효도하고
고독을 생각하면 서로 사랑하게 되고
인내를 생각하면 서로 시끄럽지 않고
남을 생각하면 먼저 길을 비켜 주어
서로 부드럽지 않을까

좋은 약은 조동이에 쓰나
몸뚱이에 이롭고
충언은 귀때기에 거슬리나
행함에 이롭거늘

*심안(心眼) : 마음의 눈. 심목(心目). *정도(正道) : 바르고 참된 사도(師道). 무량수
경하(無量壽經下)에 '오직 정도(正道)를 즐기면 여타(餘他)가 기쁘고 슬픈 일이 없
다.'라고 했음. *선게(禪偈) : 선승의 게송(偈頌). 게송으로서 불법의 요결(要訣)을
간결하게 표현한 것. *충언(忠言) : 1)충직한 말. 2)바르게 타이르는 말.

단견을 감싸다

마음밭이 넓으면 몸이 아늑하다
내 잘못에 스스로 반성을 엄중히 하고
남 꾸짖기를 가벼이 하면
원성이 멀어지고 지혜도 생겨나서
마음 속의 단견을 감싸게 되거늘

만복소는 눈앞에 있거늘
믿음은 오직 마음밭에서 찾아야지
어이 몽땅 밖에서 현묘함을 구하려나

사람은 두 갈래이나 하늘은 오직 하나
어리석음은 입으로 피안에 태어나길 구하고
자신이 바로 정토임을 알지 못하며
슬기로움은 스스로 마음을 청초하게 하고
그 마음이 바로 정토임을 믿을까

*단견(斷見) : 일체 사물은 무상한 것이어서 실재하지 않는 것처럼, 사람도 죽으면 몸과 마음이 없어진다는 잘못된 견해. *만복소(萬福所) : 천당(天堂). *피안(彼岸) : 모든 번뇌에 얽매인 고통의 세계인 생사, 고해를 건너서, 이상경(理想境)인 열반의 저 언덕에 도달하는 것. *정토(淨土) : 성자(聖者)가 소주(所住)하는 국토(國土)로 오탁(五濁 : 오제(五滓), 오흔(五渾), 나쁜 세상에 대한 5종의 더러움)의 구염(垢染 : 때묻고 물듦)이 없기 때문에 정토라 함.

일념의 깨침

길은 오로지 하나일 뿐일까
악을 짓지 않는 계
선을 받들어 행하는 혜
스스로 깨끗이 하는 정

만일 나에게 길이 있어
남을 가르친다면
그것은 나를 속이는 짓
다만 경우에 따라서 남들의 얽매임을
잠시 해방시켜 줄 따름일까

자성은 그른 것도 없고
어리석지도 않으며 어지럽지도 않아서
어리석음이 없으면 자성혜이며
어지러움이 없으면 자성정이라고

일념이 어리석으면
반야가 끊어지게 되고
일념이 지혜로우면 반야가 생기거늘
이미 군생에게 불성이 있어
부처는 곧 자성 속에 있고
성불은 단지 일념의 깨침에 있으므로
찰나에 자성을 돈오하여
부처가 된 내 화상은 어떨까

*계정혜(戒定慧) : 계율, 선정, 지혜의 준말. 이를 총칭하여 3학(學). 계는 몸, 입, 뜻으로 범한 나쁜 짓을 방지하는 것, 정은 산란한 마음을 한 경계에 머물게 하는 것, 혜는 진리를 깨닫는 지혜, 이 셋은 서로 도와 증과(證果)를 얻는 것임.

심 식

입으로는 어질고 마음으로는 모질어
탐내고 성내며 질투하여 타인과 사물을
해치는 까닭은
마음이 사됨으로 비롯하거늘

일상이 깨끗하고 수수하여야
품행이 청초하고 고요하다지만
더러는 스스로 빛을 가리고
어리석고 혼미하여 어둠에 잠기는가

무념에 잠기면 모두가 바르고
유념에 잠기면 모두가 사사로울 것

오로지 막히고 트임이 내게 있어
더하고 덜함이 심식에 딸렸으니
스스로 마음을 묵상한다면
새로이 지혜가 생겨나서
본래 마음을 보게 되지 않을까

*자성정혜(自性定慧) : 정과 혜가 우리의 자성에서 떠나지 않음을 말함. 육조단경 (六祖壇經)에, '심지(心地)가 그르지 않음을 자성계, 심지가 어리석지 않음을 자성 혜, 심지가 어지럽지 않음을 자성정이라 한다.' 고 했음. *일념(一念) : 극히 단축된 시각. *반야(般若) : 깨침을 얻는 지혜. 현상에 대한 분할적 인식이 아니라 인간의 가 장 직각적(直覺的)이고도 깊은 감성(感性), 예지(睿知), 직관(直觀)을 의미함. *군생 (群生) : 많은 사람. *돈오(頓悟) : 수행의 계위를 거치지 않고 곧바로 심지(心地)를 증오(證悟)함.

지혜의 빛

작은 물방울들이 모여 바다가 되듯이
마음의 중심인 길에는
밝고 밝아 다함이 없는 것들이 모이고
그것에 밝고 어두움이 없으니
밝고 밝아 다함이 없다는 것도 다함이니

밝음은 참된 지혜이고
어두움은 거짓된 번민이라
지혜의 빛으로 번민을 깨치지 못하면
죽살이의 엔담에서 벗어날 수 있을까

번민은 곧 정각이라
항상 머물려 옮기지 않는 것이니
밝고 어두움을 범부는 둘로 보지만
슬기로운 자에게는 그것은 둘이 아니라
오직 하나

*무념(無念) : 사량분별이 없는 상태. *유념(有念) : 염상분별(念想分別)이 남아 있는 마음. *심식(心識) : 소승구사(小乘俱舍)에서는 심(心)과 식(識)을 동체(同體) 이명(異名)으로 삼는데, 대승유식(大乘唯識)에서는 별체(別體)로 삼음.

*죽살이 : 죽음과 삶. *정각(正覺) : 부처 십호(十號)의 하나. 등정각(等正覺)의 약칭. 정각이라고 함. 부처의 지(知)를 이름하여 정각이라고 함. *범부(凡夫) : 범인(凡人). 평범한 사람.

우주의 묘용

번민에 처하여 혼미하지 않고
선정에 들어도 고요하지 않는 우주
끊어지는 것도 아니고 영원한 것도 아니며
오지도 않고 가지도 않는다
생기지도 사라지지도 않는다
외도에서 생멸은 멸함으로써
생이 그치고 생함으로써 멸이 드러남을

마음의 요체인 그 길이 열릴까
모든 양부를 헤아려 생각하지 않으면
꾸밈없이 몸과 마음이 청정해질까
깊고 고요하여 더없이 적적하면
꾸밈없는 우주의 묘용을 얻을 수 있을까

*선정(禪定) : 좌선에 의하여 심신이 동일된 상태. 마음을 한 곳에 집중시키는 명상. *외도(外道) : 불교 외에 도를 세운 자는 사법(邪法)으로 진리(眞理)의 밖에 있다는 것. *묘용(妙用) : 어떤 것에도 계박되지 않은 득도인(得道人)의 절묘한 기용. *양부(良否) : 선악(善惡).

정각의 열매

꽃이 지고 열매가 여물어 떨어지고
나뭇잎도 떨어져 미미한 상흔만 남긴 채
뿌리의 밑거름으로 되돌아가 듯
우주에도 온갖 씨앗 품어
정해진 절기가 소리 없이 찾아 들고
온 누리 내린 비에 모두 싹이 트니

단번에 깨침을 얻기 위하여
스스로 본마음을 꿰뚫어
스스로 본성을 보라고 하지만
아무런 움직임도 없고 고요함도 없으며
생도 없고 멸도 없는 텅 빈 태허

정각의 지혜는 능금처럼 절로 익는 걸까
가는 것도 없고 오는 것도 없고
옳은 것도 없고 그른 것도 없고
머무를 곳도 없고 갈 곳도 없이

*태허(太虛) : 1)공극(空極)의 경지. 2)완전한 공무(空無). 공무한 것. 하늘의 이명
(異名).

푸른 나무

마음밭이란 어떤 것일까
닫힌 경계를 벗어나지 못하는 것일까
번민과 업장은 본래 공하고 없으며
모든 인과는 꿈과 같다고 하거늘
삼계는 나아갈 수가 없고
정각은 구할 수가 없을까

도는 텅 비고 드넓으니
무턱대고 사려를 끊으라고 한다
건성으로 관행하지 말고
탐내고 성냄을 일으키지 말라고 한다
다만 근심하고 걱정도 멀리하고
즐겁고 유쾌하여 근심이 사라지면
이것이 바로 우주의 참모습인가

경계와 인연은 마음밭에서 생겨난다
좋고 나쁨은 마음밭에서 생겨난다
단지 마음밭에서 자재함에 따를 뿐
이치로 다스릴 필요가 없거늘

정각은 처음부터 있었다면
지킬 까닭이 없으며
번민은 처음부터 없었다면
없앨 까닭이 있는가

---

*경계(境界) : 경애(境涯)라고도 함. 수행으로 도달한 결과. 마음의 상태. *업장(業障) : 악업(惡業)이 정도(正道)를 방해하는 것. *인과(因果) : 인은 능생(能生)이며 과는 소생(所生)이다. 인(因)이 있으면 반드시 과가 있고, 과가 있으면 반드시 인이 있다. 이것이 인과의 리라 함.

돌멩이 속에도 도는 있다

도의 모양새는 천지사방 어디든 있어
화장실 구석 바퀴벌레에게도
어둠에 피를 찾는 모기에게도 있거늘
유정……무정이 모두 한 통속이라
멋대로 생긴 돌멩이 속에도 도는 있거늘
도가 꿈틀거리는 지렁이에게도 있다면
정녕 그 꿈틀거림이 도의 모양새일까

푸르디푸른 나무가 법신이고
흔히 보이는 울창한 숲이 반야인가
높이 드러누워 그대로 맡겨 두어
그 무엇도 하는 일이 없어서
이름하여 도를 행한다고

마음을 쉬어 일어나지 않게 하며
본래 일없음을 깨침으로 삼아
자기를 잃어버리고
정마저 잊는 것이 어찌 수행일까

*삼계(三界) : 중생이 생사 윤회하는 세계를 셋으로 나눈 것. 1)욕계(欲界), 탐욕의
세계. 2)색계(色界), 탐욕은 여의었으나 물질은 완전히 여의지 못한 세계. 3)무색계
(無色界), 완전한 정신적인 세계. *관행(觀行) : 관심수행(觀心修行)의 약칭. 마음으
로 진리를 관하여 진리와 같이 몸소 실행함. 또는 마음을 관조하는 행법(行法).

*도(道) : 신심의 정리정도(正理正道)를 체득한 상태. *유정(有情) : 유정식(有情識)
이란 애정(愛情)이 있는 자(者)란 뜻. 동물의 총칭임. *무정(無情) : 정신의 작용이
없는 것을 말하며 돌, 산, 바위 등과 같은 무정물(無情物)의 총칭임. *법신(法身) :
절대 이법(二法)을 체(體)로 하고 있는 부처, 그 자체의 몸으로 본 표현.

땔감이 다 타면

살아서는 소박하고 집착이 없으면
죽음에 이르러서 순편하지 않을까
인체는 마치 짚단을 쌓은 것 같고
인심은 활활 타오르는 불꽃 같으니
심성이 온순하지 않으면
몸과 마음이 서로 닦달할까

땔감이 다 타면 불이 절로 꺼지듯이
마음을 쉬게 하고 뜻을 멸하여
근본으로 되돌아가야 하느니

선은 심지라서 그것은
자기 구심의 모양새에서 깨치기를
원하여 멀리서 찾는 것이 아니거늘
죽살이는 마치 물레방아 돌아가듯
쉬지 않고 돌고 도는 윤회의 흐름,
어디가 그 기점인가
어디가 그 종점인가

모든 악을 만들지 말고
뭇선을 받들어 행함은
세 살 먹은 아이도 아는 말
허나 행동으로 옮기지를 못하므로
그것은 산에다 불을 댄 것 같아
숲속에 사는 새들보다 훨씬 다급할까

*집착(執着) : 허망분별한 마음으로 인하여 아(我)와 법(法) 등의 봉집견착(封執堅着)하는 것을 말함. *심성(心性) : 마음의 본성. 인간의 가장 근원적인 성품. *심지(心地) : 마음을 땅에 비유한 것, 땅에서 만물이 생장하듯이, 마음에서 일체의 현상이 생하므로 이렇게 비유함. *구심(狗心) : 조금 얻고도 만족하게 여기는 범부의 마음을 비유함. *윤회(輪廻) : 세상의 온갖 물질과 모든 세력은 어느 것이나 아주 없어져 버리는 것이 하나도 없다. 오직 인과의 법칙에 따라 서로 연쇄관계를 지어가면서 변하여 감.

# 속박하는 엔담

죽살이를 훤히 알아야만 한다
만유가 나고 멸함은 신속하고 무상한데
불생불멸의 진리를 눈으로 보지 못하고
번민을 끊지도 못하는가
진리란 본래 나고 멸함이 없으며
무상은 본래 늦고 빠름이 없거늘

그대는 깨치지 못하는가
허구한 변별을 없애려 않고
진리를 구하지도 않음을
허깨비 같이 헛된 몸이 곧 법신임을
오온의 뜬구름 속절없이 오가고
물거품 같은 욕심과 성냄 그리고
어리석음이 헛되이 들고나는데

몇 번을 더 태어나야 하는가
몇 번을 더 죽어야 하는가
죽살이는 길고 길어 그칠 날이 없거늘
문득 깨치면 삶조차 없다는 것을
어찌 영욕 속에 염려와 기쁨이 있으랴

마음이 곧 우주,
모든 속박과 규율은 쓸데없는 일
금욕이나 고행, 좌선, 염불은
스스로를 속박하는 엔담이므로
오직 악업에서 벗어나
내세의 참된 복을 바랄 뿐이거늘
그러므로 본심을 깨치고
모든 환상을 지우고 나면
자연에 순응하여 여여로울 수 있을까

*오온(五蘊) : 5취온(取蘊), 5음(陰), 5중(衆), 5취(聚)라고도 함.

텅 빈 허공 속에

세파를 떠나 정각을 구하는 것은
토끼에게 뿔을 찾는 것이니
풍진에 무심이 있는 곳은 어딘가
그 무심에 찾아 들면
곧바로 우주가 될 수 있거늘

무는 바로 공이며
공은 바로 우주인가
무가 바로 우주이고
우주는 바로 무인가

산 속에 푸른 등나무 덩굴이
소나무를 감아 끝까지 오른다
담담한 구름이 맑고 여여하게
텅 빈 허공 속을 흘러간다
만법은 처음부터 한적하거늘
왜서 군생만 스스로 시끌벅적할까

*정각(正覺) : 부처는 무누정지(無漏正智)를 얻어 일체 제법의 실상을 깨달았기 때문에 성불(成佛)을 성정각(成正覺)이라고 말함. *무심(無心) : 진심이 망념(妄念)을 여읜 것. *무(無) : 사물의 존재를 부정하는 말. 승의(勝義)로 해석하면 무(無)와 유(有)의 2종이 있다. 혹지(惑智)의 무와 성지(聖智)의 무를 말하는 것. 혹지의 무는 겨우 단견(斷見)이 되고 성지의 무는 곧 유무의 묘무를 초월한 것. 진언(眞言)에 공자(孔字)는 관도(觀道)의 요문(要門)이 되고 선가(禪家)의 무자(無字)가 오도(悟道)의 관문(關門)이 된다고 한 것은 모두 성지의 무를 취한 것. *공(空) : 인연이 소생하는 법. 구경(究竟)에 실체가 없음을 '공'이라 하고, 또는 이체(理體)가 공적(空寂)함을 말함.

없는 것은 무엇인가

자기 잘못은 마음 아파하지만
남의 옳고 그름은 보고 아파하지 않듯이
이승은 자기에게 더없이 후하고
남에게는 소금처럼 더없이 짜거늘
만약 그 상심에 불 구경하듯 한다면
구르는 돌멩이와 다름이 무얼까

내남없이 죽살이를 벗어나지 못한 운명
남이 아파하면 안타까운 마음이 생기거늘
앎은 모든 묘함의 문
공적을 아는 것
사람의 참된 성

정비를 올바르게 변별하고
정법을 세우기 몸부림치는 나,
본래 없었으나 지금 있는 나는 무엇이며
본래 있었으나 지금 없는 나는 무엇인가

*상심(傷心) : 마음 아파함. 또는 그 상한 마음. *공적(空寂) : 제상(諸相)이 없는 것은 공, 기멸(起滅)이 없는 것을 적이라 함. 공무(空無)하여 적정(寂靜)함. *성(性) : 체(體)의 뜻이고 또는 인(因)의 뜻이며 또는 불개(不改)의 뜻이 됨. 유식술기(唯識述記) 일본(一本)에, '성의 해석에 4종의 뜻이 있다. 1)종자인본(種子因本)의 뜻. 2)체의(體義)를 성이라 하고, 3)불개를 성이라 함. 4)성별을 성이라 한다' 고 했음. *정비(正非) : 바른 것과 바르지 않는 것.

돌을 갈아 거울을

마음이 열리면 우주가 된다지
스스로 눈 깜박할 사이에
깨치면 그 마음이 바로 우주가 된다지

우주를 깨치려고 한다면
우주는 결코 불변을 갖지 않거늘
좌상에만 집착한다고
과거로부터 미래에 이르기까지
본래 심성에 통달할 수가 없거늘
좌불은 바로 부처를 죽이는 것
좌선에 집착하여 얻고 잃음이 있으면
참으로 깨침을 만날 수 있을까

성불은 어김없는 성품에 있는 것이지
허망한 마음에 있는 것이 아니거늘
좋은 유리로 거울을 만들 수 있지만
돌을 갈아서 거울을 만들 수 없으니

틀림없는 마음은 텅 비어 활달하고
허망한 마음은 죽은 것처럼 집착한다면
깨침은 좌선에 있는 것이 아니거늘
깨치고 나면 일상 속에 선이 잠길까

*좌상(坐相) : 좌선의 자세. *좌불(坐佛) : 정전(正傳)의 좌선 규칙에 따라 정신단좌(正身端坐)하는 모습이 곧 부처라는 뜻. *성불(成佛) : 작불(作佛), 성도(成道), 득도(得道) 등이라고도 함. 보살행을 닦아 마치고, 과상(果相)의 불을 이룸. *선(禪) : 선나(禪那)의 약어. 기악(棄惡), 공덕총림(功德叢林), 사유수(思惟修) 등이라 함.

마음의 집

마치 때묻은 것을 훔쳐내듯
걸레질에 마음이 청결해지지 않듯이
도는 닦는 것이 아니거늘

오직 평상심이 바로 도이니
다루어 움직이지 않는 평상심
옳고 그름이 없고
취하고 버림이 없고
단상이 없으며
범인과 성인이라는 마음의 경계가 없거늘

차로 이동하거나 작업에 움직이거나
말로 행동을 옮기는 모든 것이
마음이 일어나 생각이 움직이는 것처럼
도는 마음의 집을 안주해 있지 않는가

*평상심(平常心) : 평소의 마음. 일상의 기분을 뜻함. *단상(斷想) : 번뇌를 끊는 관상(觀想). *범인(凡人) : 세속(世俗) 사람. 범(凡)이란 원래 일반(一般)의 뜻으로서 반드시 우(愚)라는 뜻은 아니다. 이생(異生)이라고도 함. *성인(聖人) : 성자(聖者), 성인이라 함. 대승(大乘)과 소승(小乘)의 견도(見道)이상으로 혹(惑)을 단(斷)하고 이(理)를 증(證)하는 사람.

관념이 잔존하지 않음

하늘 아래 땅 위에서는
수많은 형상들이 저마다 이름을 가진다
그 이름을 만나서 되받는
모두가 도이거늘

헤아릴 수 없는 물줄기들은
저마다 다르나 모두가 바다로 돌아가며
그 모두를 바닷물이라 부르지 않는가

선경에 든 사람은
길고 짧고 크고 작고
좋고 나쁘고 괴롭고 즐겁고
양립된 관념이 잔존하지 않거늘
모든 현상은 끊임없이 변전하지만
정녕 변하지 않는 모습이란 무엇인가

*관념(觀念) : 진리와 불체(佛體)를 관찰하고 사념(思念)하는 것. *형상(形象) : 목
상(木像), 화상(畵像) 등의 초상(肖像)임. *선경(禪經) : 좌선삼매경(坐禪三昧經)의
다른 이름. 좌선매법문경, 보살선경법, 선법요라고도 함. 제가(諸家)의 선요(禪要)
를 모아 5문선법(門禪法)을 밝힘으로써 대승과 소승의 종합적 선관을 설함.

마음이 바로 부처

만약 스스로 부처라고 믿는다면
이 마음이 바로 부처의 마음이니
마음 밖에 따로 부처가 없으며
부처 밖에 따로 마음이 없거늘

부처의 말로 마음을 종지로 삼으면
문 없음이 법문이 될까
법을 구하는 사람은
당연히 구하는 바가 없어야 하며
마음 밖에 따로 부처가 없고
부처 밖에 따로 마음이 없거늘

마음이 바로 부처
선을 취하지도 않고
악을 버리지도 않으며
더럽고 깨끗한 양편에 서서
모두 기대하지 않는 걸까
다만 생명의 체험과 깨침으로

*부처 : 대덕(大德), 부도(浮屠). 대도(大道)를 깨친 불교의 성자. *종지(宗旨) : 제경(諸經)에 설한 주요한 지취(旨趣)를 말함. *법문(法門) : 진리의 가르침. 깨침에 이르는 문. *법(法) : 제 성품을 가졌고[任持自性], 물건의 알음알이를 내게 하는[軌生物解] 두 뜻을 가졌다. 자신의 독특한 성품을 가지고 있어, 궤범(軌範)이 되어 다른 이에게 일정한 요해(了解)를 내게 하는 것. *선(善) : 3성(性)의 하나. 소승에서는 결과로 보아서 편안하고 즐거운 낙보(樂報)를 받을 만한 것. 대승에서는 현재, 미래에 걸쳐 자기와 남을 순익(順益)하는 것을 말함. *악(惡) : 3성(性)의 하나. 불선(不善)이라고도 함. 현재, 미래에 자기와 남에게 좋지 아니한 결과를 가져올 성질을 가진 바탕.

성 심

사람들은 근원으로 되돌아감을 알지 못하여
이름을 따르고 상을 좇아
미혹한 정으로 허망함이 생기게 되거늘

혹시 회광반조할 수 있다면
바로 성심이 앞에 나타날까

불법은 무궁한 공간과
무한한 시간에 두루 퍼져 있어
우주의 진리가 부처의 진정한 법신인데
불상이 무어란 말인가

*상(相) : 사물의 상(相), 상(狀)이 외계(外界)에 나타나서 마음에 상상되는 것을 말
함. *회광반조(廻光返照) : 선종에서 쓰는 말. 언어 문자에 의지하지 않고 자기를
회고반성(回顧反省)하여 바로 심성(心性)을 조견(照見)하는 것. *성심(聖心) : 불심
(佛心)을 말함. 여래(如來)의 마음. 곧 각오(覺悟)한 마음. *불법(佛法) : 불(佛)이 소
설(所說)하는, 소득(所得)하는, 소지(所知)하는 법. *불상(佛像) : 불(佛)의 진영(眞
影)을 말함. 조상(彫像), 주상(鑄像), 화상(畵像)을 통틀어 말하는 것.

허 물

있음이란
덧붙이는 허물이고

없음이란
줄이는 허물이며

있기도 하고
없기도 한 것은
서로 어긋나는 허물이고

있음도 아니고
없음도 아닌 것은
이냥저냥 허물이거늘

*유(有) : 무(無)와 공(空)에 대한 말. 이는 실유(實有), 가유(假有), 묘유(妙有) 등의 분별이 있고 실유(實有)와 같이 한 것. 인연이 다른 법에 의한 것을 가유라 하고 원성실성(圓成實性)을 묘유라 함. *무(無) : 비(非), 불(不)이라 함. 사물의 존재를 부정한 말.

마음의 해탈

선이란 돌이켜
스스로 마음을 구하는 것
사물의 표면적인 현상에
막혀 머무르면 안 되거늘

마음이 일어나 생각이 움직이기에
처음으로 차별이 모습을 드러나는가
선에서 어찌 여기저기
과거 현재를 말할 수 있는가

시공에 관한 분계를
득살같이 부수어 버린다면
나와 세계가 모두 같지 않으므로
전에는 울다가 이제는 웃을 건가

---

*해탈(解脫) : 1)번뇌의 속박에서 벗어나 자유로운 경계에 이르는 것. 2)열반의 딴 이름. 열반은 불교 구경의 이상이니, 여러 가지 속박을 벗어난 상태이므로 해탈. 3)선정의 딴 이름, 속박을 벗고, 자재함을 얻은 것이 선정의 덕이므로 해탈이라 함. *분계(分階) : 부처의 경지에 이르는 과정을 나누어 놓은 단계로 관응(觀應)은, '분(分)'에 맞는 불경(佛境)'이라고 했음.

무 애

마음에 참다운 해탈이란
부처가 되기를 바라지도 않고
지혜 얻기를 구하지도 않으며
지옥의 고난에 대한 협박에도
놀래서 떨지 않고
극락의 즐거움에 꾀여
선망하지도 않는 걸까

인과는 떨어지지 않는다
인과는 어둡지 않는다
무어든 얽어매지 않는 것이
해탈이며
무어든 걸림이 없는 것이
무애란 말인가

*지혜(知惠) : 은혜를 아는 것. *지옥(地獄) : 불낙(不樂), 가염(可厭), 고구(苦具), 무유등(無有等)이라 함. 그 의처(依處)가 지하(地下)에 있기 때문에 지옥이라 함. *극락(極樂) : 사바세계에서 서쪽으로 십만억불토를 지나서 있다는 아미타불의 정토. 즐거움만 있고 괴로움이 없는 자유롭고 안락한 이상향(理想鄕). *인과(因果) : 불교(佛敎)는 삼세(三世)의 설(說)을 통하여 선악(善惡)이 응보(應報)하는 뜻이 있음. *무애(無涯) : 가없이 넓음.

무거운 짐

범부의 심성은 애초에 원만하여
오직 랑지와 질곡을 당하지 않으면
부처일랑 다를 게 없으니

모든 법을 전부 다 내려놓고
기록하지 말고 기억하지 말며
상관하지 말고 생각하지도 말며
몸과 마음을 모두 내려놓고
자재함인가

마음은 목석처럼 판명이 없어야 하고
마음으로 행하는 일이 없어야 하거늘
마음이 텅 비면 지혜가 절로 나타나
구름이 걷히고 해가 드러나는 것일까

모든 인연이 쉬면 탐내고 성내고
사랑하고 취하며 더럽고
깨끗한 정이 다하게 되거늘
그가 바로 참사람, 해탈한 진인일까

*랑지(浪志) : 허망한 의지. *질곡(桎梏) : [차고와 수갑이라는 뜻으로] 자유를 가질 수 없게 몹시 속박하는 일. *연(緣) : 반연(攀緣)의 뜻. 사람의 심식(心識)이 일체의 경계(境界)를 반연하는 것. *자재(自在) : 나아가고 물러남에 장애(障礙)가 없음을 자재라 하고, 또한 마음이 번뇌의 계박을 여의고 통달하여 걸림이 없음을 자재라 함.

세간과 출세간

오욕팔풍 움직이지 않고
깨침과 알음알이에 얽매이지 않으며
모든 경계에 미혹되지 않으면
절로 꾸밈없는 신통과 묘용을 갖출까

선악과 시비를 모두 부리어 쓰지 않고
마치 한 법도 사랑하지 않고
마치 한 법도 버리지 않으니

모든 선악의 없음과 있음
더럽거나 깨끗한 유위와 무위
세간과 출세간
복덕과 지혜에 억압받지 않는 것을
부처의 지혜라 이름하는가

시기와 미워하고 좋아함이나
옳음과 그름의 모든 지견의 정이
다하여 억압할 수 없어서
곳곳마다 자재하면 바로 피안에 닿게 될까

*오욕(五欲) : 색(色), 성(聲), 향(香), 미(味), 촉(觸)의 오경(五境). *팔풍(八風) : 이(利), 쇠(衰), 훼(毁), 예(譽), 칭(稱), 기(譏), 고(苦), 낙(樂) 수행자의 마음을 동요시키는 여덟 가지 장애[八風]. *미혹(迷惑) : 도리에 迷한 것. *유위(有爲) : 조작(造作)을 뜻함. 인연이 생기는 사물을 모두 유위라 함. *무위(無爲) : 인연의 조작이 없는 것. 또는 생주이멸(生住異滅) 사상(四相)의 변천이 없는 것. 즉 진리(眞理)의 다른 이름. *지견(知見) : 의식(意識)에 따르는 것을 지(知)라 하고, 면식에 따르거나 추구하는 것을 견(見)이라 하는데 모두 혜(慧)의 작용임.

마음에 두지 않아야

명예를 탐하는 사람은
명예를 내려놓을 수가 없으며
돈과 재물이 탐하는 사람은
돈과 재물을 내려놓을 수가 없고
사업을 탐하는 사람은
사업을 내려놓을 수가 없거늘
이 무거운 짐들이 사람들로 하여금
고단하게 만들지 않는가

들어올린 것이 있으면 내려놓아야 하며
겨루고 따지지도 않고 마음에도 두지 않아야
마음의 경계가 절로 청명해지게 되고
일상이 느슨하고 자유자재하게 될까

*명예(名譽) : 명문(名聞), 명성(名聲)과 같음. *재물(財物) : 재(財)로 쓸 수 있는 것.
*사업(事業) : 하여야 할 일.

달의 흔적

선의 고칙을 일컬어,
공중을 나는 새의 자취를 닮았고
물밑 달의 흔적을 닮았다고 했거늘
다만 눈이 밝은 사람만이
그 문자의 껍데기를 꿰뚫어
스스로 헷갈림의 굴레에서 벗어나게 될까

미혹한 사람은 문자 속에서 있고
깨친 사람은 마음을 향하여 있으니

수도인이 이겨내야 할 것은
자기 마음속에서 생겨나는
자신과 타인
참된 것과 거짓된 것
좋은 것과 나쁜 것
서녘과 동녘

마음바탕을 추슬러
마음으로 하여금 잘못됨을
진실이라고 집착하는
견취가 생겨나지 않게
허망한 생각이 일어나지 않게
인연에 따라 도리에 따르는 것

자기 본분을 깨치고
우주 본원을 깨치면
우주와 인간은 둘이 아님을

*수도인(修道人) : 도(道)를 닦는 사람. 번뇌를 단(斷)하고 도과(道果)를 증득(證得)
하려는 과정을 닦는 사람.

마음에서 흘러나온 것

마음도 아니고 우주도 아니고
외물도 아니다
참된 그대는 우주와 한 몸일까
어항 속 엔담에 갇힌 것은
물고기가 아니라 그대 마음

밖에서 길을 구하는 것은
크게 잘못된 것
깨침은 오직 자신만의 일
그 근본으로 되돌아가 근본만을 구하고
내심을 청정하게 비워야
아무것도 섞이지 않은 원상으로
우주의 경애가 나타나지 않을까

*견취(見取) : 사취(四取)의 하나. 신견(身見), 변견(邊見) 등 비리(非理)에 취착(取着)하는 견혹(見惑).

*외물(外物) : 외부(外部)와 같은 뜻. 물체나 일정한 범위의 바깥 부분. *경애(境涯) : 경계(境界)라고도 함. 수행으로 도달한 결과. 마음의 상태. 자가(自家)의 세력이 미치는 범위. 또는 내가 얻는 과보(果報)의 계역(界域)을 말함. *내심(內心) : 외형(外形)에 대하여 마음을 내심이라 함. *원상(原狀) : 원래 있던 그대로의 상태.

내심의 깨침

선은 있음과 없음을 넘어서야 하고
옳음과 그름을 벗어나야 하거늘
혹시 있음과 없음에 떨어지면
타가를 깨칠 수 없으며
자기를 구득할 수 없으니

선은 지식을 추구하지 않는다
생각하고 가름하는 걸
중히 여기지 않는다
선은 추구하는 생연은
오로지 내심의 깨침

단지 손에 잡히는 건
모두 쓰레기에 불과하나
오직 마음에서 흘러나온 것이
보변지가 아닐까

*타가(他家) : 그. 타인. *구득(構得) : 구득(覯得)이라고도 함. 서로 딱 만나다. 척 알아차리다. 제대로 도달하다. *지식(知識) : 선지식(善知識)의 준말. 학덕이 있고 지혜가 높은 선사. 정법(正法)을 설하여 사람을 바른 길로 인도하는 스승. *생연(生緣) : 물건(物件)을 생(生)하기 위한 여러 원인. 연기(緣起)를 말함. *보변지(普智) : 모든 것에 두루 가득찬 지혜(智慧).

사구 아래에서

자신의 사슬을 풀어 버리지 못함은
지혜가 가장 꺼리는 것
햇살바람은 조물을 나서 자라게 하고
겨울눈은 다시 조물을 무르익게 하는데

사량분별을 끊고서 바르게 판단하는
활구 아래에 자리를 얻으면
부처와 조사를 스승으로 삼을 수 있고
오직 사량분별로써 파악하는
사구 아래에 자리를 얻으면
스스로도 구제하지 못하는 걸까

무릇 잘못이 있으면 종아리를 걷어올려라
스승이 어찌 때리지 않을 수 있겠는가
어찌 책망하지 않을 수 있겠는가
채찍와 호령은 크나큰 자비가 아닌가

*조물(兆物) : 만물(萬物). 많은 물체. *사량(思量) : 생각하여 헤아림. 사고, 분별. *활구(活句) : 사구(死句)에 대응하는 말. 사량분별을 끊은 깨침의 소식을 여실하게 파악한 구(句). 동일구(同一句)이지만 사량분별을 끊어서 바르게 판단하면 활구이고, 사량분별로써 파악하면 사구가 됨. *사구(死句) : 불조(佛祖)의 가르침을 분별의 입장에서 피상적으로 이해한 언구(言句). *조사(祖師) : 조(祖)는 선조(先祖), 시조(始祖), 석존이래 면면히 전해져 오는 불심을 체득하여 사람들을 깨침으로 이끌 수 있는 수행과 지견을 갖춘 선승, 특히 보리달마(菩提達磨)를 가리키기도 함.

오고 가는 것

오는 걸 막을 수가 없고
가는 걸 좇을 수가 없을까
죽살이 한가운데 우주가 있어
삶은 깊게 미혹되는가

마음도 아니고
부처도 아닌
비심비불

죽살이에 부처가 없으니
죽살이도 없지 않는가

*죽살이 : 죽음과 삶. *미혹(迷惑) : 1)도리(道理)에 미(迷)한 것. 2)사람을 미혹(迷惑)시키는 것. 3)주색(酒色) 등에 탐익(耽溺)하는 것. *비심비불(非心非佛) : 즉심시불(卽心是佛)을 역설적으로 표현한 말. 한 명제나 관념에 집착하는 것을 경계한 말. 마조 도일(馬祖道一)에게 어느 스님이 묻기를, '어떤 것이 부처입니까?' 하자, 마조가 대답하기를, '마음도 아니고 부처도 아니니라,' 고 했음.

맑은 뭇지혜는 바다를

부처는 어디서 왔다가 어디로 갔는가
항상 세간에 머문다고 하는
부처는 지금 어디에 있을까
기막힌 세간, 차라리 돌멩이가 되었을까
산과 물 그리고 바다
하늘과 땅 그리고 해와 달
때가 오면 모두 다함으로 사라지거늘
누가 감히 사물이 나고 멸함이 없다고 했던가

무에서 왔다가 멸하여 잼처 무로 향하니
법신은 애초에 허공이라서
언제나 무심한 곳에 머물고 있을까
오긴 군생을 위해 왔다가
가긴 군생을 위해 갔을까
맑은 뭇지혜는 바다를 닮아서
깊고도 고요한 몸은 어디에 숨었을까

인연이 있으면 부처가 세상에 나오고
인연이 없으면 부처가 멸로 돌아가니
군생으로 화하여 물 속 달이 되었을까
상도 아니며 역시 단도 아닌
생도 아니며 역시 멸도 아닌

*멸(滅) : 범어 열반(涅槃)의 약어. 열반의 체(體)는 무위적멸(無爲寂滅)하므로 멸
이라 함. *법신(法身) : 불(佛)의 진신(眞身). *허공(虛空) : 허와 공은 무(無)의 별칭.
허는 형질(形質)이 없고, 공은 장애(障礙)가 없으므로 허공이라 함. 이 허공은 체
(體)도 있고 상(相)도 있다. 체는 평등주편(平等周徧)한 것이고, 상은 다른 물질을
따라 다니면서 이것과 저것을 구분하는 것.

텅 비어 항상 고요하니

크나큰 지혜는 태양처럼 밝지 않고
참된 공은 티끌만한 흔적도 남기지 않았을까
마음밭에 잡초 같은 알음알이가 없으면
온 마음이 곧바로 부처가 되고
군생과 부처가 가름이 없으면
그것이 곧바로 도에 이를까

삶, 없었으면 죽지 않았으며
죽음, 없었으면 살지 않았을까
무심한 곳을 보면
절로 꾸밈없이 진리
마음밭이 있기에 곧 분별이 있게 되며
나고 멸함이 쉼없는 풍진세상
무심은 텅 비어 항상 고요하니
그것이 불생불멸 해탈의 경계일까

*군생(群生) : 많은 사람. *상(常) : 변하지 않는 것. 멸하지 않는 것. 진리는 영원한
것. 끝이 없는 것. *단(斷) : 악(惡)을 끊는 것. 단혹(斷惑). 멸(滅)하는 것.

*지혜(智慧) : 결단(決斷)함을 지라 하고 간택(簡擇)함을 혜라 한다. 또 속체(俗諦)
를 아는 것을 지라 하고 진체(眞諦)를 비추는 것을 혜라 하는데, 통하여 하나가 됨.
*공(空) : 인연(因緣)이 소생(所生)하는 법. 구경(究竟)에 실체(實體)가 없음을 '공'
이라 하고 또는 이체(理體)가 공적(空寂)함을 말함. *불생불멸(不生不滅) : 상주(常
住)의 다른 이름. 소승에서 홀로 열반의 이(理)에 따라 불생불멸을 관(觀)하고 대승
에서는 유위(有爲)의 사상상(事相上)에 불생불멸을 논함. *해탈(解脫) : 계박(繫縛)
을 벗어나 자재(自在)함을 얻는다는 뜻. 혹업(惑業)의 계박을 풀고 삼계(三界)의 고
과(苦果)를 벗어나는 것.

있음과 없음

인계는 십인십색이라 변이가 무상하니
마음밭에 본성을 환히 내다봄으로써
목숨의 깨침을 완성하게 될까

부처와 군생은 생불,
군생이 평등하다는 사상이 없으면
대자대비의 정신이 없게 되거늘

유란 양이 있고
한정이 있으며
다함이 있을까

무란 양이 없고
한정이 없으며
다함이 없을까

*인계(人界) : 인간세상. *생불(生佛) : 산 여래(如來), 산 보살(菩薩). 부처와 같은
이를 말함인데, 고승대덕(高僧大德)을 존경하고 찬미(讚美)하는 말, 생은 중생, 불
은 불타, 곧 중생과 부처를 말함. *대자대비(大慈大悲) : 불(佛)과 보살(菩薩)의 넓
고 큰 자비(慈悲). 적극적으로 즐거움을 주는 것을 자, 소극적으로 괴로움을 벗어
나게 하는 것을 비라고 함.

선

여래, 바로 본래가 그러하다는 것
쉼없이 쓰고 똑바로 행하며
속박하지 말라고

선은 꾸밈없이 이루어진 것
인간과 사물이 하나가 되면
만유가 모두 선기

선은 생활의 예술
가장 높은 감상능력으로
인간과 자연이 마주하는 것

*여래(如來) : 성실론일(成實論一)에, '여래는 여실도(如實道)를 타고 와서 정각(正覺)을 성취하므로 여래라 한다.' 하였고, 전법륜론(轉法輪論)에, '여실하게 옴으로 여래라 하며…(중략)…열반의 명(名)은 여요, 지해(知解)의 명은 래다. 정각열반(正覺涅槃)이므로 여래라 한다.' 했음. *만유(萬有) : 우주간에 있는 삼라만상. *선기(禪機) : 참선 수도함으로써 얻는 선승의 기용(機用), 작동, 언동.

마음의 요체

모든 형상이
영원불변한 것이 아니라
찰나에 생멸하고 변화하는 것

모든 법은 인연의 거짓된 만남으로
생긴 것이어서
일정한 상이 없이
모두가 다 고통일 뿐

죽살이와 우주는
온갖 빌미와 까탈이
동화하여 이루어진 것
모두가 영원히 유동하여
일순 만변하니 영원 무상할까

이미 끝없이 불변하는 실체가 없으니
나 역시 일시적 형상이거늘

*요체(要諦) : 중요한 깨침. 올바른 사리. *제행무상(諸行無常) : 만물은 항상 변전한다는 뜻. *무상(無常) : 세간의 일체법(一切法)은 모두 생멸전변하여 잠깐도 상주(常住)함이 없는 것을 무상이라 함. *제법무아(諸法無我) : 삼법인(三法印)의 하나. 행하는 이름은 유위법(有爲法)에 국한(局限)되는 법(法)의 이름이다. 무위법(無爲法)에 통하며 일체 유위(有爲)와 무위(無爲)의 제법 가운데 유아(有我) 무아(無我)의 실체가 됨을 말하며 이는 제법무아인(諸法無我印)이 됨.

고통의 근원

죽살이와 우주는 모두 무아
청맹과니는 이것을 알지 못하고
자신이 하나의 실체라고 믿음으로서
자아라는 관념이 생기게 되어
곧 자신과 타인의 차별을 낳기에
탐욕과 원한이 생겨나지 않는가
어리석음과 번민이 생겨나지 않는가

인간이 보는 것이 고통의 뿌리이며
죄악의 근원이므로 무상의 정각은
힘써 행한다면 곧바로 계율이 되고
입에서 나오면 곧바로 불법이 되며
마음으로 깨치면 곧바로 선의 깨침이지만
바다와 호수는 명칭이 서로 다르나
물의 성품은 둘이 아니거늘

병통을 이기기 위하여
참되게 닦는 사람은
서두르지도 않고 잊지도 않거늘
서둘면 집착에 치우치게 되며
끝없는 무명에 떨어지게 되니
이것이 바로 마음의 요체일까
이것이 바로 고통의 뿌리일까

*무아(無我) : 비아(非我)와 같은 뜻. 몸과 마음을 상일주재(常一主宰)하는 영구불
변(永久不變)의 주체(主體)를 아(我)라고 하나, 이것은 외도(外道)와 범부(凡夫)가
잘못 안 것으로 실은 이와 같은 아(我)는 없음. *청맹과니 : 겉으로 보기에는 멀쩡하
면서도 앞을 못 보는 눈.

우주의 진실

우주의 섭리는 분망해도
날마다 하는 일 따로 없고
다만 누구나 절로 만날 뿐
저마다 취하고 버림이 없어
곳곳마다 펼치고 어그러질 것 없거늘

그저 눈으로 보아도 청맹과니
그저 입으로 말해도 벙어리
언어라는 것은 생각을 거쳐서
표현해 내는 것이라
이 가운데 사물과 마음밭은
하늘과 땅만큼 차이가 있는가

하얀빛 검정빛을 뉘라서 분별하리
신통과 묘한 작용이라는 것
말할 수 없는 곳에서 찾아야만
비로소 우주의 진실을 볼 수 있을까

*탐욕(貪慾) : 자기가 하고자 하는 것을 탐내어 구하는 것. 자기의 정(情)에 맞는 것을 받아들여 싫증을 모르는 마음. 도(道)를 넘어 욕심이 많은 것. *계율(戒律) : 계(戒)는 방비지악(防非止惡), 율(律)은 법률(法律)의 뜻. *불법(佛法) : 불(佛)이 소설(所說)하는 법(法). 팔만사천의 법장(法藏)을 뜻함. *병통(病痛) : 병으로 인한 고통. *무명(無明) : 1)불교의 진리를 알지 못하는 자체(字體), 또는 진지(眞知)에 대하여 그와 모순되는 비진여(非眞如)를 말함. 2)심소(心所)의 이름. 3)12인연(因緣)의 하나. 4)기신론(起信論)에서는 불각(不覺)과 같다고 함.

*섭리(攝理) : 자연계를 지배하는 이법(理法). *언어(言語) : 담화(談話)하는 것. 말로 나타내다. 표현하다. *사물(事物) : 사(事)와 물(物). 가(家), 가구(家具) 등의 물체. *신통(神通) : 신(神)은 불측(不測)하다는 뜻. 통(通)은 막힘이 없다는 뜻. 헤아리지 못할 것이나 또는 무애(無碍)의 역용(力用)을 신통 혹은 통력(通力)이라 함. *진실(眞實) : 법(法)이 미정(迷情)을 여의고 허망(虛妄)을 끊은 것을 뜻함.

집착에서 구할 것이 없다

허공에 핀 꽃은 그림자를 드리우고
아지랑이는 물결 위에서 일렁거린다
우주의 청정한 마음은
언제나 둥글고 두루 비추나
인계는 어찌하여 이를 알지 못할까
기껏해야 보고 들어 깨치고 아는 것을
얄팍한 상식을 마음이라 여기므로
보고 듣고 깨치고 아는 것에 가려져 있을까

부처에 집착하여 구할 것이 없으며
불법에 집착하여 구할 것이 없고
중에게 집착하여 구할 것이 없거늘

본심은 보고 듣고 깨치고
아는 것을 벗어나지 못한 채
곧바로 무심으로 내려가면
본래 바탕이 절로 드러나지 않을까

오로지 무심해야 곧바로 모든 것이
본래 있는 바가 없으며
본래 얻는 바가 없고
본래 의지함도 없이
나아갈 곳도 없게 되어
허망한 생각이 움직이지 않게 되니
정각을 얻지 않을까

*집착(執着) : 사물(事物)에 고착(固着)하여 떠나지 않음을 말함. *인계(人界) : 인
간세계의 준말. 또는 인도(人道)라고도 함. *본성(本性) : 원래 고유한 성덕(性德)을
뜻함. *정각(正覺) : 부처님의 지(智)를 이름하여 정각이라 함.

마음을 이기는 공부

선을 오래 접하면
편안하게 물아가 어울러져
하나가 되므로 뒤따르지 않아도 되거늘
정녕 마음을 이기는 공부일까

내가 메고 있는 부처를 떠밀어 버리고
집에서 부처도 그 무엇도 찾지 말며
전도된 인연의 끄나풀이랑
허망한 분별이랑 악각을 없애버린 뒤
심령을 청초해지면
내 자신이 바로 부처가 아닌가

한때 심산에서 몇 해를 머물며
그곳에서 밥을 먹고
그곳에서 똥을 누었으나
그곳에서 선을 얻지 못했으니

잘못된 견해를 진실이라고
고집스런 견취를 벗어나
밖에서 찾는 것이 아님을 알았으니
마음이 다스려 편안하고
자연스레 눈앞에 드러나거늘

꿈속에서 절벽을 만났다
조심하지 않으면 이내 미끄러지므로
풀뿌리라도 힘껏 잡아야 한다면서
결코 손을 놓고 말았다
느슨해서는 안 될 일임을 알면서

*물아(物我) : 타인과 자기. 객체(客體)와 주체(主體), 사물과 인간 등을 가리키는 말.

기이한 가운데에도 진리가

옛날 선사들의 행동거지가 괴이하고
언담이 기이했다는데
오직 마음으로 깨치려고 하면
기이한 가운데에도
진리가 피어날까

만일 말 밖에서
깨침이 있다고 하면
선사들의 한 마디 말이나
일동일정이 모두가
선 아님이 없다는 걸까

*분별(分別) : 모든 사리(事理)를 사량(思量)하여 식별하는 것을 분별이라 함. *악각(惡覺) : 악(惡)의 사상(思想)을 말함. 대승의장오말(大乘義章五末)에, '사심(邪心)의 생각을 '각(覺)' 이라 말하나, 정리(正理)를 어겼기 때문에 '악(惡)' 이라 부른다. 이 악의 생각이 각각 달라서 여덟 가지 종류로 구분한다.' 라고 했음. 지관오(止觀五)의 사(四)에, '팔풍(八風)의 악각은 들어갈 수 없는 것이다.' 라고 했음. *심령(心靈) : 심식(心識)이 영묘(靈妙)하기 때문에 심령이라 함. *견취(見取) : 삼장법수(三藏法數)에, '사견(邪見)으로 분별하는 것을 견(見)이라 하고, 신견(身見), 변견(邊見) 등과 같이 견(見)에 취착(取著)하므로 견취라.' 고 함.

*선사(禪師) : 1)선인(先人), 고덕의 경칭. 2)선승 일반의 경칭. 3)천자로부터 휘호를 받은 고승, 또는 선정에 통달한 고승의 뜻으로 원래는 고승 일반의 경칭이지만, 뒤에는 선문 독자의 용어가 되었음. *언담(言談) : 언사(言辭). *진리(眞理) : 현교(顯敎)에서 유위(有爲)의 사상(事相)에 대하여 무위(無爲)의 진여(眞如)를 진리라 하며, 밀교(密敎)에서는 섭지(攝持)의 뜻을 이(理)라 하며 유위의 사상이 각각 그 체(體)를 섭지하여 난잡하지 않음을 이(理)라 하고, 그 법(法)이 생기지 않음을 가리켜 진(眞)라 함. *일동일정(一動一靜) : 한번 움직임과 한번 멈춤.

도를 얻는 것은

외부의 도움을 바라고 있는
정토종은 불호를 염송하고
밀종은 진언을 암송하거늘
선사들은 견성성불하는 것은
자신의 일이라 남의 도움으로
도를 얻을 수 있는 것이 아니라고

도를 얻음은 부족함이나 흠이 없이
자신의 능력에 의해서일까
남의 그늘에 있지 않고
스스로 일어나 짊어지고
자아완성을 해야 한다는 말인가
이것이 바로 선의 별다른 까닭
조사가 서쪽에서 온 사연일까

*정토종(淨土宗) : 불교의 한 종파. 보현(普賢)을 초조(初祖)로 삼아 염불왕생(念佛往生)을 주로 함. *불호(佛號) : 1)부처님의 명호. 2)승려의 호. 3)불교에 귀의한 사람의 호. *염송(念誦) : 불명(佛名)과 경주(經呪)를 뜻으로 염(念)하고 입으로 송(頌)하는 것. *밀종(密宗) : 밀교(密敎), 또는 비밀교(秘密敎), 진언밀교(眞言密敎), 진언종(眞言宗) 등을 말하는 것. *진언(眞言) : 여래(如來)의 삼밀(三密) 중의 수일어밀(隨一語密)이므로 모두 법신불(法身佛)의 설법(說法)을 말함. *견성성불(見性成佛) : 자성(自性)을 보고 부처를 이룬다는 뜻.

자성의 빛

시가 지식의 범주에 속하지 않듯이
도는 지식의 범주에 속하지 않거늘
하물며 무지의 영역에 속하는 것도 아니라
섣불리 안다는 것은 망령된 지식

의혹 없는 도의 경계는
바로 드넓은 허공과 같아서
확연히 넓고도 넓으니

달이 된 자성의 빛이
마음의 창을 가득하지 않는가

---

*시(詩) : 한역불전(漢譯佛典) 속에는 '시(詩)' 라는 말은 그다지 볼 수 없다. 그 대신 '게(偈), 송(頌)' 이라는 말은 자주 쓰임. *도(道) : 통입(通入), 윤전(輪轉), 궤로(軌路) 등의 뜻.

선 기

차를 마시고 바리때를 씻는 일은
일상 가운데 작은 일 중의 하나
수행과 깨침은 도리어
그 자잘한 일을 벗어날 수가 없듯이
일상의 진실에서 실증을 얻음이니

나무를 하고 쌀을 씻고
밥을 먹고 설거지 하는 일 속에도
선기가 깃들어 있음이니

어리석은 사람들은 일상 속에도
도의 실재를 찾으려 하지 않고
허무하고도 아득한 곳에 따로
도가 있는 줄 알고서
밤낮없이 헤매고 있을까

*수행(修行) : 사법(四法)의 하나. 이(理)와 같이 수습(修習)하고 작행(作行)하는 것. 신(身), 어(語), 의(意)의 삼업(三業)을 통한 것. *실증(實證) : [논리나 관념에 의하지 않고] 실물이나 사실에 근거하여 증명함. 또는 그에 다른 증거. *선기(禪機) : 선(禪)의 수행(修行)으로서 체득(體得)한 무아(無我)의 경지(境地)로부터 나오는 마음의 작용(作用). *실재(實在) : 사람이 살아 있는 것.

형상을 초월한 것

선에서 번민은 병
부처 또한 병
한 오라기 집착이
반야를 도리어 독약으로 만들지 않는가
예불을 드리는 그릇된 일은 아니지만
여기에 마냥 집착하는 것은
그릇됨이 아닌가

재화와 주역을 빌리어
자신을 갈고 닦아서
대성취를 얻을 수 있을까
하늘이 인간세상을 곤궁스레 만드는 것은
바로 사람을 만들려고 하는 것이니

그러므로 불문에서는
괴로움을 스승으로 삼고
번민을 정각으로 여길까
군생이 곧 부처,
부처가 곧 군생이거늘

*예불(禮佛) : 1)합장공경(合掌恭敬)하여 불(佛)을 예배(禮拜)하는 것. 2)한국의 사찰에서는 조석으로 하는 독경(讀經)을 뜻함. *주역(周易) : 삼경(三經)의 하나. 음양의 원리로 천지만물의 변화하는 현상을 설명하고 해석한 유교의 경전, 주(周)나라 때 대성(大成)되어 '주역' 이라고 함. *불문(佛門) : 불가(佛家)라 하는 말과 같음. 불교에 신봉하는 사람이 자기 자신을 지칭하여 불문제자(佛門弟子), 또는 약하여 '불자(佛子)' 라 함.

참부처는 마음 속에

금부처는 불가마에 견디지 못하듯
나무로 된 부처는 불을 견디지 못하며
진흙으로 빚은 부처는 물을 견디지 못하지만
오직 참부처는 마음 속에 앉아 있거늘

형상은 인연으로 만들어진 생멸
제아무리 아름답다고 한들
결코 진정한 모습은 아니니
그러므로 나의 화상도
결코 나의 껍데기를 닮았을 따름

사람마다 모두 불성이 있어
군생과 한 몸인
본래의 빛은 청정하여
물들여지지 않거늘
오로지 무명으로 뒤덮여
티끌에 의하여 끌려 다니다가
대립의 세계로 떨어지어
본래의 빛과 청정을
드러내지 못할 따름

*생멸(生滅) : 유위(有爲)의 제법(諸法)이 인연에 의하여 화합하였으되, 법의 유(有)가 있지 않은 것을 생(生)이라고 하고, 인연에 의하여 이산(離散)하여 이미 법의 무(無)가 있는 것을 멸(滅)이라고 함. *화상(畵像) : 채색(彩色)으로 그린 불상(佛像). *불성(佛性) : 불(佛)은 각오(覺悟)이다. 일체중생이 모두 각오하는 성(性)이 있으며 이를 뜻함.

마음을 벗어나기

풍진 세상에 갓 태어난 아이는
비록 눈으로 볼 수 있고
비록 귀로는 들을 수 있으나
미추와 시비, 득실을 분별할 수 없기에
눈으론 보아도 소경 같고
귀로는 들어도 벙어리 같거늘

누구나 마음 벗어나기를 바라기에
어린아이의 무심을 높이 사며
부럽다고 그 무아를 찬탄하는가
소싯적은 눈 깜박할 사이처럼
지혜와 덕을 닦아 그 경지를
찾을 수가 있다고 한다면
더도덜도 없이 정각을 얻을 수 있을까

*미추(美醜) : 아름다움과 추함. * 시비(是非) : 대립하는 둘 중의 일방(一方)에 집착
하는 것. 좋고 나쁜 것을 구별, 옳은가 그른가 하는 것. *득실(得失) : 득상(得喪)과
같음. *무심(無心) : 없음과 잃음, 이익과 손해, 성공과 실패.

인간세상의 사유

선종에서는 사물에 대해서는
분별이나 허망한 분별을 일으키지 말란다
분별이나 허망한 분별이 있기에
탐욕이나 집착의 마음이 생겨나
선은 갈수록 멀어지니

불성은 만유에 존재하는 본마음
우주와 불성이 하나 되어
분별의 생각이 일어나지 않으면
공의 묘한 경계에 들어가게 되고
무의 묘한 경계에 들어가게 되거늘
무와 유는 인계의 하찮은 사유나
상상을 끊는 칼이 아닌가

*선종(禪宗) : 보리달마(菩提達磨)가 전환선법으로 오도(悟道)를 구하는 종(宗). 불
심종(佛心宗), 달마종(達磨宗)이라고도 함. 초기 중국 불교에서는 좌선에 전념하
는 사람들 계통을 일반적으로 선종이라 함. *망상(妄想) : 실(實)에 부당한 것을 망
(妄), 망령되게 분별하여 여러 가지의 상(相)을 취(取)하는 것. *탐욕(貪慾) : 자기가
하고자 하는 것을 탐내어 구하는 것. *공(空) : 인연(因緣)이 소생하는 법. *무(無) :
사물의 존재를 부정하는 말. *인계(人界) : 인간세상.

색즉시공

산사에 때만 되면 어고를 두들긴다
그 속이 비어 있어 소리가 있고
그 속이 없으므로 소리가 나고
유무가 어울려져 묘함을 이루거늘
귀신같이 무에서 유가 생겨나는
정녕 색은 공에서만 이루어지는

모양이 있어서 사람들이 느끼고
만질 수 있는 것은 오직 물건이 아닌가
모든 건물이 서로 가까운 관계로
서로 빌미가 되고 서로 까탈이 되지 않는가

현상은 저마다 인연으로 비롯하듯
찰나간에 생멸을 맞거늘
사물에 독립성과 고정성이 없어서
변하여 실질이 아님을 공이라고 하는가
공은 결코 허무가 아니라
생멸하고 변하는 물정이 아닌가
공은 만유를 너그럽게 감싸 받아들이며
공은 공이고 색은 색이나
공과 색이 애초에 같으니

*어고(魚鼓) : 목어(木魚)의 다른 이름. 물고기 모양의 판고(板鼓)로 사찰의 모든 일
을 알리기 위하여 치는 것이다. 그 공동(空洞)으로 인하여 고(鼓)라 말하고, 그 판
(板)의 형태로 말미암아 어판(魚板)이라 하는데, 어판은 물고기 모양을 꼭 닮았음.
*유무(有無) : 있음과 없음.

찰라의 경계

불문에서 모든 물질은
사대오온이 하나로 이루어졌고
인연에 따라서 다시금 뭉치고
인연이 다하면 다시금 흩어지며
영원히 변하지 않는 실체는 없으니
이것이 바로 색즉시공

막상 공이라고 말하지만
인계는 되려 제각기 형상을 갖추고
눈앞에 드러나지 않는가
미혹한 자는 미혹된 군생이지만
찰라의 깨침이 얼을 때는
경계가 참마음일까

*물정(物情) : 1)세상사람, 또는 세상의 모습. 2)인간의 생각을 말함. *색즉시공(色即是空) : 색(色)이란 것은 형(形)이 있는 만물(萬物)을 총칭한 말인데, 이에 만물은 인연 따라 생긴 것이고, 본래 실유(實有)가 아니기 때문에 공(空)이라고 한 것이다. 이것을 일컬어 색즉시공이라 함은 바로 사물의 당체(當體)를 가리켜서 말함.

*사대오온(四大五蘊) : 4대는 지(地), 수(水), 화(火), 풍(風)이며, 5온은 색(色), 수(受), 상(想), 행(行), 식(識) 이 같은 요소의 집합(集合)으로 인간은 존재하고 있음. *인계(人界) : 인간세상. *중생(衆生) : 1)중인(衆人) 공생(共生)한다는 뜻. 2)중다(衆多)한 법이 거짓 화합(和合)하여 생하므로 중생이라 함. *찰나(刹那) : 일념(一念)이라 하며 때가 가장 짧은 것.

모두는 하나

호기심은 문명에는 유익하나
선객에게 적절함은 결코 아니다

하나는 곧 모두
모두는 곧 하나
다만 이처럼 할 수 있다면
어찌 다하지 않음을 걱정하리

선이란 자기 마음 속 깨침일 뿐
무분별로 움직이는 행위가 결코 아니니

마음을 한 곳에
억눌러 따르게 한다는 깊은 뜻이
인계에 가르침을 나타내는

---

*선객(禪客) : 1)선을 수행하는 승려. 운수(雲水), 운납(雲衲), 학인(學人). 2)송대(宋代)의 선원에서는 일종의 직명(職名), 조실이 유력한 신도(信徒, 주로 官僚)의 방문을 받아 승좌(陞座), 설법할 때 솔선하여 훌륭한 문답 응수를 행하는 승려.

다함이 없이 돌고 돈다

성인은 자기가 없거늘
그 까닭에 자기 아닌 일이 없거늘
우주와 자신이 하나라는 진리를
아는 이는 오직 성인뿐인가
법신은 형상이 없어서
누가 감히 다른 곳에서 얻었다고 말할까
지혜는 빛이 오롯이 비추이는 거울 같아서
그 속을 밝게 비추이면 비추일수록
정도에 엄청 어긋남이 비로소
천연덕스레 드러나게 될까

참이란 우주의 제법이 몫몫이
서로가 서로를 범하지 않거늘
동은 만유가 각기 다르나
일원에 완전한 하나가 되어
개별은 전체 가운데 존재함이 아닌가
호회는 바로 우주가
서로를 범하지 않으면서도
서로 섭생하고 서로 넘보는 사이인가

---

*일체(一體) : 사물의 외상(外相)은 비록 천태만별이나, 그 본체(本體)의 성(性)은 하나이기 때문에 일체라고 말함. *성인(聖人) : 성자(聖者). 금강경(金剛經)에, '일체성인은 모두 무위법(無爲法)으로 차별이 있다.' 하였음. *만유(萬有) : 우주간에 있는 삼라만상. *참(參) : 선문에서 사람을 모아 좌선하고 설법염송(說法念誦)하는 것을 말함. *동(同) : 같은, 대부분 같은 것. 동류(同類), 동일(同一)한 것. 동의(同意)함. *일원(一元) : 여러 사물, 현상의 근원이 오직 하나인 것. *호회(互回) : 사물과 사물이 서로 돌고 도는 것.

서로 다르나 같다

부처와 군생은 이름이 서로 다르지만
번민과 정각은 알맹이가 같거늘
청맹과니가 아닌 이상 능히 스스로
갖춰지지 않은 것이 없으니
선정의 정진을 논하지 않고
부처의 지견에만 이르도록 하는가

사람이 풍진에 빠져
응당 자신을 분별하여야 하며
자신을 드러내야 하는데
자기 일을 떠맡지 않는다면
끝내 단 한 가지 일도
이루어지는 것이 없으리

---

*정각(淨覺) : 청정한 각오(覺悟). *지견(智見) : 정지견(正智見) 또는 지견(知見)이
라고 함. 의식(意識)에 따르는 것을 지(智)라 하고, 안식(眼識)에 따르거나 추구하
는 것을 견(見)이라 하는데 모두 혜(慧)의 작용(作用)이다. 즉 인과(因果)의 이법(理
法)에 대한 바른 인식(認識)을 말함.

범인과 성인 모두 똑같다

마음이 흐르는 물 같아서
막힘도 끊어짐도 없어야 하며
자기 본성 그대로 때묻지도
청정하지도 않으나 깊고도
원만하도록 해야 하거늘

범인과 성인은 모두 똑같으나
마음은 단지 멀리 잡류를 떠나
무방에 활용하도록 하면
거울처럼 드러나지 않는 것이 없으니
마음이 바로 부처
이것이 바로 대지혜

*잡류(雜類) : 여러 가지 잡다한 것이란 뜻인데, 구계(九界)의 중생(衆生)을 말함. *
무방(無方) : 방(方)은 방소(方所)와 방법(方法)의 뜻. 부처님이 베푸는 교화(敎化)
나 자재(自在)하여 일정한 방소와 일정한 방법이 없다는 뜻.

하나의 진실

옳은 것은 항상 그르지 않고
그른 것은 항상 옳지 않거늘
그것은 긍정
그것이 아닌 것은 부정
장부는 자잘한 시비를 버리고
스스로 청정해야 하나
어찌하여 항상 미미한 일들에
엉켜 들어 마음을 태우는가

선심은 긍정과 부정을 초월하고
선이란 본래 원융의 도
시와 비는 둘이 아닌 하나
공과 유는 둘이 아닌 하나
만유가 일원으로 돌아오거늘

보태려고 생각하면
보태는 것을 없게 하고
하려고 생각하면
하려는 것을 없게 할 수 있을까
종내 세월에 살갗이 다 사그라지고
하나의 진실만 남을 뿐인데

*선심(禪心) : 마음을 한 곳에 집중하여 혼란 되지 않은 상태. 좌선하고 있을 때의 마음 상태. *원융(圓融) : 원(圓)은 주편(周偏), 원만(圓滿)의 뜻이고, 융(融)은 융통(融通), 융화(融和)의 뜻임. 만약 분별 망집(妄執)의 견(見)을 따라서 말하면 천차만별의 제법(諸法)이 모두 사사물물(事事物物)에 차별적 현상이 인정되고 제법이 본래 갖추어진 이성(理性)에 따라서 말한다면, 사리(事理)의 만법(萬法)이 두루 융통무애(融通無碍)하여 둘도 없고 다름도 없어 마치 수파(水波)와 같기 때문에 원융이라 함.

자연스러움

스님, 도란 무엇입니까 하자,
구더기는 뒷간에 있고
나쁨은 올바름 속에 있다 하네
선은 자연스러움,
구더기는 뒷간이 즐거움이라
나쁨은 올바름 속에 스스로 있을까

사막스런 인계를 벗어나
홀연히 구름이 흩어지면서
밝은 달이 높이 솟는다
머릿속에 든 알량한 경력으로
세정에 절인 때를 없앨 수 있을까
산꼭대기에 올라서야 높은 산이 보이고
물에 잠기어야 깊은 물 속이 보이니

무성하게 보이는 숲도 한철
때가 오면 끝내 시들어 없어지기 마련
자연 따라 구름 흐르듯
집착에서 홀연히 벗어남이
선사의 참모습

*시비(是非) : 옳고 그름. 잘잘못. *진실(眞實) : 법(法)이 미정(迷情)을 여의고 허망(虛妄)을 끊은 것을 말함.

*도(道) : 1)통입(通入), 윤전(輪轉), 궤로(軌路) 등의 뜻. 2)인도(人道), 불도(佛道) 등의 도(道)는 궤도, 곧 밟고 다니는 길이란 뜻. 3)정도(正道), 사도(邪道) 등의 도(道)는 통입의 뜻으로 결과에 도달하는 통로란 뜻. *선(禪) : 정려(精慮), 사유수(思惟修), 선정이라고도 함. *인계(人界) : 사람 세상. *세정(世情) ; 세속인의 정(情). *선사(禪師) : 선인(先人), 선승 일반의 경칭.

우주의 진리

자신을 도울 수 있는 사람은
오직 자신밖에는 없으니
뉘라서 자기 문제에
응답을 줄 수 있을까

감히 하늘을 다 읽은 것처럼
떠드는 사람도 없지 않고
마치 하늘을 자신의 특허품처럼
팔고 사는 사람이 없지 않으니

경을 말하는 법사가 있고
계를 말하는 율사가 있지만
선은 마음에서 마음으로 전하여
말로 표현해 낼 수 있는 것이 아니거늘

오직 우주의 진리는
거짓 없는 표현이라
불상은 하찮은 물질에 불과할 뿐
무엇 하나 생김새에 거리낌 없이
자연에 순순히 따르다 보면
득도의 길이 열리지 않을까

*계(戒) : 시라(尸羅)는 금제(禁制)의 뜻으로 소극적으로는 방비(防非), 지악(止惡)의 힘이고, 적극적으로는 만선(萬善) 발생의 근본이라 하여 흔히 그 작용에 따라 해석함. *율사(律師) : 계율(戒律)을 선해(善解)하는 자를 말함. *불신(佛身) : 무상 정각(無上正覺)을 증득(證得)한 불타(佛陀)의 신체. 이 가운데 법신(法身), 화신(化身), 응신(應身) 등이 분별이 있다. 이걸 모두 불신이라 함. *득도(得道) : 삼승이 각각 미혹(迷惑)을 단진(斷盡)하고 진리(眞理)를 증득(證得)하는 지혜를 도(道)라 하며 삼학(三學)을 행한다. 이 지(智)를 발(發)함을 득도라 함.

묘 용

도를 닦는 사람은
우선 자기의 마음바탕을 보며
범인들은 대부분이 남에
양미순목을 알고
혹은 침묵으로 말하는가
여기에서 도를 깨치어
심법의 열쇠를 얻었지만
실은 그 옆에 가지도 못하니

모든 사상과 의념을 깨끗이 지워야
비로소 참된 마음을 볼 수가 있거늘
마음은 기미에 따라 순응하여
있지 않는 곳이 없고
하지 못하는 것이 없으면서
영원히 다함이 없는
어떤 것에도 계박되지 않은
득도인의 절묘한 기용이 아닐까

*양미순목(揚眉瞬目) : 눈썹을 치켜 뜨며 눈을 깜빡임. *심법(心法) : 일체 제법을
색(色), 심(心) 이법(二法)으로 나누어서 질애(質礙)는 색법(色法)이 되고, 질애됨이
없는 것은 연려(緣慮)의 용(用)이 된다. 혹은 제법을 연기(緣起)하는 근본이 되는
것을 심법이라 함. *의념(意念) : 염불(念佛)을 소리를 내어 하지 않고 마음 속에서
하는 것, 또는 마음으로 생각하는 것. 또는 관념(觀念)의 염불을 말함. *계박(繫縛)
: 번뇌가 몸과 마음을 얽어매어 자유롭지 못하게 하므로 이 같이 말함. *기용(機
用) : 선종(禪宗)에서 종장(宗匠)이 언어(言語)로서 미치지 못할 기미(機微)를 증오
(證悟)하여 학인(學人)에게 베푸는 것을 말함.

 ## 진정한 체험

무상의 지혜를 득달하는 것은
어떤 형식도 집착하지 않으니
외계에 대한 분별심을 없애야만
비로소 사물의 진실을 만나게 되거늘

바람이 돌처럼 무겁고 딱딱하다고 했을까
까마귀 떼가 눈처럼 희다고 했을까
선사들은 일상적 어치에 어긋난 말로
군생의 분별심을 깨뜨리니

선은 사물의 겉모양에 대하여
언제나 애매한 몸가짐을 가지면서
사물의 진실을 잡으려 하고

그리하여 자신의 정신을 넓히어
지식의 영향을 받지 아니하므로
거짓 없는 체험을 하려 하고

*무상(無常) : 세간(世間)의 일체법은 모두 생멸전변하여 잠깐도 상주(常住)함이 없는 것을 뜻함. *외계(外界) : 외경(外境). *분별심(分別心) : 절대자(絕對者)에 대하여 여러 가지로 차별하는 마음, 또는 일반적으로 분별하는 마음. *정신(情神) : 유정(有情)들의 심식(心識)을 말함. *지식(知識) : 기신론(起信論)에서 설한 오식(五識)의 하나. 심체(心體)에 따라서 말한다면 지식(智識)이라 하고 무기(無期)의 상(相)에 따라 말한다면 지상(智相)이라 함.

공허한 존재

잘 익은 사과를 소출하듯
도를 구하기란 그리 쉬운 일이 아니다
강태공, 낚싯줄에 얼마나 집착하는가
허나 진정한 도란,
공허한 존재로 없을 곳이 없거늘
깊은 물 속에 집착하여
힘지게 찾으려고 하면
찾을 수가 없지 않을까

어느날 가랑비에 옷이 젖듯이
바람 따라 구름 따라 흐르다 보면
그것은 그저 무심 속에
내 안에 슬며시 나타날까
그것은 신통하고 오묘하여
감히 헤아릴 수 없어
찾으려면 얻을 수 없고
이를 떨구어 버리면
되려 소리소문 없이 찾아들까

*무심(無心) : 1)진심(眞心)이 망령(妄靈)을 여읜 것을 무심이라 함. 망심(妄心)이 환영(幻影)과 같아 자성(自性)을 얻을 수 없으므로 무심이라 하며, 또한 잠시 동안 심식(心識)이 쉬어서 일어나지 못하게 하므로 무심이라 하며, 오위 무심(五位無心)과 같다. 2)심중(心中)에 일점(一點)의 지려분별(智慮分別)하는 생각이 머물러 있는 경지(境地). 3)무상(無想)과 같은 뜻. 4)비사량(非思量)의 당체(當體)에 안주(安住)하는 것. 5)물욕(物慾)과 속세(俗世)에 전혀 관심이 없는 경지(境地). *존재(存在) : 어면 작용을 갖는 능력을 지닌 실체.

금빛비늘 물고기

한 톨 낟알을 우습게 보지 마라
그 한 톨 낟알이 천만 톨이 됨을
하나에서 만유가 생하며
만유에서 하나로 돌아간다
허나 생기되 남음이 없거늘

바구미가 생기면
낟알은 더 이상 생겨날 수가 없듯이
지혜를 얻으려면 물처럼 맑고 깨끗하여
더러움에 물들지 않아야 하며
병처럼 비어 있어야 자리가 생기는 법

오대양 푸른 물결을 헤쳐 다녀도
물고기 금빛비늘을 만나기 쉬울까
마음이 없으면 물질도 없다
그것을 없애려고 하면
근심만 더할 뿐

*만유(萬有) : 우주에 존재하는 모든 것. 만물(萬物), 만상(萬象). *바구미 : 바구미
과에 속하는 곤충의 총칭. 쌀, 보리, 건빵 등을 먹음. *지혜(智慧) : 반야(般若)를 번
역하여 지혜다. 결단(決斷)함을 지(智)라 하고, 간택(簡擇)함을 혜(慧)라 한다. 법화
경의소이(法華經義疏二)에, '경론(經論) 가운데 혜문(慧門)으로 공(空)을 비추고,
지문(智門)으로 유(有)가 비추인다 함이 많다.' 하였음.

죽살이 어디서 왔는가

사사로운 것은 항상 사사로운 것이고
바른 것은 항상 바른 것이다

비구의 몸으로 득도한 자는
비구의 몸으로 나와
타인을 위하여
법을 설해야 하거늘

사람의 정신과 본성은
죽살이 어디에 있기에
살았다고 말할 수도 없고
죽었다고 말할 수도 없을까

되풀이 되고
되풀이 되는 죽살이는
언제까지 물체운동으로
겉모양 속에 놓여야 하나

*비구(比丘) : 출가(出家)하여 구족계(具足戒)를 받은 자(者)의 통칭. 남(男)은 비구, 여(女)는 비구니(比丘尼)라 함. 걸사(乞士)를 번역한 본 뜻임. *정신(情神) : 유정(有情)들의 심식(心識)을 말함. 정미(精微)한 것을 '정' 이라 하고, 헤아려 알 수 없는 것을 '신' 이라 함. 무량수경하(無量壽經下)에, '정신(情神)이 고통(苦痛)스럽다.' 라고 했음. *생사(生死) : 일체의 중생(衆生)들이 혹업(惑業)의 소초(所招)가 되어 태어나서 죽고, 죽은 자가 또 태어나고 함. *윤회(輪廻) : 번민과 고통 속에서 지내다가 육신이 죽으면, 생전에 지은 업(業)을 따라 지옥, 아귀, 축생, 수라, 천상, 또 다시 인간(人間)으로 수레바퀴 돌 듯 돌아다니게 된다. 이것을 윤회라고 함.

법 없음이

청맹과니들은,
부처의 말만 거울로 삼아
꼭두각시 되어 춤을 추는가

실로 법 없음이 도이며
도는 한 법도 없거늘
부처는 이룰 수도 없으며
도는 얻을 수도 없거늘
법은 취할 수도 없으며
법은 버릴 수도 없거늘

경전의 문자를 따르면
귀의할 곳은 있어도
여전히 자재함을 얻을 수는 없어
부처가 군생의 죽살이를 대신하여
살고 죽을 수가 있을까

*경전(經典) : 석가가 설(說)한 교법(教法)을 기록한 책. *문자(文字) : 의리(義理)를 전표(詮表)하는 부호. 실상(實相)은 본래 문자를 떠나서 존재하나 문자를 빌리지 않으면, 실상을 밝히지 못하므로, 문자는 법신(法身)의 생명. *귀의(歸依) : 돌아가 의지하여 구원을 청함. 귀입(歸入), 귀투(歸投). 석가가 불(佛)에 귀의하고 법(法)에 귀의하고 승(僧)에 귀의하는 것을 삼귀의(三歸依)라 하였음. 몸과 마음으로 귀향(歸向)하는 것을 뜻함. *자재(自在) : 나아가고 물러남에 장애(障礙)가 없음을 자재라 하고 또한 마음이 번뇌의 계박을 여의고 통달하여 걸림이 없음을 자재라 함. 유식연비사말(唯識演秘四末)에, '베풀어 밝힘이 없음을 자재라 한다.' 고 하였음.

허환된 몸

내남없이 중요한 것은 오늘,
오늘을 진귀하고 애석하게 여기며
인업에 따라 살라는 것인가
삶은 단지 평범하면서 담담하여야
비로소 진실 되며 오래 가거늘

선의 마음바탕은 스스로 깨치고
스스로 수양하여 스스로 얻어야 하는가
그러기에 자성을 강조하며
우상의 숭배를 반대하는가
허환된 몸은
시간이 얼마 남지 않았다
떠날 준비를 해야겠다 하지만
세간 사람들처럼 슬퍼하지 않으리

*인업(因業) : 업(業)은 만물(萬物)을 내는 원인이 되는 것. 인(因)은 몸소 생하고 결과(結果)하는 힘이 있고, 업은 생하고 결과하는데, 조연(助緣)의 소작(所作)이 되는 것으로 인법은 곧 인연(因緣)임. *수양(修養) : 1)양생법(養生法). 2)선(善)을 행하는 것. *우상(偶像) : 흙, 목재 또는 금속 등으로 신(神), 불(佛)의 상(像)을 만든 것. 한서(漢書)에, '곽거병(霍去病)이 언기산(焉耆山)을 지나다가 휴도왕(休屠王) 제천금인(祭天金人)을 얻었는데, 이것이 중국 우상의 가장 오래된 것이다.' 라고 하였음.

천상천하

중국에서는 서쪽에 사는 민족을
되놈이라고 멸시했으므로
되놈이란 바로 석가가 아닌가
유아독존은 부처가
제자들에게 남긴 공안,
이를 깨칠 수 있으면
선의 문도가 될 수 있거늘

대대로 대기를 이룬 사람은
남에게 미혹되지 않았으며
거동이 진실 되어 헛되지 않았다
정녕 천상천하는 만유가 일순에
생멸되며 모두가 공한 것인가

혹시 부처를 구하려고 하면
부처는 이름에 불과하고
법을 구하려고 하면
마음의 법은 형체가 없거늘

현묘한 것도 없고
부처도 법도 없으니
범인도 성인도 없을까
다만 자기가 짐을 짊어지고
스스로 받아들여야 하는가

*석가(釋迦) : 석가모니(釋迦牟尼)의 약칭. 능력이 있는 사람이란 뜻. *유아독존(唯我獨尊) : 천상인중(天上人中)에서 오직 나만이 존귀(尊貴)하다는 뜻. 천상천하(天上天下) 유아독존(唯我獨尊)이라 함. 이는 불(佛)이 탄생(誕生)할 때에 송(頌)한 문구(文句)임.

자성

빈 그릇을 두들기면
소리가 있거늘
찬 그릇을 두들기면
소리가 없거늘

자성이 미혹되면 바로 군생이고
자성을 깨치면 바로 부처일까

…사사로운 마음밭은 바닷물이고
번민은 파도이며
해독은 악룡이요
진노는 고기와 자라이다…

*공안(公案) : 공부안독(公俯案牘)의 약칭. 선가(禪家)의 공안도 이와 같아서 고래 조사(古來祖師)들이 정한 설(說). 언구(言句), 문답(問答) 등 불조(佛祖)가 기연(機緣)에 상계(相契)하여 종강(宗綱)을 개시한 인연(因緣)을 수록한 것. 그 수는 무려 1700칙(則)이라 하여, 중국 당대(唐代)부터 제창(提唱)되었음. 선(禪)의 과제(課題). 인연화두(因緣話頭)라고 함. *대기(大器) : 위대한 인물을 이름. 정법면장(正法眼藏) 행지권(行持卷)에, '문득 노모(老母)를 버리고 대법(大法)을 찾아 나섰구나. 기대(奇大)의 대기는 발군(拔群)의 변도(辨道)로다.' 라고 하였음.

*자성(自性) : 모든 법(法)이 각각 변개(變改)하지 않는 성품(性稟)이 있다. 이것을 자성이라 함. *미혹(迷惑) : 1)도리(道理)에 미(迷)한 것. 2)사람을 미혹시키는 것. 3)주색(酒色) 등에 탐닉하는 것.

선심

몸은 생하고 멸하므로
다만 환상으로 있다가
끝내 공으로 돌아가니

몸이 있기 때문에
나와 남의 구분이 있게 되며
몸이 없어져 공으로 돌아가면
마치 강물이 바닷물에 들어가듯
나와 남의 구분이 사라지거늘
나와 남이 없어
모든 자성이 하나가 될까

도는 볼 수 있으면
곧바로 보면 되고
머리로 생각을 하면
편차가 생겨나거늘

선은 일상에서 실천해 나아간다면
의식주에서 찾아야 하는가
가장 평상적인 일에서 자신의 평상심을
찾는 것이 바로 선심

*멸(滅) : 1)열반(涅槃)의 체(體)는 무위적멸(無爲寂滅)하므로 멸이라 함. 2)사체(四諦) 가운데 멸체(滅諦)를 뜻함. 3)계행(戒行)은 능히 모든 악(惡)을 멸하므로 멸이라 함. *공(空) : 인연(因緣)이 소생(所生)하는 법(法). 구의(究意)에 실체(實體)가 공적(空寂)함을 말함. *자기(自己) : 자기자신(自己自身)이란 것. 본래의 자기, 태어날 때부터 불성(佛性)을 가지고 있는 자기란 뜻. *선심(禪心) : 적정(寂定)의 마음을 선이라 함. *평상심(平常心) : 평소(平素)의 마음, 일상의 기분을 뜻함.

우주 속의 터럭 하나

점심은 먹는 것이 아니고
마음에 점을 찍는 것

시간으로 과거 · 현재 · 미래를 구별하나
사람의 마음은 예로부터 변함이 없이
어디에 무엇이 있단 말인가

무수한 사변과 현묘한 논리를 다하여도
기껏해야 우주 속의 터럭 하나쯤 되며
세상의 교묘한 지혜를 다 펼쳐도
거대한 바다 속에 물방울 하나
떨어짐에 불과할 뿐

밖에서 일말도 구할 것이 없을 때
자기의 참된 마음이 드러나게 되며
자기의 마음 속의 밝음만이
자기의 어두운 길을 비추게 될까

*점심(點心) : 정식전후(正食前後)에 조금 먹는 것. 소식(小食)하여 공복(空腹)에
점(點)친다는 뜻. 본래는 새벽에 조금 먹거나 또는 일정한 식사와 식사 사이에 시
장함을 위로하기 위하여 음식을 조금 먹어 요기하는 것을 말함. 뒤에는 이것이 변
하여서 낮에 먹는 밥을 점심이라고 하게 되었음. *사변(四變) : 아뢰야식(阿賴耶
識), 스스로 종자(種子)가 인연(因緣)이 되어 근진기계(根塵器界) 등 상(相)을 변현
(變現)하는 것. *광명(光明) : 스스로를 비추는 것을 광이라 하고, 사물을 비추는 것
을 명이라 함.

참되게 얻는 것

무시로 첫찌이니 꼬라비니
따지는 것은 자신을 속이는 일
터럭만한 생각이 있어도
모두 속박하고 구속하게 되기에
무엇이 성인이고
무엇이 범인인가
모두가 헛된 이름에 불과하거늘

무엇이 좋고
무엇이 나쁜가
모든 사람은 미혹한 허깨비

망패스레 구하여 얻는 것은
참되게 얻는 것이라고 할 수 없으니
오직 마음에 일이 없고
일에 마음이 없으면
텅 비고 신령스러우며
공하고 묘하게 되지 않을까

*성인(聖人) : 성자(聖者)라고 함. 대승(大乘)과 소승(小乘)의 견도(見道)이상으로
혹(惑)을 단(斷)하고 이(理)를 증(證)하는 사람. 열반경십일(涅槃經十一)에, '어떠
한 등급으로 불(佛), 보살(菩薩)을 성인이라 하는가. 불과 보살은 성법(聖法)이 있
기 때문이며, 항시 제법의 성(性)이 공적(空寂)함을 관(觀)하기 때문에 성인이라 하
고, 또는 성계(聖戒)가 있기 때문에 성인이라 하며, 성(聖)의 정혜(定慧)가 있으므
로 성인이라 함. *범인(凡人) : 1)세속(世俗) 사람. 2)범부(凡夫), 범이란 원래 일반
(一般)의 뜻으로서 반드시 우(愚)라는 뜻은 아니다. 이생(異生)이라고도 함.

파계한 범부

허공만 더듬고 소리만 좇으면
심신을 수고롭게 할 뿐,
등신 중에 큰 등신이 될 것
꿈에서 깨어야 비로소 깨침이
참이 아님을 알게 되고
종내는 일없음을 알게 되거늘

어느 지자의 토욕질인가
여기에는 부처도 없고 조사도 없으니
달마는 누린내 나는 오랑캐
석가모니는 똥닦이
문수와 보현은 똥푸는 놈

무슨 등각이다 하는 것은
무슨 묘각이다 하는 것은
파계한 범부
정각과 열반은 당나귀를 잡아매는 말뚝
십이분교는 귀신의 장부
고름을 닦아내는 휴지일 뿐이라
사과니, 삼현이니, 초심이니,
십지니 하는 것은
모두 고작 옛무덤이나 지키는 귀신으로
정녕 자신마저 구제하지 못할까

*등신(等身) : 제존(諸尊)의 형상을 조성(造成)하는데, 자기의 신장(身長)과 같은 것을 말함. *등각(等覺) : 부처의 다른 이름. 등(等)은 평등, 각(覺)은 각오(覺悟)의 뜻. 모든 부처가 깨달은 것은 한결같이 평등하므로 등각이라 함.

우주와 한 몸

내남없이 자신만이 자아를 구함에
옹글게 마음을 주로 삼아
밖에 있는 지식의 의향에
때묻지 않아야 하거늘

불문의 가르침을 펼치는 것은
경전 근거로 하여 설법하지만
선에서는 스스로 주장하고
자기가 세상의 모든 짐을
짊어져야 한다는 것인가
이것이 부처의 유아독존의 사상이며
나 역시 우주와 한 몸일까

*묘각(妙覺) : 자각각타(自覺覺他)하고 각행원만(覺行圓滿)하여 불가사의(不可思議)한 것을 묘각이라 함. 곧 불과(佛果)의 무상정각(無上正覺)을 말함. *십이부경(十二部經) : 일체의 경(經)을 그 경문(經文)의 성질과 형식으로 구분하여 12종으로 나누었음. *삼현(三賢) : 대승은 보살수행의 지위(地位)인 십주(十住), 십행(十行), 십회향위(十回向位)에 있는 보살을 뜻하고, 소승은 오정심위(五停心位), 별상념주위(別相念住位), 총상념주위(總相念住位)를 말함. *십지(十地) 십성(十聖)이라고도 함.

*자아(自我) : 자신(自身), 타인에 대한 나. *불문(佛門) : 불가(佛家)라 말과 같음. 불교를 신봉하는 사람이 자기 자신을 지칭하여 '불문제자(佛門弟子)', 또는 약하여, '불자(佛子)' 라 함. *설법(說法) : 교법(敎法)을 설(說)하여 남을 가르침.

진인을 만나면

길에서 진인을 만나면
실오리 하나 걸치지 않은 사람을 만나면
아무 말을 하지말고
그저 침묵으로 말하라고

선은, 말로 할 수 없는 것
타인에게 줄 수 있는 아무런 법도 없거늘
누구든 자성을 갖고 있으므로
그 스스로 함구하고 깨침을 얻도록 할 뿐
깨침을 나누어 줄 수 없으니

불문에서 실오리 하나 걸치지 않음은
그 무엇도 걸침이 없음은
티끌 하나 묻지 않았고
조금도 걸림이 없을까

*선(禪) : 전념집주(專念集注) 또는 심일 경성(心一境性)의 삼매(三昧)로서 중국 불교의 독특한 좌관수행(坐觀修行), 공안선(公案禪)의 사상으로 발전하여 하나의 독립된 종파로 전개됨. 선종은 불립문자(不立文字), 교외별전(敎外別傳), 직지인심(直指人心), 견성성불(見性成佛)이라는 기본 입장과 선종 독자의 수도 규칙인 청규(淸規)를 수립하여 자성청정심(自性淸淨心)의 자각, 내심자증(內心自證), 자각성지(自覺聖智)의 불교를 제창함.

남을 속이는 짓

청맹과니는 온종일 눈을 감고 앉아
마음과 생각을 모으고
선정에 들어가려 하나
끝내 잡념만 일어나게 되니
두 귀를 막고
방울을 도둑질하듯이
자기를 속이고
남을 속이는 짓

눈먼 사람은 망치로 부처를
내려쳐도 보지를 못하고
귀먹은 사람은 큰소리로
할을 해도 알아듣지를 못하고
말을 못하는 사람은 마음속으로
알아도 말을 할 수가 없거늘
이 안스럼을 뉘라서 제도할까

*선정(禪定) : 선과 그 번역인 정(定)의 합성어. 좌선에 의하여 심신이 통일된 상태.
마음을 한 곳에 집중시키는 명상. *할(喝) : 당대(唐代) 이후 선림에서 사용된 일종
의 규성(叫聲)으로, 질타(叱咤)의 뜻을 나타냄. 또는 언전(言詮)이 미치지 않는 곳
을 나타낼 때 사용됨. *제도(濟度) : 중생을 고해(苦海)에서 건지어 극락으로 이끌
어 주는 일.

비로자나를 뛰어넘고

번민의 때를 벗기고 의식주에
탐착하지 않으며 오직 불도를 구하는
두타란 수행을 위해
욕심을 사그리 버리는 것인가

석수장이 눈 깜박이부터
남에게 정을 맡기지 않으며
사자는 굴 밖을 나서면서
동행을 구하지 않거늘

비로자나를 뛰어넘어야
석가를 뛰어넘어야
범성의 인과에 가리지 않아야
비로소 대해탈을 한 진인이 될까

*두타(頭陀) : 1)걸식, 탁발, 번뇌의 때를 벗기고, 의식주에 탐착하지 않으며, 오로지 불도를 구하는 것. 2)두타를 실천하는 사람. 선승. *비로자나 : 부처의 진신(眞身)을 나타내는 칭호. *범성(凡聖) : 범부(凡夫)와 성인(聖人). 소승에서 초과(初果) 이상과 대승의 초지(初地)이상을 성인이라 하고, 그 이하 혹(惑)을 단(斷)하지 못한 사람은 범부임.

불 속에 얼음

만유 가운데 홀로 몸을 드러낸다
한 사람만이 스스로 긍정하고
수많은 사람들이 가까이한다
지난날의 잘잘못을 도중에 찾으니
지금 불 속에 얼음인가

문 없음이 곧 해탈의 문
뜻 없음이 곧 진인의 뜻
일렁이면 죽살이의 근본이 나타나
고요한즉 취하여 혼미한 고향일까

물 위에 모습을 비추어도
그림자는 어지럽히지 않으며
물결이 엷은 파문을 일으켜도
물결의 푸르름과 뒤섞임은 없거늘
물결에 흔적이 남지 않는다
사방에 그림자와 상도 없으며
이미 삼계에 발자취가 끊어졌을까

*해탈(解脫) : 계박(繫縛)을 벗어나서 자재(自在)함을 얻는다는 뜻. 혹업(惑業)의 계박을 풀고 삼계(三界)의 고과(苦果)를 벗어나는 것. 주유마경일(注維摩經一)에, '조(肇)가 말하기를, '가는 대로 맡겨서 걸림이 없으며, 진과(塵果)가 구속하지 못하고 해탈하는 것이다.' 하였고, 유식술기일본(唯識述記一本)에, '해(解)는 박(縛)을 주는 것. 탈(脫)은 자재(自在)함을 말한다.' 하였고, 화엄대소오(華嚴大疏五)에, '해탈이란 말은 작용(作用)이 자재(自在)함을 말하는 것이다.' 하였음. *삼계(三界) : 범부(凡夫)가 생사(生死)로 왕래하는 세계를 셋으로 나눈 것. 1)욕계(欲界). 2)색계(色界). 3)무색계(無色界).

소리와 이름이 없다면

사람의 눈이 있는 것은
마땅히 보려고 생긴 것
보고……더 멀리 보아야 하고
더 높이 보아야 한다지만
눈은 투명한 반사체 같아서
외경의 진실을 나타내고 있으나
한 오라기의 흔적도 남기지 않거늘

불법을 구하려면 반드시
소리나 이름을 마음 속에
담아 두어선 아니 될까
알 수 있는 것은 이름,
가릴 수 있는 것은 소리,
소리와 사물의 이름이 없으면
어찌 가름할 수 있을까
가로수에 실바람이 부는 것도 소리
매미나 고양이 우짖는 것도 소리
그것을 어찌 가름할 수 있을까

계율을 지키는 것은
단지 자기 몸의 규범일 뿐
진정한 해탈은 아닐지
어찌 타인의 지혜를 열으리

*불법(佛法) : 1)불(佛)이 소설(所說)하는 법. 2)불(佛)이 소득(所得)하는 법. 3)불(佛)이 소지(所知)하는 법을 불법이라 하며 일체제법이 곧 불법(佛法)이다. *외경(外境) : 외계(外界)의 대상. *계율(戒律) : 계(戒)는 방비지악(防非止惡), 율(律)은 법률(法律)의 뜻. 오계(五戒), 십선계(十善戒) 내지 이백오십계(二百五十戒) 등 불제자(佛弟子)의 비도덕적인 행위를 막는 율법.

# 마음이 없으면 법도 없다

깨친 후에는 깨치기 전과 같아서
마음이 없으면 법도 없다
허망함과 범인이니 성인이니 하는 마음
선악이니 득실이니 하는 마음을 없애야만
자성을 발견할 수 있게 될까
자성은 본래 갖추고 있는
미혹으로 가려져 있어
스스로 지키도록 힘써야

마음이 부처라고 한다
부처를 뛰어넘지 못한
나는 마음도 아니고
부처도 아니고
사물도 아닐까

부처와 조사를 뛰어넘어
대담하게 자신을 짊어져라
화로의 깊은 곳에서 불씨를 찾아내듯
오도의 수행도 일정한 시간이 되면
미혹 속에서 홀연히 깨친 것
잊어버린 것을 홀연히 기억해
불성이 바로 자신의 본성이어서
밖에서 구할 수 없음을 알게 될까

---

*선악(善惡) : 선악의 성(性)을 판단하는데 경론(經論)과 제사(諸師)의 설(說)이 여러 가지로 같지 않다. 보살영락경(菩薩瓔珞經)에는, '순리(順理)를 선(善)이라 하고, 위리(違理)를 악(惡)이라' 하였음. *득실(得失) : 득상(得喪)과 같음. 1)잃음과 얻음. 2)이익과 손해. 3)성공과 실패. 4)장처(長處)와 단처(短處).

일 없는 사람

수도란 결코 귀를 막고
눈을 감는다고 되는 것이 아니다
때가 되면 임의대로 보고 듣거늘
그 관건은 그릇된 감각이
생겨나지 않도록 하는 것
사랑과 미움으로 사물에
얽매이지 않도록 하는 것

가을 풍경처럼 물 맑고 고요하여
인위적으로 하는 것이 없고
담박하면서도 걸림이 없는 것

진인의 마음밭 같이 거짓이 없고
등뒤도 없고 얼굴도 없고
티끌 하나도 받아들이지 않고
한 법도 바라지 않는다면
진인이란 도무지 일 없는 사람인가

*오도(悟道) : 불도(佛道)의 깨침. 오(悟)와 같음. *불성(佛性) : 불(佛)은 각오(覺悟)이다. 일체중생이 모두 각오하는 성(性)이 있으며, 이를 불성(佛性)이라 함.

*수도(修道) : 행위(行位) 삼도(三道)의 하나. 성문승(聲聞乘)이 일래향(一來向)에서부터 아라한향(阿羅漢向)의 구경(究竟)에 이르러, 삼계(三界)의 수혹(修惑)을 단(斷)한 자리이다. 또는 보살승(菩薩乘)의 십지(十地)사이에서 함께 생기는 번뇌와 소지(所知)의 이장(二障)을 단(斷)한 자리이다. 이미 견도(見道)에서 일단에 진체(眞諦)를 조견(照見)하고 다시 진관(眞觀)을 수습(修習)하므로 수도(修道)라 함. 사교의육(四教儀六)에, '이삼과(二三果)에 중려연(重慮緣)을 버리는 것을 진명(眞名) 수도(修道)라 한다.' 하였음. *진인(眞人) : 무위진인(無爲眞人), 계급을 매길 수 없는 참사람.

부처의 경계

대기를 얻은 사람은
모름지기 크게 써야 함이니
일념으로 돈오했을 때는
애당초 속려를 없애야 하거늘

만일 두부 자르듯이 단번에
범인과 성인의 정이 다하고
체가 진상을 드러내면
이치와 일이 둘이 아니라서
이것이 바로 부처의 경계일까

*대기(大機) : 1)수승한 근기. 기(機)는 소질, 능력이라는 뜻. 대승법을 수지하고 신념이 견고하여 수행력이 뛰어난 사람을 일컫는 말. 2)선승의 훌륭한 기용(機用). 즉 수행자를 지도하는 방편이나 일상 언행을 가리킴. *일념(一念) : 1)극히 짧은 시간. 일순간. 2)일순간에 일어나는 마음의 작용. *돈오(頓悟) : 수행의 계위를 거치지 않고 곧바로 심지(心地)를 증오(證悟)함. *속려(俗慮) : 속정(俗情), 또는 속된 생각. *진상(眞常) : 영원한 진실. *경계(境界) : 자가(自家)의 세력이 미치는 범위, 또는 내가 얻은 과보(果報)의 계역(界域)을 말함.

알음알이

아비는 자혜롭고 아들은 효라며
위에서 명령하고 아래에서 따른다
관능적 향락에 빠진 아들이
포악을 일삼아 아비를 넘보는 세태
여기에 무슨 미래가 있으랴

산 너머에 연기가 오르는 것을 보면
불이 난 것을 알고
담 너머 뿔이 보이면
소라는 것을 알 듯이
될 법한 나무는 떡잎부터 다르다

깨치는 것은 자신의 마음이라
만일 밖을 향하여 구하여
수박 겉핥기 지식을 얻어도
빈 똥통과 같아서 외려
마음밭만 더럽히는 것이 아닐까

아는 것이 많으면 많을수록
장애가 더욱 깊어지거늘
차라리 도를 알려는 마음마저 버리고
알음알이가 일지 않도록 하여야 하는가

*알음알이 : 1)서로 잘 아는 사이. 2)약삭빠른 수단. *장애(障礙) : 장해(障害)와 방애(妨礙)라는 뜻. 장(障) 또는 애(礙)라고 한다. 제법이 생(生)하고 주(住)하는 일에 있어서 장해(障害)가 되고 방애(妨礙)가 되는 것을 말함.

진리와 현실은 둘이 아니니

둥근 원은 유일함을 뜻이거늘
원에는 기점이 종점이고
종점 또한 기점이다
점점이 이어져 여여히 평등할 뿐

그 여여하다는 함은
내남이 모두 같음이라
분별과 사량을 벗어나는 것을
여여하다고 하는가

생각이 없는 묘함으로 생각하고
다함이 없는 신령한 불꽃으로
생각이 다하여 근원으로 돌아오면
성품과 모습이 항상 머물러
진리와 현실은 둘이 아니라서
이것이 바라건대 참된 부처일까

오로지 여여로움 속에서
홀로 무거운 짐을 짊어지고
자아를 찾는 것이 선사의 본색일까

---

*원(圓) : 1)만월(滿月)과 같이 둥근 것. 2)원교(圓敎)를 말함. 3)원만(圓滿), 원돈(圓頓), 완전(完全)한 것. 4)혜광(慧光)의 삼종교(三種敎)의 교판(敎判)에 의하면 화엄경(華嚴經)을 가리켜 말함. *분별(分別) : 모든 사리(事理)를 사량(思量)하여 식별(識別)하는 것을 분별이라 함. *사량(思量) : 사려(思慮)하여 사리(事理)를 양도(量度)하는 것. 화엄경(華嚴經) 방편품(方便品)에, '이 법은 사량과 분별로 풀 수 없다.' 하였음. *선사(禪師) : 1)선인(先人). 2)선승의 일반 명칭.

선에서 보면
모두 변하여 끊기지를 않아서
불변진여란 있을 수가 없는가
고저와 시비
너와 나
모두 없애야만 하는가
대립적인 관념을

도가 1척 높아지면
마늘 1장이나 높아진다고 했거늘
수행을 방해하고 심신을
어지럽게 만드는 의념과 행위를
'마' 라고 칭하거늘

*마(魔) : 장애자(障礙者), 살자(殺者), 악자(惡者)라 번역. 몸과 마음을 요란케 하여 선법(善法)을 방해하고 좋은 일을 깨뜨려 수도에 장애가 되는 것을 말함. *불변진여(不變眞如) : 진여(眞如)의 체(體)가 필경(畢竟)은 평등(平等)하여 변이(變異)가 없으므로 불변진여(不變眞如)라 하며, 곧 본성(本性)의 진심(眞心)이 상주(常主)하는 불성(佛性). *관념(觀念) : 진리(眞理)와 불체(佛體)를 관찰하고 사념(思念)하는 것. *의념(意念) : 염불(念佛)을 소리를 내어 하지 않고 마음 속에서 하는 것, 또는 마음으로 생각하는 것, 또는 관념(觀念)의 염불(念佛)을 말함. *행위(行爲) : 한역불전(漢譯佛典)에는 행위(行爲)라는 어구(語句)가 없다. 그러나 이에 상당(相當)하는 어구(語句)는 업(業).

내심의 원상태로 돌아가는 것이

눈 깜박거릴 사이에 본다는 것은
심령이 전일하게 자성을
주시하고 있음을 뜻하는가
이는 바로 견성을 뜻하고
이는 바로 돈오를 뜻함인가

지식과 문자에 미혹되어
장애를 내려놓고
스스로 마음을 구하는 것인가
지식은 사람에게 분별심을 일으키어
쉽사리 자아를 잃게 하거늘

선에서 깨쳐야 할 것은
일반인의 지식에 대한 집착,
도는 깨침으로 이르는 것이라
언어에 있는 것이 아니므로
마음과 뜻을 수고롭게 하지말고
잠시 본원을 되돌려 살펴야 하는가

어버이 나를 낳기 이전으로 돌아가듯
내심의 원상태로 돌아가는 것이
선의 목적이 아닌가

*심령(心靈) : 심식(心識)이 영묘하기 때문에 심령이라 함. 능엄경일(楞嚴經一)에,
'너의 심령의 일체가 밝아진다.' 하였음. *견성(見性) : 선가(禪家)에서 쓰는 말로
자심(自心)의 불성(佛性)을 꿰뚫어 보는 것. *내심(內心) : 외형(外形)에 대하여 마
음을 내심이라 함.

죽음의 길

때론 선사의 가르침은 제자들에게
나아갈 길이 없도록 몰아세우고
낭떠러지 맨 끝에서
자신에게 주의를 돌리도록 하거늘

군생들은 불성을 갖고 있지만
단지 허망한 분별에 의하여 가려져 있어
죽음의 길이 되어 버리거늘
참선하여 도를 깨치려는 목적은
죽음의 길에서 살아나려는 것이고
근본에서 허망한 생각을 없애고
죽음에서 삶에 이르도록 하는가

크게 한번 죽어야
비로소 크게 살 수 있다고
허망한 분별을 모두 멸한 후에는
불상이 도도하게 드러날까

---

*사(死) : 수(壽), 식(識), 난(煖)의 삼법(三法)을 여의는 것을 사라 함. 구사론오(俱舍論五)에, '수(壽)와 난(煖), 식(識)의 삼법(三法)이 몸을 버릴 때, 버리는 몸이 쓰러져서 나무와 같아 사각(思覺)이 없다.'고 하였음. 명의집(名義集)에, '말라남(未羅諵)은 번역하여 사(死)라 한다.'고 하였음.

허공엔 상이 없다

무릇 상은 모두 허망하고
사물은 일순에 변하여 달라진다
무엇과 비교하여 닮았다고 하나
그것은 곧 닮지 않은 것이 되어 버리며
같지 않다고 보면
어쩌면 같은 것이 될 것

단지 허공은 상이 없으므로
같지 않은 것이 없지 않아
자기의 본성을 인식하여야만
허공에 상이 없다는 진리를 인식하여
범성을 함께 잊어버리고
도법의 정묘함을 몸으로 증명하게 될까

*상(像) : 1)거울 속의 상(像). 2)영상(影像). 3)모습, 몸차림. 4)가장(假裝)한 것. 5)구상적(具象的)인 형(形)으로 표현한 것. *사물(事物) : 1)사(事)와 물(物). 2)가(家), 가구(家具) 등의 물체(物體). *허공(虛空) : 허(虛)와 공(空)은 무(無)의 별칭임. *도법(道法) : 열반정도(涅槃正道)에 이르는 법.

제 2 장
벽곡이면 족하랴

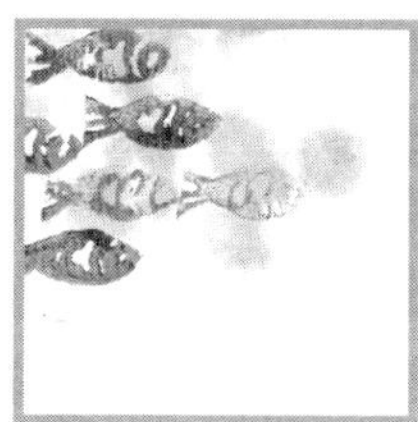

92. 티끌에 물들지 않음이
93. 여래란 바로 본래와 같다
94. 불이의 도리
95. 백발이 되어서야
96. 말속의 산울림
97. 청맹과니는 보아도 보지 못하고
98. 눈으로 들을 수 있는 소리는
99. 여여한 경지
100. 상규에 벗어나서
101. 선가에서는
102. 지옥이 괴롭다고
103. 물 속의 달
104. 망패된 마음
105. 헛된 그림자일 뿐이다
106. 시간은 화살과 같으니
107. 달과 물
108. 고묵선
109. 묵조선
110. 날마다 덜어내는 것
111. 한 그루 큰 나무
112. 투철하게 벗어나
113. 외물에 물들지도 않으니
114. 열반의 묘한 마음
115. 마른 하늘의 벽력
116. 산은 여전히 산
117. 콧구멍
118. 오직 나 홀로 존귀하다
119. 죽살이는 자연에 속하고
120. 자기에게 있다
121. 자성의 참된 나
122. 마음은 형상을 뛰어넘어야

123. 철벽이 자기라는 것을
124. 집착을 쓸어버리고
125. 날마다 좋은 날이
126. 자성청정심
127. 구도로 가는 지름길
128. 무게를 느끼지 않고서
129. 하늘의 길
130. 극성진실
131. 이승에 있는 한 나는 없다
132. 해탈로 가면
133. 공덕이 하늘에 미치어
134. 우주의 어머니
135. 조금 부족한이 있는
136. 저승으로 가는 시간
137. 벽곡이면 족하랴
138. 혈
139. 모남이 없도록
140. 스스로 돕는 자를 돕는다
141. 감사
142. 지박령
143. 소리없이 이루어지다
144. 소우주
145. 길을 묻다
146. 영혼의 공백
147. 빙의와 무당
148. 피부호흡
149. 몸과 더불어 영생은 없다
150. 참선자의 자세
151. 탈피
152. 기로 눈을 씻으며
153. 하늘의 마음

154. 빛을 의념하라
155. 밝고 맑고 고운 곳
156. 정심에 도달하여야
157. 금빛비늘
158. 하단에 둔다
159. 잊어버림
160. 무념의 집중
161. 참선의 묘미
162. 버리는 것
163. 참선이 깊을수록
164. 파계
165. 개안
166. 개심의 조건
167. 하늘의 범위에서
168. 오늘의 결과
169. 조건으로 인하여
170. 엄격한 도덕성
171. 도리와 자신의 위치
172. 자유로움
173. 몸에 티끌까지
174. 붉은 기운으로
175. 호흡과 의식을 모아서
176. 약간 딱딱함이
177. 우주호흡
178. 우주의 가운데
179. 호흡으로 마음을 바꾸면
180. 무념의 상태에서
181. 단전을 생각하라
182. 우주를 생각하면서

티끌에 물들지 않음이

눈빛에 성냄이 없음이
공양이다
입가에 성냄이 없음이
묘한 향이다
마음 속에 성냄이 없음이
진귀한 보배다
티끌에 물들지 않음이
참된 진리다

참외가 달디달면
꼭지마저 달거늘
삼대겁을 수행하고도
아직도 스승의 마음을 받아야 하나

*공양(供養) : 삼보(三寶)에 대하여 공경(恭敬)하고 마음으로 물품을 드리는 일. *진리(眞理) : 현교(顯敎)에서 유위(有爲)의 사상(事相)에 대하여 무위(無爲)의 진여(眞如)를 진리라 함. *삼대겁(三大劫) : 삼대아승지겁(三大阿僧祇劫)의 약어. 무한히 긴 세월.

여래란 바로 본래와 같다

상천하지는
나와 더불어 같은 뿌리
삼계가 유심이고
만법이 유식이거늘
이 둘은 그대 마음 안에 있는가
아니면 마음 밖에 있는가

무엇이 부처란 말인가
부처는 바로 여래인 것
여래란 바로 본래인 것
현재 이루진 모양인 것

마음 속의 일체를
자연스레 내려놓으면
자연스레 해탈하지 않을까

*상천하지(上天下地) : 위 하늘 아래 땅. 1)공거천(空居天). 2)하지, 삼계분의 구지(九地), 지상 또는 지하. *유심(唯心) : 우주의 종극적(終極的) 실재(實在)는 마음 뿐으로서 외계(外界)의 사물(事物)은 마음의 변현(變現)이라는 뜻. *유식(唯識) : 간별(簡別)의 뜻. 식외(識外)에는 법(法)이 없음을 간별(簡別)함을 유(唯)라 하고 식(識)은 요별(了別)의 뜻, 마음을 요별 하는데 대략 3종이 있고, 넓게는 8종이 있어 식이라 함. *여래(如來) : 불(佛)의 십호(十號)의 하나임. 여(如)는 진여(眞如)이며, 진여의 길을 타고 인(因)에서 과(果)를 찾아와서 정각(正覺)을 이루기 때문에 여래라 하며, 이를 진여여래(眞如如來)라 하고, 도한 진여의 도(道)를 타고 삼계(三界)에 와서 교화(敎化)를 여래라 하는데, 이는 응신 여래(應身如來)라 함.

불이의 도리

가장 버거운 일 가운데 하나가
바로 마음의 편고
청맹과니의 마음은 항상 오르내리며
존중하고 비하하는 마음이 생겨나서
언제쯤 모든 편견을 없애야
비로소 선의 씨앗을
뿌릴 수가 있게 될까

물음에 답이 있어
답은 묻는 것
언어의 문자로 묘사하려고 한다면
편차가 나타나게 되거늘

그것은 둘이 없는
불이의 도리일 뿐

*편고(偏枯) : 반신불수(半身不隨)의 병(病). 또는 한쪽으로 치우치는 것. *불이(不二) : 일실(一實)이 이(理)가 여여평등(如如平等)하여 피차(彼此)의 분별이 없으므로 불이라 함. 보살(菩薩)은 일실평등(一實平等)의 이(理)에 오입(悟入)하므로 입불이법문(入不二法門)이라 함. 유마경(維摩經) 입불이법문품(入不二法門品)에, '삼십삼인(三十三人)이 불이법(不二法)을 얻었다는 것. 유마경 입불이법문품에 유(有)의 연기(緣起)는 이법에 끝나는 것. 이법이 이미 폐(廢)하면 현경(玄境)에 들게 된다. 이(離)와 진(眞)이 모두 명(名)이 둘이므로 이불이라 말한다.' 하였고, 대승의장일(大乘義章一)에, '불이(不二)는 무이(無異)를 말하는 것, 이는 경중(經中)의 일실의(一實義)이다. 일실(一實)의 이(理)는 묘적이상(妙寂離相)의 여여평등(如如平等)이 피차(彼此)가 없으므로 불이라.' 고 하였음.

백발이 되어서야

뜬금없이 머리에 새치들이 자리다툼을 한다
꽃은 묵은해보다 곱다는 것은 알아도
갖가지 미련과 탐욕에 집착하여
만유가 공하다는 이치는 알지 못할까

색즉시공
공즉시색

아침이슬 맞은 꽃이 아름다움을 뽐내고
저녁나절 꽃바람이 취하게 만들어도
때가 되면 시들어 버릴 것을 알까

모든 일은 예견하지 않았다가
꽃이 지고 백발이 되어서야
덧없는 인생이 꿈이었고
모두 헛됨을 후회하게 될까

*탐욕(貪慾) : 자기가 하고자 하는 것을 탐내어 구하는 것. *집착(執着) : 봉집견착
(封執堅著)의 뜻. 또는 홑(單)으로 집(執), 또는 착(着)이라 하며 계착(計着)이라고
도 함. 허망분별(虛妄分別)한 마음으로 인하여 아(我)와 법(法) 등의 봉집견착(封執
堅著)하는 것을 말함. *만유(萬有) : 우주간에 있는 삼라만상. *공즉시색(空卽是色)
: 진여실상(眞如實相)인 공(空)과 색(色)인 모든 법(法)의 차별에 있는 것이 아니고,
공의 자체 그대로가 모든 법(法)이라고 하는 것.

말속의 산울림

자연환경은 몾몾이 자성이라
사람 마음은 경계에 따라 옮기므로
가는 곳마다 형체에 얽매이게 될까

만일 깨끗한 마음으로 온갖 생각을
다 잃어버릴 수 있는 경계에 이른다면
비로소 실체가 드러날 것인가

소리를 듣고 도를 깨치고
색계를 보고 마음을 밝히면
글 속에 예봉이 감춰져 있어
말속에 산울림 들어 있을까

보고 듣는 것이 자성 아님이 없듯이
온갖 상념을 다 지울 수 있는 것은
공의 경계, 모두를 초월한 경지가 아닐까

*색계(色界) : 삼색(三色) 가운데 하나. 신체(身體)와 가옥, 토지 등 물질적인 것이 모두 수묘정호(殊妙精好)하기 때문에 색계(色界)라 말하고 색계에는 사선(四禪)으로 나누어, 다시 18천(天)으로 나누어진다. 이 색계는 욕계 위에 있으며, 욕계와 같은 음욕(淫慾), 식욕(食慾) 등의 탐욕(貪慾)은 여의었으나 아직 무색계와 같이 완전히 물질을 떠나서 순정신적(純精神的)인 것은 되지 못한 중간(中間)의 물적(物的)인 세계를 말함. *예봉(銳鋒) : 날카로운 창끝. 비판의 날카로운 논조. *상념(常念) : 때로 항상 생각하는 것.

청맹과니는 보아도 보지 못하고

천둥번개가 바다를 괴롭혀도
바다의 성품은 줄어들지 않듯이
비구름이 태양을 가려도
태양의 열기는 여전하니
청맹과니는 보아도 보지 못하고
알아도 알지 못하니
오직 우주만이 이 진리를 아는가

도법이 현재 이루어져 있으며
일체가 갖추어져 있거늘
원만하고도 크게 비어 있어
빠진 것도 없고
남는 것도 없으니
무엇이 모자라고 무엇이 남아도는가
무엇이 옳고 무엇이 그른가
무엇이 알고 무엇이 모르는가
참으로 아는 자라면
견문지각를 자르고 끊어
실오라기 같은 장애도 없게 되거늘

반야를 보면 반야라 이름할 수 없으니
반야를 보지 않고선 반야라 이름할 수가 없는가
한 법이 모자라도 법신을 이룰 수가 없으니
한 법이 남아도 법신을 이룰 수가 없는가

진실로 모든 언어와 삼매,
가로 세로와 깊고 얕음
숨고 드러남
가고 옴이 모두가
우주의 실상을 보여지는 문인가

*진리(眞理) : 현교(顯敎)에서 유위(有爲)의 사상(事相)에 대하여 무위(無爲)의 진
여(眞如)를 진리(眞理)라 하며, 밀교(密敎)에서는 섭지(攝持)하여 난잡하지 않음을
이(理)라 하고, 그 법(法)이 생기지 않음을 가리켜 진(眞)이라 함. *견문지각(見聞知
覺) : 견(見)은 안식(眼識), 문(聞)은 이식(耳識), 지(知)는 의식(意識), 비식(鼻識), 설
식(舌識), 신식(身識)에 의하여 깨닫는 것. *반야(般若) : 법(法)의 실(實)다운 이치
를 계합(契合)한 최상(最上)의 지혜(智慧). *법신(法身) : 불(佛)의 진신(眞身). *삼매
(三昧) : 일체정(一切定), 조직정(調直定), 정심행처(正心行處), 식처의심(息處疑心)
이라 함.

눈으로 들을 수 있는 소리는

무엇이든 상접하는 것은 자성이라
귀로 상접하여 아는 것은
단지 소리의 티끌일 뿐
자성이 아닌 형상
눈으로 들을 수 있는 소리
소리의 티끌이 아닌 자성
육안으로 보는 것이 아니라
도안으로만 보는 것인가

한겨울 눈보라를 맞는 가로수에서
삶의 고달픔을 느끼게 함은
도도하게 동쪽으로 흘러가는
강물을 바라보노라면
인생무상의 느낌이 들게 함은
혜안으로 보면 대지와 만유가
저마다 선기가 오롯이 서려
만유는 나와 더불어 있음이 아닌가

사람이 짐승이나 사물과 다른 점은
사람에게는 사상과 감정을
언어로 표출해 낼 수 있는 능력
당초에 정이 없는 사물은
생각이 없으므로 언어가 없거늘
허나 정이 있든 정이 없든
모두 자성의 일체가 아닐까
모든 사물의 자성을
꿰뚫어 볼 수 있다고 한다면
사물은 영기와 상접한다면
완전한 깨침에 닿지 않을까

*상접(相接) : 이어져 있는 것. *형상(形像) : 목상(木像), 화상(畵像) 등의 초상(肖像)임. *도안(道眼) : 대도(大道)를 깨달아 체득(體得)한 안목(眼目). 곧 제법실상(諸法實相)의 당체(當體)를 꿰뚫어 보는 눈. 법안(法眼)과 유사한 말. *혜안(慧眼) : 오안(五眼)의 하나. 혜(慧)는 능히 관조(觀照)하므로 안(眼)이라 하고, 제법이 모두 공(空)함을 비치는 진리(眞理)의 공(空)을 혜라고 이름한 것. *선기(禪機) : 선(禪)의 수행(修行)으로서 체득(體得)한 무아(無我)의 경지(境地)로부터 나오는 마음의 작용. *영기(靈機) : 영묘한 작용(作用). 자유자재로운 작용.

여여한 경지

선을 찾아
산을 넘고 강을 건너면서
강물 속에 비친 내 그림자에 홀연히
완전한 깨침을 얻을 수 있을까

절로 시상에 젖어들 듯
마냥 홀로 젖어 들면
언뜻언뜻 그대 모습이 보인다
허망한 분별에 기대지 말아야 한다
나와는 아득히 멀어지니

그대는 지금 바로 나이고
나는 지금 그대가 아닌가
마땅히 이렇게 알아야만
비로소 여여한 경지를 깨치리

*선(禪) : 선종(禪宗)의 선(禪)은 그 이름이 비록 사유정려(思惟精慮)의 뜻에서 취
(取)했으나 그 체(體)는 열반(涅槃)의 묘심(妙心)이 되며 색계(色界)에 속하는 선은
아니다. 능히 욕계(欲界)의 오온(五蘊) 등 일체악(一切惡)을 버림으로 기악(棄惡)이
라 하며, 혹은 번역하여 공덕총림(公德叢林), 또는 사유수(思惟修)라고 한다. 대승
의장십삼(大乘義章十三)에, '선종은 별명(別名)이 같지 않다. 1)선(禪) 2)정(定) 3)
삼매(三昧) 4)정수(正受) 5)삼마제(三摩提) 6)사마제(奢摩提) 7)해탈(解脫), 또는 배
사(背捨)라 한다. 선은 바로 인도(印度)의 말이다. 이를 번역하여 사유수습(思惟
修習)이라 하며 또한 공덕총림(功德叢林)이라 한다.' 하였음.

상규에 벗어나서

마음에 일설이 사라져야
십인십과도 덩달아 멀리 사라지고
장단과 호오가 하나가 되거늘

선문에서는,
일어날 수 없는 일들을
정리에 맞지 않는 일들을
이상야릇하게 보지 않으니

변하지 않는 것은 움직임이 없어
변하지 않는 참된 마음
선사의 견성한 경계

상규에 벗어나서
감성적인 괴상한 현상을 들어
이치에 굳어져 버린 속박을 깨뜨려
발랄하게 살아 있는 몸가짐으로
사물의 진상을 파고드는가

*이론(異論) : 부동(不同)한 논의(論議). 정법(正法)에 반대되는 잡다한 이의(二義)가 있음. 잡아함경삼십사(雜阿含經三十四)에, '급고독장자(給孤獨長者)가 외도(外道)의 정사(精舍)에서, 저 외도의 이론을 절복(折伏)시켰다.' 라고 하였고, 성실론이(成實論二)에, '모든 비구(比丘)들이 갖가지의 이론을 내세웠다.' 라고 하였음. *십인십과(十人十果) : 1)음습인(婬習因). 2)탐습인(貪習因). 3)만습인(慢習因). 4)진습인(瞋習因). 5)사습인(詐習因). 6)광습인(誑習因). 7)원습인(冤習因). 8)견습인(見習因). 9)왕습인(枉習因). 10)송습인(訟習因). *선문(禪門) : 1)선정(禪定)의 법문(法門). 2)삼학중(三學中)의 정학(定學)은 육파라밀(六波羅蜜) 가운데 선파라밀(禪波羅蜜)이다. 3)달마(達磨)가 전한 선나(禪那)의 법문(法門). 4)재가(在家)하다가 머리를 깎고 도(道)에 들어간 자를 선문(禪門)이라 한다. *정리(正理) : 바른 도리(道理), 사리(事理). 바른 이치(理致).

선가에서는

선문에서는,
모든 법이 유에 속하지 않아서
유에 집착하는 것은
허망한 분별을 보태 주는 일
모든 법이 무에 속하지 않아서
무에 집착하는 것은
허망한 분별을 덜어 주는 일

하늘에서 내리는 것은 빈궁하고
땅에서 솟구는 것은 부귀할까
문안에서 밖으로 몸을 내쫓기 쉬지만
문안에서 문을 내보내기는 어렵거늘

능하고 능하지 못한 것이나
있음과 없음은 모두 생각하고
분별해서 생긴 귀결이 아닐까

*선가(禪家) : 1)선종(禪宗)을 말함. 2)선종의 사원(寺院). 3)선종의 승려(僧侶), 사
가대승(四家大乘)의 하나. *유(有) : 1)무(無)와 공(空)에 대한 말. 2)십이인연(十二
因緣)의 하나. 3)과(果)의 이름. 4)색계(色界)와 무색계(無色界)의 정(定)과 의신(依
身). *무(無) : 비(非), 불(不)이라 함. 사물의 존재를 부정하는 말. *망상(妄想) : 실
(實)에 부당(不當)한 것을 망(妄), 망녕되게 분별하여 여러 가지의 상(相)을 취하는
것을 망상(妄想)이라 함. *분별(分別) : 모든 사리(事理)를 사량하여 식별(識別)하
는 것을 분별이라 함.

# 지옥이 괴롭다고

대장부는 당연히 높고 높은 산
산꼭대기를 향해 서야 하며
깊고 깊은 바다 밑을 가야 하는가

지옥은 괴롭다고 말할 수 없으며
대사를 밝히지 못하는 것이
천하에 가장 괴로운 일

도를 얻은 사람은 가볍지 않으며
밝은 사람은 천하게 쓰이질 않거늘
지식이 있는 사람은 탄식하지 않고
깨친 사람은 꺼리고 미워하지 않거늘

*대사(大事) : 1)일대사인연(一大事因緣)의 약칭. 가장 중요한 일. 2)아량(雅量). 3)일대사연(一大事緣)의 뜻에서 중생(衆生)을 이롭게 하는 것. 4)중대한 일. 5)육기억형식(六記憶形式)의 제삼(第三). *도(道) : 1)삼악도(三惡道), 삼선도(三善道), 오도(五道), 육도(六道) 등의 도(道)는 윤전(輪轉)의 뜻으로 쓴다. 2)인도(人道), 불도(佛道) 등의 도(道)는 궤로(軌路), 즉 밟고 다니는 길이란 뜻. 또는 궤로의 뜻으로부터 근본원리를 도라고 함. *지옥 : 니이(泥梨), 번역하면 불락(不樂), 가염(可厭), 고구(苦具), 고기(苦器), 무유등(無有等)이라 함. 그 의처(依處)가 지하(地下)에 있기 때문에 지옥이라 하며, 이것을 뜻으로 번역한 것.

물 속의 달

공은 모든 허망한 분별을 없애고
자성의 묘용을 부활시켜야 하거늘
하늘의 먹장구름이 걷히면서
찬란한 햇빛이 드러남과 같을까

선문에선 억지로 하려 하지 않고
단지 도리를 지키면서
자연의 풍광을 담다 보면
마음을 밟히어 견성하면
스스로 본성을 보게 되어
부처의 땅에 들어가게 될까

물에 비친 달을 보거나
거울에 비친 꽃을 본다
물 속에는 애초에 달이 없었다
하늘의 달과 땅 위의 물이 인연이 되어
하늘의 달이 드러난 것일까
무란 결코 부정도 아니며
확연히 존재하지 않는 공이 아니거늘

있으면서도 있지 않는 것
공하면서도 공하지 않는
이것이 바로 공공적적하여
이것이 공하기도 하고 공공하기도 하는가

*공(空) : 인연(因緣)이 소생(所生)하는 법. 구경(究竟)에 실체(實體)가 없음을 공이
라 하고, 또는 이체(理體)가 공적(空寂)함을 말함.

망패된 마음

그로테스크한 사이 진체를 드러내고
어수선한 사이 날쌤을 감추고
형상은 흩어져도
정신은 흩어지지 않듯이
선종에서는,
봉으로 분별을 작살내고
할로는 공상을 뿌리친다

말을 하려는 마음이란
대충 망패된 마음이다
얼떨결에 할을 당하게 되면
생각한 말을 잊어버려
망패된 마음이 없어지고
참된 마음이 나오게 되는가

*자성(自性) : 모든 법이 각각 변개(變改)하지 않는 성품(性稟)이 있다. 이것을 자성이라고 함. *묘용(妙用) : 어떤 것에도 계박되지 않은 득도인의 절묘한 기용. *공공적적(空空寂寂) : 우주에 형체(形體)가 있는 것이나 없는 것이나 모두 그 실체(實體)가 공무(空無)하여 사려(思慮), 분별(分別)할 수 없다는 것.

*그로테스크(grotesque) : 기괴(奇怪)하고 끔찍스러움. 엽기적(獵奇的). *진체(眞體) : 참 모습. *선종(禪宗) : 선나(禪那)로 종(宗)으로 삼음으로 선종(禪宗)이라 함. 선나를 혹은 번역하여 사유수(思惟修)라 하며, 혹은 번역하여 정려(靜慮)라 함. 진리(眞理)를 사성(思性)하고 정사념려(靜思念慮)하는 법으로 원래 삼학육도(三學六度)의 하나다. 초조(初祖) 달마(達磨)는 천축인(天竺人 : 인도)이다. *봉(棒) : 몽둥이. *할(喝) : 나무라는 소리의 일종. 임제(臨濟)는 응기(應機) 접물(接物)에 매양 할(喝)을 내고 매질을 하였으나 황벽(黃檗)은 막대기를 두들기기만 하였다고 함.

헛된 그림자일 뿐이다

불문에서는,
머리는 참된 됨됨이로 비유하며
그림자는 몽상으로 비유하거늘
감각에 의해 밖에서 얻은 인식은
모두 헛된 그림자일 뿐

허망한 분별을 버리는 것 또한
참된 됨됨이를 버리는 것이며
참된 됨됨이를 구하는 것 또한
몽상을 구하는 것인가

하늘은 하나의 큰 빛덩어리
어찌하여 달과 별이 나눠졌고
기울지 않은 대지엔
쇠퇴함과 무성함이 절로 바뀌는가

도법에는 다른 법이 없지만
미혹되고 깨침은 도리어 서로 다르다
마음은 스스로의 마음이 아니라
언어의 도움을 빌려 표현해 낼뿐
언어는 치우침과 원만함이 바름에 이르러
겸하고 아우름이 어울려 통하는가

*몽상(夢相) : 꿈속에 나타나는 선악(善惡)의 상(相). *인식(因識) : 십육(十六)의 기억형식중(記憶形式中)의 제십일기호(第十一記號). *망상(妄想) : 허망한 분별, 망념(妄念), 망집(妄執), 망분별(妄分別). *도법(道法) : 열반정도(涅槃正道)에 이르는 법. *언어(言語) : 1)말. 2)담화(談話)하는 것. 3)말로 나타내다. 표현하다.

시간은 화살과 같으니

출가인은 번민을 뿌리치고
생사의 해탈을 구해야 한다지
마음과 생각을 쉬어 버리고
인연을 끊어 버려야 한다지

살아선 극락을 좋아하지 않고
죽어선 지옥을 두려워하지 않는

세상의 모든 소리와 모습은
돌 위에 꽃을 심은 것 같으니
명리를 보는 것은
눈 속에 먼지가 붙은 것 같거늘

몸을 삼계 밖에 놓아두고
운명에 어찌 맡기어 구속하랴
시간은 화살 같아서
서운하게 여겨야만 할까

*출가인(出家人) : 집에서 나와 수행승(修行僧)이 된 자(者). *생사(生死) : 일체의
중생들이 혹업(惑業)의 소초(所招)가 되어 태어나서는 죽고, 죽은 자가 도 태어나
고 한다. 윤회(輪廻)의 고(苦). *인연(因緣) : 일물(一物)이 생함에 친(親)하고 강력
자(强力者)가 인(因)이 되고, 소(疎)한 자(者)와 첨약(添弱)한 자(者)가 연(緣)이 된
다. 예를 들면, 종자(種子)가 인(因)이 되고 우로(雨露)나 농부(農夫) 등이 연(緣)이
됨과 같다. 이 인(因)과 연(緣)이 화합하여 쌀이 생한다. *극락(極樂) : 아미타불(阿
彌陀佛)의 국토(國土). 또는 안양(安養), 안락(安樂), 무량청정토(無量淸淨土), 무량
광명토(無量光明土), 연화장세계(蓮花藏世界), 밀엄국(密嚴國), 청태국(淸泰國),
범명수마제(梵名須摩提) 등등 번역하여 묘락(妙樂)이라고 함.

달과 물

밝은 달은 금빛을 뿌리고
깊은 못은 그림자를 담는다

허나 물은 쉽사리
달을 담을 마음이 없으며
달은 빛을 나눌 마음이 없거늘

번뇌는 다만 부처
부처는 다만 번뇌

물결이 출렁이면 달과 물이
함께 출렁이어 형체를 이루기가
어렵고 깨지기가 쉬울 뿐

*번뇌(煩惱) : 탐(貪), 욕(欲), 진(瞋), 에(恚), 우(愚), 치(痴) 등 제혹(諸惑)이 마음을 번(煩)하고 몸을 뇌(惱)하는 것을 번뇌라 함. *지도론칠(智度論七)에, '번뇌는 능히 심신(心身)을 괴롭히므로 번뇌라 한다.' 라고 하였고, 유마경이(維摩經二)에, '칠사칠결(七使七結)은 중생을 뇌란(惱亂)시키므로 번뇌라 한다.' 하였으며, 지관팔(止觀八)에, '번뇌는 혼뇌(昏惱)의 법(法)이다. 심신(心神)을 뇌란하고 마음이 번거롭게 하여 괴롭히는 것, 곧 견사(見思)와 이(利)와 둔(鈍)이다.' 고 하였음.

고목선

곧바로 무심으로 내려가야
마음바탕이 절로 드러내는 걸까
죽음의 적막에 있는 것

고요히 내심을 보며
허망한 생각을 모두 지우고
푼푼한 참된 성품을 회복시켜
크나큰 자재를 얻거늘

마음은 타 버린 재 같아서
허망한 생각이 모두 사라진 뒤에
대철대오 걸림 없어
참된 마음의 묘용을 얻는 수 있을까

*고목선(枯木禪) : 옛날 어떤 노파가 한 암주(庵主)를 공양(供養)하는데 20년이 지났다. 항상 젊은 여자에게 밥을 보내어 시중들게 하더니, 어느 날 여자를 시켜서 안아 보게 하고 암주에게 묻기를, '안겼을 때, 기분이 어떠하던가?' 하였다. 여자가 노파에게 들어 말하니, 노파는 '나는 20년 동안 공양하여 속한(俗漢 : 성품이 속된 사람)을 얻었군.' 하며 드디어 쫓아내고 암자마저 태워 버렸음. *고목심(枯木心) : 무심(無心)을 고목에 비유한 말. *내심(內心) : 외형(外形)에 대하여 내심이라 함. *대철 대오(大哲大悟) : 깊게 생각하고 크게 깨침.

묵조선

공겁 이전 자신을 낳아 준 부모마저
태어나지 않았을 때를
마음으로는 아무 생각도 하지 않고
입으로는 아무 말도 하지 않을 때를
비록 짐을 짊어지는 한이 있어도
결코 맞부딪치면 도를 이룩할까

부처는 본래 깨침이며
군생의 묘오한 마음인가
장애와 의혹으로 혼미하여
스스로 걸림과 간격을 만들어
본심을 가려 버리는 것이 아닌가

청정한 마음으로 침묵한다면
마음의 깨끗한 성품을 비추면
법의 근원을 철저히 살피면
터럭 만한 장애도 없고
흐린 상이 없게 되거늘
맑고 깨끗한 가을 못물 같이
고요한 밤의 밝은 달빛 같이
맑고 깨끗하여 외로이 밝으니
자재해질까, 둘도 없이

*묵조선(默照禪) : 원래는 대혜종교(大慧宗敎)가 굉지파(宏智派)의 좌선을 비난한 묵조정좌(默照靜坐)의 뜻을 가진 말이지만, 후에는 조종종 사람들이 자파(自派) 좌선의 특성을 보이는 말로 사용함. *공겁(空劫) : 사겁(四劫)의 하나. 이 세계가 양멸(壤滅)되고 성겁(成劫)에 이르기까지 이십중겁(二十中劫) 동안을 말함. *묘오(妙悟) : 수묘(殊妙)한 각오(覺悟).

날마다 덜어내는 것

태양이 비추어 산봉우리는 푸르고
달이 기슭에 떠 물이 더욱 차갑다
옛 조사의 경박하지 않은 비결을
한 조각 뜬구름에 숨기지 말랬으니

밑 빠진 그릇에 무엇이 있겠는가
아무것도 없거나 더 이상
아무것도 담을 수가 없으니
얼마나 기쁘고 얼마나 즐거울까
선을 익히는 것은
학문을 익히는 것과는 다르거늘

학문은 날마다 더하는 것이지만
도를 닦는 것은 날마다 덜어내는 것
통에 밑바닥이 빠져 버린 것처럼
아무것도 담아 두지를 않아야
대해탈의 경계에 이르고
부처와 동등하게 되는가

*정좌(定坐) : 정신단좌(正身端坐), 좌선(坐禪). *상(想) : 심리작용의 하나. 사물의
상(相)을 심상(心象)에 떠올려서 언어(言語)를 일으키는 인(因)으로 삼는 것으로 일
체의 마음과 더불어 서로 응(應)하여 일어나는 것을 말함.

*도(道) : 통입(通入), 윤전(輪轉), 궤로(軌路) 등의 뜻이 있어 여러 가지 다른 의미
로 쓰임. *대해탈(大解脫) : 위대한 해탈. 법신(法身). 반야해탈(般若解脫). 삼덕(三
德)의 하나. *경계(境界) : 얻은 과보(果報)의 계역(界域).

한 그루 큰 나무

오도의 사상에서 중요한 일은
올바로 집착을 깨뜨리는 것
한 가닥 집착이라도 하면
반야가 도리어 독약이 될까

한 그루 큰 나무가 되어
내남없이 그 그늘에
찾아 쉬도록 해야만 하나

만일 여법한 견혜를 얻으려거든
남들에게 미혹되지 않아야 하거늘

*오도(悟道) : 진실(眞實)의 지견(知見)이 열리어 보리(菩提)의 도(道)를 증오(證悟)
함. *반야(般若) : 깨침을 얻은 지혜. 현상에 대한 분할적 인식이 아니라, 인간의
가장 직각적(直覺的) 인식이고도 깊은 감성(感性), 예지(叡智), 직관(直觀)을 의미.
*견혜(見慧) : 제견(諸見)의 지혜(智慧)를 나타냄.

투철하게 벗어나

안이든 밖이든 만나면 곧 죽여 버려라
부처를 만나면 부처를 죽이고
조사를 만나면 조사를 죽이고
나한을 만나면 나한을 죽여야
비로소 해탈을 얻게 되는가

사물에 구속을 당하지 않아야
투명하게 벗어나 자재할 수 있을까
어떤 것에도 의지하지 않아야
비로소 해탈할 수 있을까

일찍이 자성 중의 부처와 조사는
이미 하나가 되어 있으므로
자신과 부처, 조사의 분별이 무너졌으니
무엇에 망령되어 집착해야만 하는가

*나한(羅漢) : 1)아라한(阿羅漢)의 준말. 2)비구의 존칭. *해탈(解脫) : 계박을 벗어
나서 자재(自在)함을 얻는다는 것. *자재(自在) : 미정망집(迷情妄執)의 구속에서
벗어나 마음에 어떠한 거리낌도 없는 것.

외물에 물들지도 않으니

법신불은 몸에
모든 불법을 감추었으니
일념의 청정한 빛이
네 마음의 법신불,
보신불은 수행을 통하여
얻어진 불과의 몸
일념의 분별이 없는 빛이
네 마음의 보신불,
부처가 군생을 제도함에
서로 다른 경계에 따라 드러나는 몸
일념의 차별이 없는 빛이
네 마음의 화신불

이 세 갈래 불신은 사람마다
모두 갖추고 있는 것
다만 정으로 인하여 지혜에
장애가 생겨나기에
사람들이 이 점을 볼 수 없게 되거늘
회광반조하여 밖을 향해 달려나가
구하려는 생각을 그쳐 버리면
부처나 조사와 구별이 없게 되거늘
기이함이 없는 평범한 생활 속에서
홀로 벗어나 외물에 구속받지도 않고
외물에 물들지도 않아야 하거늘
불성은 있지 않은 곳이 없고
있지 않은 때가 없으리

*법신불(法身佛) : 삼신불(三身佛)의 하나. 법의 성품인 만유제법(萬有諸法)의 본
체(本體)를 법신이라 하고, 법성(法性)을 각지(覺知)하는 덕(德)이 있으므로 불(佛)
이라 함.

열반의 묘한 마음

배우고 익히는 것은
오직 법을 구하기 위함일까
법이란 무엇인가
법이란 심법인가
심법은 형체가 없으며
시방을 뚫고 있지 않는가

누군 이름을 알고 말귀를 알아
문지 속에서 도법을 구하려는 것
하늘땅만큼의 차이가 있거늘

교를 빌려 종을 깨우치고
상에 집착하지 말라는 것
교란 빛의 그림자가 환영 같아
그대 반드시 그림자를 취하여
사람의 뜻과 몸을 알아야 하며
그것이 열반의 묘한 마음으로
모든 도가 흘러 도는 곳이 아닌가

*보신불(報身佛) : 보신(報身). 삼신(三身)의 하나. 인위(因位)에서 지은 한량없는
원(願)과 행(行)의 과보(果報)로 나타난 만덕(萬德)이 원만한 불신(佛身). *화신불
(化身佛) : 중생(衆生)을 교화(敎化)하고, 구제(救濟)하기 위하여 나타난 불(佛). 불
(佛)의 삼신(三身)의 하나. *정(情) : 1)유정(有情)이란 것. 유정(有情). 2)근(根), 기관
(機官), 인식(認識)의 기관(機官). 3)마음, 유정이라 할 때, 정(情). 4)생각, 우리들의
보통(普通)생각. 5)취의(趣意). 성(性)이 동(動)하는 곳. 정식(情識)으로 된 마음.

*법(法) : 1)인(因), 바른 인과 관계. 2)덕(德), 윤리적 행위. 3)교(敎), 붓다의 가르침.
4)일체의 존재와 비존재의 총칭.

마른하늘의 벽력

할이 금강왕의 보검 같고
할이 숲에 웅크리린 맹수 같고
할이 물고기를 잡는 탐간영초 같고
할이 아무런 작용도 하지 못하거늘

물새깃을 엮어서 장대 끝에 꽂고
물 속에 넣어 고기가 한 곳으로
모이도록 유도한 뒤에
그물로 물고기를 잡는 것이고
풀을 물에 띄우면
고기가 그 그림자로 모여드는 것이니
승려를 지도하는 방편

몽둥이 아래에서
천겹만겹의 적삼이 떨어져 나간
봉과 할은 마른하늘의 벽력같으며
호랑이가 모여들고 용이 나는 것 같으니

*심법(心法) : 일심법(一心法), 심(心)에 관한 교법(敎法)이라는 의미가 있지만, 선문에서는 심외무법(心外無法), 심즉시법(心卽是法)이라고 함. 심법은 마음의 근원적인 법칙. *도법(道法) : 열반정도(涅槃正道)에 이르는 법. *교(敎) : 불조(佛祖), 성인(聖人)이 중생을 구제하기 위해 설한 가르침. *열반(涅槃) : 니원(泥洹), 니일(泥日), 열반나(涅槃那)라고도 음사, 멸(滅), 멸도(滅度), 적(寂), 적멸(寂滅) 불교 수행자의 최고 목표.

*금강왕(金剛王) : 금강(金剛) 가운데 가장 수승(殊勝)한 것을 뜻함. 많은 소[牛] 가운데 가장 나은 것을 우왕(牛王)이라 함과 같음. *탐간영초(探竿影草) : 선사가 학인의 역량을 알아보기 위해서 사용하는 수단, 방편을 말함. *방편(方便) : 방(方)은 방법. 편(便)은 편의(便宜), 불조(佛祖)가 중생들을 위해 여러 가지 수단으로 베푸는 가르침. *벽력(霹靂) : 벼락.

산은 여전히 산

심지가 강한 사람은
사람을 빼앗아도 경계는 빼앗지 못하고
집착이 강한 사람은
경계를 빼앗아도 사람은 빼앗지 못하거늘
심지와 집착이 강한 사람은
사람과 경계를 둘 다 빼앗으며
심지와 집착하지 않는 사람은
사람과 경계를 빼앗지 못하거늘

성인의 경계는 사람과 경계를
모두 빼앗지 않는 경계
이런 경계에서는
산은 여전히 산
물은 여전히 물
허나 사람은 이미 옛사람이 아니고
범인에서 성인으로 들어간 사람일까
사람이 성인에서 범인으로 들어감으로
비록 사람이 있고 경계가 있지만
여전히 사람이 없고
경계가 없는 것이 아닐까

*집착(執著) : 봉집견착(封執堅著)의 뜻. 또는 홑[單]으로 집(執) 또는 착(著)이라 하
며 계착(計著)이라고도 함. 허망분별(虛妄分別)한 마음으로 인하여 아(我)와 법(法)
등의 봉집견착하는 것을 말함. *경계(境界) : 자가(自家)의 세력이 미치는 범위, 또
는 내가 얻는 과보(果報)의 계역(界域)을 말함.

콧구멍

사빈주는 콧구멍,
주인 가운데 주인이 있고
손님 가운데 주인이 있으며
주인 가운데 손님이 있고
손님 가운데 손님이 있으니

코뚜레를 당겨야만
끌어당길 수 있는 소의 몸통

스승에게 콧구멍이 있으면 주중주이고
제자에게 콧구멍이 있으면 빈중주이며
스승에게 콧구멍이 없으면 주중빈이고
제자에게 콧구멍이 없으면 빈중빈이니
시각에 따라 한 사람이 본
요지는 바로 콧구멍일까

---

*사빈주(四賓主) : 임제(臨濟)와 조동이가(曹洞二家)에서 각각 사빈주(四賓主)를 세웠으나 그 뜻은 같지 않다. ①임제의 빈주(賓主)는 사제(師弟)의 별칭이다. 1)주중주(主中主), 사제(師弟)의 비공자(鼻孔者)를 말하며, 2)빈중주(賓中主) : 학인(學人)의 비공자를 말하며, 3)주중빈(主中賓), 사가(師家)에 비공자가 없는 것, 4)빈중빈(賓中賓), 학인의 비공자가 없는 것. ②조동의 빈주는 체용(體用)의 이명(異名)이다. 1)주중빈, 체중(體中)의 용(用), 2)빈중주, 용중(用中)의 체(體)이며, 3)빈중빈, 용중의 용, 두상(頭上)에 머리를 편안케 함. 4)주중주, 체중의 체, 물(物)과 아(我)가 모두 없어지고 인(人)과 법(法)이 함께 민(泯)하였음. *요지(了知) : 분명히 아는 것. 분명히 깨닫는 것. 인식(認識)함. 확실히 아는 것. 충분히 아는 것.

오직 나 홀로 존귀하다

물 흐르듯 머물지 않는 도리는
참된 관조가 없음이라
모습과 이름 떠나 본래 성품 없으니
예리한 칼날 얼른 갈아두란 말인가

모방은 언제나 타인의 것
끝내 원상태가 될 수 없거늘

외계에 대한 애모는
자기의 결함을 드러내는 것
외계에 대한 의타심을 버려야만
비로소 완전히 자율성을
발휘할 수 있게 되거늘

우주의 속뜻
하늘 위와 하늘 아래
오직 나 홀로 존귀하다는 것을
원만하게 깨우친 사람만이
자신이 모든 일의 주체이며
선의 전수자가 될 수 있을까

*도리(道理) : 여리(如理)의 뜻. 이(理)라고도 함. 타당한 의취(義趣)를 말함. *원상
(圓相) : 중생(衆生)의 마음은 빛깔도 없고 형상(形象)도 없어 장(長), 단(短), 방
(方), 원(圓)으로 표현할 수 없으나 마음이 평등주원(平等周圓)한 뜻을 표시하기
위하여 원형(圓形)으로 표상(表象)한 것. 곧 동그라미로 흔히 선종(禪宗)에서 쓰이
며 원불교(圓佛敎)에서 쓰임. *관조(觀照) : 지관(智觀)으로 사리(事理)를 비추어
봄. *외경(外境) : 외계(外界)의 대상(對象). *애모(愛慕) : 사람을 사랑하며 그리워
하는 것. *의타심(依他心) : 1)부처님의 변화신(變化身)의 가심(假心). 2)남에게 의
지하는 마음.

죽살이는 자연에 속하고

청맹과니 내 마음 속에는
무위진인의 그림자가 몰래 스며들어
항상 내 앞에서 들락날락 거리고

세상에 믿을 만한 곳 없고
산하에 걸림이 없어
대해는 미세한 티끌

겉보기엔 사는 것이 기쁨
겉보기엔 죽는 것은 슬픔
허나 선사의 눈에 비치는 죽살이는
가을 가면 겨울 오듯 순환하는 것
그저 자연에 속함이니

생을 구하려고 탐하지도 않고
죽음을 두려워하지도 않으며
오직 자연의 법칙에 따를 뿐이라
이 얼마나 초연한 자연스러움인가

*무위진인(無位眞人) : 계급을 매길 수 없는 참사람. 임제 의현(臨濟義玄)이 표방한 중요 법어(法語). 임제의현은 상당(上堂)하여 다음과 같이 설함.' 여기 빨간 몸덩어리[赤肉團] 안에 한 차별 없는 참사람[無位眞人]이 있어 항상 여러분의 눈, 귀, 코, 입 등을 통해서 출입한다. 아직 보지 못한 사람은 똑똑히 보고 보아라.' 하자, 그때 한 스님이 나와서 물었다. '어떤 것이 차별 없는 참사람입니까?' 임제는 선상(禪床)에서 내려와 그 스님의 멱살을 잡고 말했다. '이르라. 이르라.' 그 스님이 무엇이라고 말하려 하자, 임제는 밀쳐 버리고 이르기를, '차별 없는 참사람은 무슨 똥막대기인가?' 하고 방장(方丈)으로 돌아갔음. *자연(自然) : 1)자이(自爾). 2)법이(法爾). 운(運)을 천연(天然)에 맡기는 것. 인위(人爲)의 조작법(造作法)을 여의고 자성(自性)이 자연(自然)한 것. 또는 인(因)이 없는 자연을 말함.

자기에게 있다

도는 수행에 있는 것이 아니라
단지 오염되지 않아야 하고
선은 배움에 있는 것이 아니라
마음을 쉬는 것이 귀하다
마음을 쉬는 것은
마음에 생각이 없어야 하며
수행없이 걸음걸음마다 도량이거늘
사려가 없으면 나아갈 삼계가 없고
수행 없이 구하는 정각이 있을까

황룡삼관,
제1구 저마다 전세의 인연으로 태어났으나
누구도 윤회의 업보를 벗어나지 못할까
제2구 사람의 본성은 부처와 서로 같으며
누구도 모두 불성이 있어서
누구도 모두 성불할 수 있을까
제3구 사람이나 생물이 본질에는
구별이 없어서 윤회를 하고 있으며
깨달을 수 있으면 성불할 수 있으나
그것은 오직 자기에게 달렸으니

*수행(修行) : 사법(四法)의 하나. 이(理)와 같이 수습(修習)하고 작행(作行)라는 것.
*오염(汚染) : 세간의 오진(五塵)에 더럽혀진 것. *도량(道場) : 원래는 도장이나 우
리나라에서 도량이라 부른다. 일명 보리도장(菩提道場), 모든 불(佛), 보살(菩薩)이
성도(聖道)를 얻거나 얻으려고 수행하는 곳. *삼계(三界) : 1)욕계(欲界). 2)색계(色
界). 3)무색계(無色界). *삼관(三關) : 황룡 삼관(黃龍三關)이 처음으로 제창한 교
설. 수행자가 통과하지 않으면 안 되는 세 개의 관문. 즉 생연(生緣)과 불수(佛手)
와 여각(驢脚). 생연의 단(斷)과 부단(不斷), 아수(我手)와 불수, 여각(驢脚)과 불각
(佛脚)과 같이, 항상 대립적으로 보는 편견을 버리고 수행에 철저할 때 깨달음이
열린다고 함.

자성의 참된 나

미리 분별하지 않고 상을 취하여
정신을 수고롭게 하지 않으면
잠깐 사이 자연스레 득도하게 되거늘
왠지 그대가 바쁘게 허둥거리면서
세상사람들 속을 돌아다니기에
끝내 죽살이의 굴레로 돌아가게 되거늘

만약 자신을 알고
외계를 이해하지 못하면
눈은 있으나 다리가 없는 것
외계를 알면서도 자신을 알지 못하면
다리가 있으나 눈이 없는 것
이 두 갈래의 군생은 가슴 속에
모든 잡동사니를 다 품고 있으니

가슴 속에 담아 둔 것이 있으면
참으로 편안함을 얻을 수 있을까
조사는 이것을 잡으면 법도를 잃어
반드시 사사로운 길에 들어가게 되고
조사는 이것을 자연스럽게 놓아 버려
몸이 가고 머물지 않도록 하거늘

*상(相) : 사물의 상(相), 상(狀)이 외계에 나타나서 마음에 상상(想像)되는 것을 말함. *득도(得道) : 삼승(三乘)이 각각 미혹(迷惑)을 단진(斷盡)하고 진리(眞理)를 증득(證得)하는 지혜(智慧)를 도(道)라 하며, 삼학(三學)을 행(行)한다. 득도인(得道人), 득도자(得道者). *외경(外境) : 외계(外界)의 대상(對象). *조사(祖師) : 조(祖)란 시(始). 시조(始祖). 석존이래 면면히 전해져 오는 불심을 체득하여 사람들을 깨침으로 이끌 수 있는 수행과 지견을 갖춘 선승. *법도(法道) : 1)성스러운 진리(眞理). 2)불법의 대도(大道). 3)법어(法語).

마음은 형상을 뛰어넘어야

어리석은 사람은 경계를 없애도
마음을 잊어버리지 않거늘
지혜로운 사람은 마음을 잊어버리고
경계를 제거하지 않거늘
마음의 경계가 본래 여여하여
눈에 보이고 인연을 만나도
장애가 없음을 알지 못할까

도는 자연을 본받는다
도가 있지 않는 곳이 없으니
어느 곳에서나 볼 수가 있으나
단지 평범하여 기이함이 없어
그 신비스러움을 볼 수가 있을까
육근은 형상 속에 있지 않는가
마음은 형상을 뛰어넘어야
자성의 참된 나를 보게 됨을

*지혜(智慧) : 결단(決斷)함을 지(智)라 하고, 간택(簡擇)함을 혜(慧)라 한다. 또 속체(俗諦)를 아는 것을 지라 하고 진체(眞諦)를 비추는 것을 혜라 하는데, 통(通)하여 하나가 됨. *본래(本來) : 물(物)의 시초(始初)가 없는 것을 본래라 함. 무시이래(無始以來)와 같음. *도법(道法) : 열반정도(涅槃正道)에 이르는 법. *육근(六根) : 육식(六識)의 소의(所依)가 되는 육식을 일으켜 대경(對境)을 인식케 하는 근원, 1)안근(眼根), 2)이근(耳根), 3)비근(鼻根), 4)설근(舌根), 5)신근(身根), 6)의근(意根)을 말함. *형상(形相) : 1)모습, 모양. 2)사분률(四分律)과 오분률(五分律)에 훼채(毀呰)라 하고, 승지률(僧祇律)에는 종류형상어(種類形相語)라 하며, 종성(種姓), 직업(職業), 면모(面貌) 등에 의(依)하여 큰소리로 꾸짖고 경모(輕侮)하는 것.

# 철벽이 자기라는 것을

하나는 일체, 일체는 곧 하나
일체가 모두 눈앞에 이루어져 있어
심신이 청정하면 경계가 청정해지고
경계가 청정해지면 심신이 청정해지거늘

사위에 무지가 가로막혀 있는 것 같다
뜬금없이 어느 찰라 깨치면
비로소 이 철벽이
바로 자기라는 것을 알게 될까

밝음을 좇아 구하다 보면
도리어 밝음을 잃어버리게 되고
실체를 좇아 구하다 보면
도리어 실체를 잃어버리게 되고
도법은 하나로 돌아오며
하나는 마음으로 돌아오게 되고
오직 일상 속에서
안으로 본성을 살피면서
심신을 깨끗이 하여야
진정으로 길을 얻지 않을까

*일체(一切) : 해라(該羅)한 사물(事物)을 말함. *심신(深信) : 1)깊이 법을 믿는 것. 깊은 신앙(信仰). 2)깊이 선정(禪定)에 들어가는 것. 3)해신(解信)의 대(對). *철벽(鐵壁) : 아주 튼튼한 장벽이나 방비를 이르는 말. *자기(自己) : 자기자신(自己自身)이란 것. 태어날 때부터 불성(佛性)을 가지고 있는 자기란 뜻. *실체(實體) : 진실(眞實)한 본체(本體). *진정(眞正) : 1)진실하며 바른 것. 2)피가 순수(純粹)하여 혼혈(混血)되지 않은 것.

집착을 쓸어버리고

선사들은 간혹 자기 제자를
무작스레 사지로 몰아넣고
스스로 살길을 찾도록 하거늘
극한상황에서 한 관문을 깨치려면
견성과 성불이 여기에 있다면서
남에게 코뚜레 끌려가는 게 아니라
스스로 구하고
스스로 완성하는

선사처럼 항상 한 글자를 사용하여
갈등을 절단하고
묻는 자의 기를 끊어버림으로써
생각하는 마음마저 없애어
모든 집착을 쓸어버린 다음에야
참된 마음이 드러나 견성하여야
성불을 이룩할 수 있을까

*선사(禪師) : 선정(禪定)을 닦는 사(師). *제자(弟子) : 스승에게 가르침을 받은 자.
*사지(邪智) : 잘못된 지식(知識). *성불(成佛) : 작불(作佛)이라고도 함. 이미 일체
무명(一切無明)이 없어지면 따로 깨달았다는 관념(觀念)조차 없어지고 본래가 평
등하여 시각(始覺)과 본각(本覺)이 동일체(同一體)인 각(覺)이므로, 진정(眞淨)한
심원(深源)에 명합(冥合)해서 본체에 구유(具有)했던 성능공덕(性能功德)이 현실
에 나타나서 진여법성(眞如法性)을 체달(體達)하고 일체지(一切智)를 증득(證得)
한 부처님을 말함.

날마다 좋은 날이

말이나 글로 된 도법은 알기 힘들다
말 밖의 뜻을 깨쳐야 한다
티끌 하나도 물들지 않는 것
선종은 무를 깨침에 들어가는 문
선종은 밥 먹고 똥 싸는 일이 모두 참선
그것은 온종일 밥을 먹고 일을 하거나
밥 한 술 뜨지 않고
무엇 하나 만들지 않으면서

모든 것은 하나가 나누어져 둘이 된다
사물의 나쁜 면만을 보게 되면
세상을 원망하고 타인을 미워하게 되나
되도록 좋은 면만을 보게 되면

일일불
일일시호일

*선종(禪宗) : 선나(禪那)로 종(宗)을 삼음으로 선종이라 함. 선나는 번역하여 사유수(思惟修), 또는 정려(靜慮)라 함. 진리를 사유하고 정사념려(靜思念慮)하는 법으로 원래 삼학육도(三學六度)의 하나다. 시조(始祖) 달마(達磨)는 천축인(天竺人). *일일불(一日佛) : 하루를 청정(淸淨)하게 날을 보내면 하룻동안은 부처가 된다는 것. *일일시호일(日日是好日) : 날이면 날마다 좋은 날이 되리라.

자성청정심

사위는 어둠을 걷어낸 훤한 대낮
앞이 보이지 않는 걸까
길이 보이지 않는다
길이 없다
길눈이 어둡다

죽살이에 질척거리는 걸음으로
산 넘고 물을 건너
떠돌다가 물결 따라 바람 따라
여태도 내 자신에 도달하지 못하고
내가 나를 찾기는커녕
부랑아 아닌 부랑아가 되어
길을 몰라 허겁되는가

정녕 내 나를 찾는 이 길이
끝이 보이지 않는 길임을
무섭도록 서글픔인지 미처 몰랐다
언젠가 내가 죽살이에 벌렁 자빠져도
저 구름은 속절없이 흘러가고
내가 죽어 흙이 되든 말든
저 강물은 여전히 흘러가겠지
정작 오감한 나를 찾지 못한 채
이대로 더듬이질만 해야만 하는가

*자성청정심(自性淸淨心) : 중생의 본성은 본래 청정하여 일체의 망념을 떠나 한 점의 더러움이 없다는 뜻. 여래장심(如來藏心). 진심(眞心). *오감하다 : 분수에 맞아 만족하다. *물구(物求) : 사종구(四種求)의 하나. 사물에 대한 추구(追求), 또는 사물의 명칭에 대하여 부수적인 것을 추구하는 것. *빙의(憑依) : 1)의지(依支)함. 2)영혼이 옮겨붙음. *접신(接神) : 신이 사람의 몸에 내리어 신통한 능력이 생기는 일.

구도로 가는 지름길

안경의 도수를 올려야 할까 보다
보이지 않는 기운이 있음에도
거추장스런 눈으로는
속좁은 사물만 바라보니
차라리 개안수술을 받아야 하나
차라리 빙의된 몸으로
접신이라도 해야 하나

생존에 보탬이 있건 없건
온종일 글 속에서 쓰고 읽기만을
구도로 가는 지름길로 여기고
필생의 업으로 여기고
낯설고 외진 오솔길에 홀로 나그네 되어
먼 하늘 뜬구름 같은 선계만 그린다

기를 알고 운용할 줄 알아
보이지 않는 세계로 가며
깨침을 향해 모든 것을 버려야 하는가
득도를 하면 아무 말도 하기 싫다지만
득도와는 먼 자가 무슨 말을 하랴

---

*기공(氣功) : 기해단전(氣海丹田)의 공력(功力)이란 뜻. 단전호흡(呼吸)을 일컫는
딴 이름. *신공(神功) : 1)신의 공덕, 신령(神靈)의 공덕. 2)영묘한 공적. 불가사의
(不可思議)한 공력(功力). *신공(身功) : 몸안에 기운을 바꾼 다음, 몸을 바꾸는 공
력(功力). *심공(心功) : 몸과 마음이 정화된 사람이 깨침을 얻기 위한 공력(功力).

무게를 느끼지 않고서

지기에 오염된 몸은
지기에 길들어져 중독이 되었거늘
더는 욕심에 얽매이지 말자며
사물에 연연하지도 말자며
인연의 끄나풀 모두 끊고서
그저 마음바탕 그대로 대하면
사물이 맑아져 속이 들여다보일까

천기는 참으로 담백하고 무미할까
전혀 무게를 느끼지 않고
서두르지 않으며 문이 없어도
서서히 그 속으로 들어갈 수 있거늘

내 껍데기를 벗기고 빛으로 태워서
내 꾀죄죄한 몸집이 투명한 영혼이 되어
구천을 일순에 오고가고
외경도 거침없이 꿰맬 수 있을까

*지기(地氣) : 대지의 정기(精氣). *욕심(慾心) : 탐욕의 마음. 월상여경상(月上女經上)에, '욕심이 있는 사람은 해탈(解脫)할 수 없다.' 라고 하였음. *인연(因緣) : 1)일물(一物)이 생함에 친하고 강력자(強力者)가 인(因)이 되고 소(疎)한 자와 첨약한 자가 연(緣)이 된다. 2)니타나(尼陀那). 십이부경(十二部經)의 하나. *구천(九天) : 1)저승. 2)깊은 땅속. *외경(外境) : 외계의 대상.

하늘의 길

태없이 차분히 가다 보면
하늘로 이어진 길이 열리고
그 길 안에서 영세가 보일까
영생 그 다음에는 무엇이 있으랴
지금은 앞질러 생각하지 말라고
자연스레 알게 된다지

한번 기분이 아니다 싶으면
함께 가는 일이 없도록 해라
하늘공부는 연줄이 가깝지 않으면
흐름이 불능할뿐더러
탁기만 생길 뿐

이제껏 삶이 어떠했던지
그것이 요긴할 뿐
앞으로 오는 것이 요긴한 것
모두가 내게 달려 있거늘

*영세(永世) : 영원한 세계. *영생(永生) : 열반(涅槃)을 말함. 열반은 불생(不生)하
는 법(法)이기 때문에 불멸(不滅)이라 하며, 불멸의 뜻을 취하여 영생, 또는 '미타
(彌陀)의 정토(淨土)' 라 부른다. *탁기(濁氣) : 흐린 기력(氣力)

극성진실

구하려고 애써야 할 것은
도에 대한 것이거늘
그 여벌에 대해서는
되도록 삼가는 함이

누구도 일말의 양심은 숨어 있어
그것은 도 가운데서 으뜸이라
그것이 바로 서면 정도무패
어떤 일을 해도 거리낌이 없을까

참으로 통제하기가 버거운 것이 애정이니
순리대로 행하면 걸릴 것이 없지만
순간 방심으로 한눈을 팔다가
지나친 오명을 범할 수 있으니
작은 것이라도 최선을 다해야 하거늘

*극성진실(極成眞實) : 일반적으로 인정받은 진실(眞實)을 말하며, 세간(世間)에서는 일반적으로 인정된 진실과 도리(道理)에 의하여 일반적으로 인정된 진(眞)의 2종(二種)이 있음. *도(道) : 1)신심의 정도정리(正道正理)를 채득한 상태, 성문도(聲聞道), 벽지불도(辟支佛道), 불도(佛道)와 같은 수도계위(修道階位). 2)도제(道諦), 8정도(正道) 등 번뇌를 끊고 열반에 이르는 실천 수행의 방법, 지침. 3)취(趣)와 같음. 윤회의 세계. *정도무패(正道無敗) : 바른 길에는 패함이 없음. *오명(汚名) : 더러워진 이름이나 명예.

이승에 있는 한 나는 없다

마음을 비우면 가벼워지고
모두가 반듯이 보이지만
색안경을 쓰고 보면
모두가 반듯하게 보이지 않는다
안경 탓일까 시력 탓일까

비 내리는 궂은 날엔
천천히 조심스레
정기만 흡수하여야 한다지
주변에 저급한 탁기만 더없이 감도니

이승에 있는 한 나는 없다
이승에 있는 한 내 것은 없다
내 것일랑 하나 없는 이승에서
항상 살얼음을 밟듯이
열반에 가깝게 다가서기 위해
조신하게 참선하는 길만이

*참선(參禪) : 1)선도(禪道)를 참학(參學)하는 일, 2)좌선하는 일. 3)입실(入室). 증
도가(證道歌)에, '스승을 찾고 도를 찾아 참선한다.' 하였고, 선원수계장(禪苑授
戒章)에, '참선으로 도를 묻고 계율을 먼저한다.' 하였으며, 피일휴(皮日休)의 시
(詩)에, '임간(林間)의 고학(孤鶴)이 참선(參禪)하고자 한다.' 하였음.

해탈로 가면

참선이 다 내 것이 아니고
하늘의 것임을 알아야 한다
잠시 하늘을 빌린다고 생각하며
모든 게 남의 것임을 새기어
남의 것을 내 것처럼 착각하지 말자

참선을 시작했으면 끝까지 가야 함은
중도에 그만 두면 아니함만 못하여
자신이 스스로 괴로워 견딜 수 없거늘

하늘에서 원하는 것은
참선을 정진하는 일
오직 욕심없이 진심으로
해탈 쪽으로 가다 보면
머지 않아 광명의 세계가 펼쳐져
금세에 더러운 허물을 벗을 수 있을까

---

*해탈(解脫) : 1)5분법신(分法身 : 계정(戒定), 혜(慧), 해탈(解脫), 해탈지견(解脫知見))의 하나. 번뇌의 속박에서 벗어나 일체의 고(苦)에서 해방됨. 2)2종 해탈, 즉 무위해탈(無爲解脫)과 유위해탈(有爲解脫), 또는 혜해탈(慧解脫)과 심해탈(心解脫), 무위해탈은 일체의 번뇌를 지멸(止滅)한 열반, 유위해탈은 지혜에 의해서 미혹을 벗어난 해탈, 심해탈은 선정에 의해서 미혹을 벗어난 해방. *금세(今世) : 이승. 지금의 세상.

공덕이 하늘에 미치어

중요한 것은 매일 빼놓지 않고
모래성을 쌓는 마음으로
한 순간 한 순간 잡란 없이
꾸준하게 극진한 정성으로 임하면
공덕이 하늘에 미치어
곧장 모든 것이 내려 올 것이니

하늘이 모든 것을 받을 수 있어
정성의 부족이 큰 화를 부르고
순간의 방신은 걷잡을 수 없는
과환이 되거늘

정성의 집결이 힘겨울 뿐
그 다음은 쉽고 가까운 길
결코 어렵고 멀고 먼 길은 아니니

*잡란(雜亂) : 1)말이 혼란한 것. 2)얽키고 뒤섞인 것. *공덕(功德) : 공은 복리(福利)
의 공능(功能)으로서 선행(善行)의 덕(德)이 되므로, 이같이 이름함. *방신(放身) :
누워서 뒹구는 것. 푹 쉰다는 것. *과환(過患) : 과구(過咎)와 재환(災患).

우주의 어머니

모두 마음이 메말라 가는 세상
큰마음으로 천하를 덮는다면
큰 깨침은 그냥 오게 되거늘

자신을 아는 것이 중요하다
그래야 길을 찾을 할 수 있다
언제나 감사하는 마음으로 임하고
날이면 날마다 매일 감사하라
모든 것이 내려오는 것도
모두 하늘의 뜻이고
내게서 나가는 것도 하늘의 뜻이니

우주는 항상 우리의 고향
우주는 어머니의 방향
모든 정기의 뿌리

번뇌, 그 자체가 값진 것
어느 것에서도 답을 구하려 하지 말자
번뇌의 종점에는 큰 깨침이 있으니

---

*정기(精氣) : 1)만물에 갖추어져 있는 순수한 기운. 2)심신 활동의 근원이 되는 힘.
*번뇌(煩惱) : 혹(惑)이라고도 함. 심신을 혼란시켜 적정(寂靜)을 잃게 하는 마음 작
용. 심신을 괴롭히고 혼란시키는 정신작용의 총칭. 여러 가지로 분류하지만 탐
(貪), 진(瞋), 치(痴)의 3독(毒)이 대표적인 번뇌.

조금 부족함이 있는

이승의 인연은,
저마다 소중한 것일 수도 있어
차분한 마음으로 하나씩 풀어야 하며
단번에 몽땅 풀려고 해서는 안 되는 일
모두가 나의 업이며 복인 것이므로

그로 인해 업도 생기고
그로 인해 깨침도 생기고
그로 인해 가르침도 오는 것

조금 부족한 듯한 생활로
비워 놓은 내부가 있어야지
꽉 차면 그 순간부터
정체되고 부패가 시작되거늘

실타래는 천천히 풀어야 한다
서두르지 않는 일이 중요하다
기를 가라앉히면 마음도 가라앉는 법
기가 뜨면 마음도 뜨고
기가 엉키면 마음도 엉키니

*인연(因緣) : 사물들 사이에 서로 맺어진 관계. 연분(緣分). *업(業) : 전세에 지은
악행이나 선행으로 말미암은 것. 현세에 받은 응보를 이르는 말.

저승으로 가는 시간

모든 업이 쌓이고 쌓여 온 것이니
모든 것에 감사하는 하루로 살자
감사의 마음이 온종일 이어지는 날
큰 깨침이 있을 것이니

저승으로 갈 즈음에
백색의 진한 연기 같은
명은 본인의 업보에 따라 정해지는 것

정령 그 하늘은 어디에나 있고
정기가 바로 천기인 것을

*명(命) : 미술단(尾戌單). 난(煖)과 식(識)을 가진 생물의 본원(本元)이 되는 것. *업
보(業報) : 선악(善惡) 업인(業因)에 응(應)한 고락과보(苦樂果報) *천기(天機) : 하
늘의 자연적인 기감(機感)을 말함. 지관일(止觀一)에, '천기는 자연히 일어난다.'
라고 함.

벽곡이면 족하랴

성인은 그날그날 감사의 마음으로
모든 것을 감사하며
이승의 좋고 나쁨에
기뻐하지도 슬퍼하지도 않으며
하루 한 끼도 먹지 않아도
감사하며 살아갈 수 있다지

크고 작은 일이 모래톱 같으니
어느 곳에서 좋고 나쁨을 찾으며
어느 것에서 옳고 그름을 찾으랴
벽곡이면 족하랴

혼자 마음고생이 차라리 편할까
매사를 인간의 일로 끝내고
참선으로 다른 것을 얻으려 함은
업의 소멸이 아닌 업의 축적이 되거늘
나중에 모든 사람의 그것을
혼자 지닐 때가 되면 성인이 되는 걸까

*성인(聖人) : 성자(聖者). 대승(大乘)과 소승(小乘)의 견도(見道)이상으로 혹(惑)을
단(斷)하고 이(理)를 증(證)하는 사람. *벽곡(辟穀) : 곡식은 안 먹고 솔잎, 대추, 밤
등을 조금씩 먹고사는 일. *오염(汚染) : 세간(世間)의 오진(五塵)에 오염된 것. *범
인(凡人) : 1)세속 사람. 2)범부(凡夫). 이생(異生)이라고도 함.

혈

몸에서 기가 수월찮이 나가는 혈은
회음 그리고 용천

회음은 정기와 탁기가 슬려 나아가므로
탁기만 나아가게 해야 하고
용천은 탁기만 나아가므로 막지 않아도
용천은 정기만 들어올 수 있으나
나가는 것은 탁기 뿐

참선, 가능한 한 금욕을 해야 함은
회음으로 정기와 탁기가 같이 새기에

*혈(穴) : 1)풍수지리에서, 땅의 정기가 모여 묏자리로서 좋은 자리를 이르는 말. 2)경혈(經穴)의 준말. *회음(會陰) : 사람의 음부와 항문과의 사이. *용천(湧泉) : 물이 솟아 나오는 샘. *금욕(禁慾) : 욕구나 욕망을 억제함. *정기(精氣) : 사람의 정신 기력(精神氣力)을 말함.

모남이 없도록

인연이 항상 있지 않으니
인연의 있음을 소중히 하고
기왕에 맺은 인연은 곱게 가꾸면서
영력이 낮아 탈나지 않도록
너무 탁하면 가까이 하지 않도록

항상 자신을 낮추고 굽혀서
스스로 모남이 없도록 해라
통 중에 가장 공능이 큰 것이
천심통인 것
그 밑에 여타 공능이 자리하니

모든 인연에서 마음공부를 할 수 있는
인연이 가장 소중한 인연이라
그저 진솔한 마음으로 감사하라
큰 업은 타인에게 실망을 주었을 때이므로
상대방의 마음을 흔들어 놓는 일이야말로
가장 큰 업이거늘

*영력(靈力) : 사람의 모든 정신적 활동의 본원(本源)이 되는 힘. *통(通) : 1)작용(作用)이 자재(自在)하여 막히지 않는 것을 말함. 불(佛), 보살(菩薩), 외도(外道) 선인(仙人) 등이 얻는 것으로 곧 통력(通力)과 신통(神通)을 말하는 것. 2)지식(知識)을 얻는 것을 말함. 3)통(또는 통용(通用))은 문법용어(文法用語)로는 양방(兩方)을 사용한다는 뜻. 4)통틀어. 대체로. 일반적으로. 5)삼승통교(三乘通敎)란 뜻. 즉 성문(聲聞), 연각(緣覺), 보살(菩薩)에 공통(共通)인 가르침. *공능(功能) : 공용과 능력(能力). *천심(天心) : 제천(諸天)은 전세(前世)의 과보(果報)에 의하여 노력하지 않아도 원하는 것을 마음대로 얻을 수가 있으므로, 이 제천과 같이 마음대로 얻고자 원하는 마음을 뜻함.

스스로 돕는 자를 돕는다

예측공능이 주어진 것은
스스로 선택하면서 가라는 뜻
하늘의 도리를 알고 예측을 하면
그것이 천리이므로
크게 빗나가지 않거늘
오직 인간의 사정이 바뀔 뿐
하늘의 도리가 결코 바뀐 것이 아니니

실꾸리가 엉키거나 잘 풀리는 것은
모두가 업행에 의한 결과이니
피하거나 돌아갈 생각은 말고
그것에 회의나 의문을 갖지 말고
오는 대로 맞이하여 받으렴

어느 것 하나 버릴 것이 없고
어느 것 하나 의미가 있으니
생각하고 노력하면
앞날에 밝음이 있으리

하늘은 스스로 돕는 자를 돕는다
집착에서 벗어나 순리대로 추구하고
확신이 서면 그대로
의념을 집중하여 밀고 나가면
결국 의념대로 될 것이니

*천리(天理) : 천도(天道)와 같은 말로 천연(天然)의 도리(道理). 천지만물(天地萬
物)에 통하는 이치, 즉 진리(眞理)를 말함. *도리(道理) : 여리(如理)의 뜻. 이(理)라
고도 함. 타당한 의취(義趣)를 말함. *업행(業行) : 업은 즉 행으로 따른 뜻이 없음.

감사

감사하자 날마다 감사하자
항상 감사하자
힘들고 고난이 계속 오더라도
그저 끊임없이 감사하자
감사……감사……감사 속에서
모든 것이 다시 열릴 것이니

마음 속 잡독의 침입을 막으렴
신이 맑아지면 모든 것이 밝아지거늘
욕망에서 벗어나 큰길로 나가렴
몸이 바뀌고 마음이 탈피하는 가운데
생각지도 못했던 길이 열릴 것이니

기 속에 형상들이 움직인다
악기도 선기도 보인다
오로지 이웃을 위하여
오로지 세상을 위하여
영원한 생명의 고향
우주를 위해 헌신하렴

새로이 열린 눈으로,
하늘 메시지가 천목혈(天目穴)에서
황홀한 느낌을 받으리

---

*집착(執著) : 사물에 고착하여 떠나지 않음을 말함. *순리(順理) : 이치(理致)에 맞
는 것. *의념(意念) : 염불(念佛)을 소리를 내어 하지 않고 마음 속에서 하는 것, 또
는 마음으로 생각하는 것.

지박령

천도를 못한 지박령,
땅 속에서 누더기를 걸치고 살면서
이따금 군생의 기를 절취하거늘
먹이인 군생의 기는 텃세인 양
기를 빼앗긴 군생은 지치니

지박령과 만남은 멀리하고
보더라도 차라리 못 본 척 하는
자칫하면 다칠 수가 있으니

여느 동물이나 파충류의 기운은
탁기의 형태로 남아 있으나
영급이 낮아 빙의령처럼
인간을 지배하지 못하거늘

*잡독(雜毒) : 고성(苦性)과 번뇌(煩惱)가 독(毒)이 되는데 비유함. 독이 혼잡한 법(法)을 잡독이라 함. *신(神) : 영묘불측(靈妙不測)한 덕(德)이 있는 것을 통칭함. 통명(通名)은 팔부중(八部衆)이며 천신 내지(天神乃至) 아수라신(阿修羅神) 등을 말함. *악기(惡氣) : 1)고약한 기운. 2)악의(惡意). *선기(善氣) : 선한 기운.

*지박령(止泊靈) :머무르고 있는 영혼. *생기(生機) : 생기(生氣) 있는 한 기용(作用). 기사회생(起死回生)의 계기(契機). *영(靈) : 1)영백(靈魄), 혼(魂). 2)신령(神靈) 또는 불가사의(不可思議)한 힘을 갖는 것. *빙의령(憑依靈) : 옮겨붙은 영혼.

소리 없이 이루어지다

참선이 깊고 넓다 보면
생각지 않던 것까지 끌어낼 수 있어
선미를 한 단계 너머 올라가면
천계의 황홀한 물건이 나오지만
아무것도 얻지 못할 수도 있으니

비물질에서 물질로
물질에서 생명으로 이루어지는 사슬은
하나의 생명을 탄생시켰고
그 성은 뿌리로서 나무에 잎이 피고
열매가 맺기까지
땅 속에서 씨앗에 물이 배어들어
새 생명의 움직임이 드러났으니

성은 첫째 진이며
둘째 실이며 셋째 묵이니
모든 것이 소리없이 이루어짐이라

*선미(禪味) : 선정(禪定)에 들어가면 경안적정(經安寂靜)의 묘미(妙味)가 있다. 적
열신심(適悅身心)을 선열식(禪悅食)이라 함. 유마경방편품(維摩經方便品)에, '선
열로써 맛을 삼는다.' 하였고, 같은 문질품(問疾品)에, '선미에 탐착(貪着)하는 것
이 바로 보살전(菩薩縛)이라 한다,' 하였으며, 대집경십일(大集經十一)에, '적정
(寂靜)을 찬탄(讚嘆)하고 선미를 탐착한다.' 하였음. *실(實) : 외도(外道) 십일종
(十一宗)의 하나. 수론 외도(數論外道), 과거와 미래가 실존하여 현재와 같다고 주
장하는 외도(外道). *묵(默) : 말없이 가만히 있는 모습.

소우주

욕심을 없앤 후 참선에 임해야 하니
욕심을 거두는 일이 얼마나 오래 걸릴까
명근은 한낱 먼지의 떠돌음에도
물의 흐름에도
나뭇잎의 흔들림에도
허공의 바람자락 같은
군생의 죽살이에도
그 어디든 거치지 않는 곳이 없으니

소우주인 인간이
명이 성을 거쳐야만
비로소 움직임이 눈에 띄는가
육안으론 그 미미함에 이르지 못할까

하나가 아닌 인간의 생명
하나처럼 보이는 몸 안엔 얼키고설킨
셀 수 없는 생명들이 공생하고 있으니
우주가 내포된 소우주가 아닌가

---

*욕심(慾心) : 탐욕(貪慾)의 마음. 월하여경상(月下女經上)에, '욕심이 있는 사람은 해탈할 수 없다.' 라고 하였음. *명근(命根) : 불상응행법(不相應行法)의 하나. 구사종(俱舍宗)에서는 수명(壽命)을 말한다. 명(命)는 활(活), 수(壽)는 기한의 뜻. 중생(衆生)이 일정한 기간에 생존하는 것은 수명이라는 한 물체가 있어서 난(煖, 체온)과 식(識, 정신)을 유지하기 때문이다. 유식종(唯識宗)에는 팔식(八識)의 명언종자(名言種子) 중에 생식(生識)과 주식(住識)의 작용이 있는데, 주식의 작용은 제팔식(第八識)으로 하여금 일정한 기간에 상속시키는 작용, 제팔총보(第八總報)의 과체(果體)를 상속시키는 작용을 가장적으로 명근이라 이름을 붙였고, 따로 명(命)의 실체가 있는 것은 아니라고 함.

길을 묻다

마음 속에 오직 길이 있다
그 길은 헤맬 일도 아니고
그 길은 서두를 일도 아니다

멀리서 찾을 일도 결코 아니다

마음을 다잡아
차근차근 훑어보렴

항심으로 안으로 들어가야 한다
깊이깊이 들어서면 끝이 나올 것이니
그곳에서 다시 길을 물어야 한다

*항심(恒心) : 늘 지니고 있어 변함이 없는 올바른 마음. 흔들리지 아니하는 마음.

영혼의 공백

마음 속에 공간이 생겼을 때
그 공간에 기운이 미치지
못하는 부분이 생겼을 때
허한 영혼에 다른 영혼이 옮아 붙거늘

영혼 속에도 더함과 덜함이 있기에
마음의 기운이 움직이는 것이므로
기운이 허약하면 탈이 생기니
모든 것이 마음의 조화

처음으로 참선에 들어
기운이 움직이는 단계에서
잡귀들 시샘이 기승을 부리나
어느 단계에 접어들어서
기운을 고르게 펴지면
자연스레 시끄러움은 풀리는 것

빙의는 자신이 생뚱한 행동을 하게 되어
자신도 모르게 열심히 참선하면 몰라도
남의 병을 고쳐 준다
전생의 업을 보여준다
남의 혈을 열어 준다
제령을 시켜 주는 일들로
옆길로 들어서게 하는

*빙의(憑依) : 영혼이 옮아 붙은 것. *전생(前生) : 전세(前世)와 같음. 현세에 태어
나기 이전의 몸, 즉 과거세(過去世)의 몸을 말함. *제령(諸靈) : 여러 영혼.

빙의와 무당

사진이 겹쳐진 듯이
사람 뒤에 겹쳐 있는
모습으로 나타나는 빙의령은
접신된 사람보다 약간 키가 크며
기운도 강하거늘

대여섯 명의 신에게 빙의된 모습은
우두머리 영은 사람 뒤에 겹쳐져 보이고
다른 영들은 사람 뒤에 빙 둘러앉아 있어

죽살이가 남긴 후유증인가
성인의 반열 아래 설 수 있었던
무당들의 타락이 사자들의 심부름인가
악어에 악어새처럼 잡신을 숭배하며
고작 하찮은 메시지나 전달하는

---

*무당(巫堂) : 귀신을 섬겨 길흉을 점치고 굿을 하는 여자. 선악(善惡)의 정령(精靈)과 직접 통하여 다룰 수 있는 신비(神秘)한 능력을 가졌다고 하는 원시적 샤머니즘의 한 형태임. 안택(安宅), 성주, 대감, 질병굿 등을 하여 수십 종의 경문이 있음. 무녀(巫女), 무자(巫子), 사무(師巫).

피부호흡

만약 참선 중 날아가서 서쪽으로
정토에 안착한다면
서방은 금빛 공으로
둘러싸여 있으리

금빛 공의 겉이 굳으면
피부호흡이 가능하게 되리니
금빛 공 속에 앉은
황홀경

중단에 고인 기가 빛으로 변하면서
피부호흡이 되거늘
언제까지 공력을 다하여
모자란 금빛 기운은
더 고여야 하는가

---

*정토(淨土) : 성자(聖者)가 소주(所住)하는 국토(國土)로 오탁(五濁)의 구염(垢染)이 없기 때문에 정토라 함. 대승의장십구(大乘義章十九)에, '경(經) 가운데 혹은 때로 불지(佛地)라 하고, 혹은 불계(佛界)라 하며, 혹은 불국(佛國)이라 하고, 혹은 불토(佛土)라 하며, 혹은 다시 정찰(淨利), 정수(淨首), 정국(淨國), 정토(淨土)라 설한다.' 하였음. *중단(中段) : 단전(丹田) *피부호흡(皮膚呼吸) : 살갗을 통하여 하는 호흡.

몸과 더불어 영생은 없다

외로움을 감내할 수 없고선
참선도 없다
생각 속에 생각일 뿐
인간들 풍진세상에서
몸과 더불어 영생은 바랠 수 없듯이
범인이 신선이 되어 하늘로 올라감은
물이 증발하여 공기가 되듯
긴한 장소에 긴한 시간에
자유로이 머물 수가 있을까

모든 지식이 결코 인간의 것이 아니고
하늘에서 내려오는 것인즉
남의 심기를 흩트려
남에게 근심을 남기지 않고
멀고 먼 길을 혼자서 외로이
갈 수 있어야 하거늘

---

*신선(新仙) : 1)선인(仙人), 선인으로서의 수행자(修行者). 원래 도교(道敎)의 용어임. 2)석존(釋尊). *심기(心機) : 마음의 발동(發動)을 말함. 대일경소(大日經疏)에, '여러 가지 낙욕(樂欲)이 심기(心機)를 따라 여러 가지 문구(文句)나 방언(方言)으로 자재가지(自在加持)하여 진언(眞言)의 도(道)를 설한다.' 하였고, 문구칠(文句七)에, '사(事)가 선미(先迷)하여도 심기는 본순(本順)한다.' 하였음.

참선자의 자세

참선 중에는,
되도록 색을 멀리하여 그침이 좋다
무리하면 반드시 손기가 따르고
더구나 음주와 가무는 좋지 않다
기를 뜨게 하여 균형을 잃고
술과 담배와 설탕은 영성을 흐리게 하니
길이 보이지 않는다고 원망하는가

하늘이 알아서 다스리는 것이니
모든 것을 흘려 보낼 수 있어야 하거늘
어떤 것이라도 걸려선 안 되고
모두 흘려 보낼 수 있어야 하거늘
하늘과 땅에 항상 감사하고
스승에게 예의를 갖추어야 함이니

*색(色) : 1)색사(色事) 또는 여색(女色). 2)변괴(變壞), 변애(變碍), 질애(質碍)의 뜻. 변괴는 전변파괴(轉變破壞)한 것이고, 변애는 변괴질애(變壞質碍)한 것이며, 질애는 형질이 있고 서로 장애(障碍)되는 것. 이는 오근(五根)과 오경(五境) 등의 극징(極徵)에 따라 이룩되는 것. *손기(損氣) : 심한 자극을 받아서 기운이 상함. *영성(靈性) : 영묘불가사의(靈妙不可思議)한 마음의 본성(本性).

탈 피

마음밭은 내 안에 있으나
생각대로 쉽게 보이지 않는 법
겹겹이 쌓인 껍데기를 벗겨내고
연이어 벗겨 내야만 드러나는 것
벗겨내야 할 껍데기가 많을수록
그만큼 고행이 따르는 법

껍데기를 벗겨야 한다
세속의 때를 벗어내야 한다
어느 한 부분이 벗겨지면
그 껍데기는 쓸모가 없게 되므로
곧 벗겨지고 그 안의 껍데기에서
다시 힘이 거듭되거늘
이 어려운 탈피가 곧 깨침이 아닌가

*고행(苦行) : 1)몸으로 견디기 어려운 여러 가지 수행(修行)을 쌓는 일. 주로 외도
(外道)에서 가르치는 행업(行業). 2)사내(寺內)의 정화(淨化) 비구(比丘)들을 시봉(侍
奉)하는 속인(俗人)을 고행(苦行)이라 함. *세속(世俗) : 세상에 은복(隱覆)된 진리(眞
理)가 있다는 뜻. 훼괴(毁壞)할 수 있다는 뜻이며, 속(俗)은 현현(顯現)하여 유세(流
世)의 뜻이며 현현은 인정(人情)에 순(順)한다는 뜻. 세사(世事)는 곧 속법(俗法)이며
삼계(三界)의 사법(事法)이 모두 이 이의(二義)가 갖추었으므로 세속이라 함.

기로 눈을 씻으며

마음이 흔들릴 것이다
마음이 흔들리기 시작하면
참선에 들기가 버거워지는 법
어떤 유후심에도 밀리지 않게끔
잔잔한 수면이 되는 것이니
하단에 좀더 축기를 하고
그 축기로 눈을 씻고 씻으면
앞이 멀리 보일 것이니
하단의 기로 눈을 씻어라

타락은 마음이 정결치 못함이고
세파에 찌든 마음이 정결치 못함이고
몸도 더불어 정결치 못할 것이라
심공은 마음공부를 하는 것

마음을 바꾼 뒤에
몸을 바꿔야 한다
마음이 스스로 바뀌면
모습도 스스로 바꿔지는 법
신공으로 탈피해 가는 것이리

*유후심(有後心) : 잡념(雜念)이 섞인 마음. 당체(當體)의 일념(一念) 외에 임종(臨終)을 기하는 것은 유후심이다. *심공(心空) : 1)심성(心性)이 광대하여 만상(萬象)을 포용함이 대허공(大虛空)에 비유하므로 심공(心空)이라 함. 우자의(吘字義)에, '무시이래(無始以來)로 심공에 본주(本住)한다.' 하였음. 2)마음이 스스로 장애(障碍)를 여의면 공적무상(空寂無相)하므로 공적이라 함. 인왕경중(仁王經中)에, '공혜(空慧)가 적연(寂然)하여 연관(緣觀)이 없고, 도리어 심공의 무량경(無量經)을 비춘다.' 하였음.

하늘의 마음

하늘이 있는 까닭은
단순히 푸름을 위해서가 아니고
인간을 가르치기 위해서가 아니다
눈비 그리고 구름도
어둠도 밝음도
모든 것이 이루어지고 사라짐이
그저 순수한 하늘의 뜻이거늘

사람이 어찌 하늘의 뜻을 거스르고
살아갈 수 있을까
하늘은 순리대로 가는 것이니
그 뜻에 거스름이 없어야 하거늘

하늘의 뜻에 따라
이미 예정대로 가는 것
한때 분함도 억울함도 지우고
한때 기쁨도 슬픔도 모두 지우면서

*순리(順理) : 이치(理致)에 맞는 것.

빛을 의념하라

천인을 모방해 만들어진 인간은
하늘의 필요악에 창조된 피조물인가
천인은 모든 경락
모든 혈이 열려 있어
모든 통제가 가능하여
사기의 침입이 쉽지 않거늘
이제 인간은 마음도 닫히고
혈도 닫히기에 이르렀으니

새로운 세계로의 접근은
빛과의 연결로 이루어질 것이니
늘 빛을 의념하라
그리고 정진하라

어둠이 있어야 밝음이 있듯
사가 있어야 정이 있고
정이 있어야 사가 있듯
모든 것이 필요에 의해 있지 않을까

*천인(天人) : 1)천(天)과 인(人)을 말함. 2)천상(天上)의 사람. 천계(天界)에서 사는 생류(生類)의 총칭. *사기(邪氣) : 사악한 기운. 악기(惡氣)란 뜻. 곧 사람을 뇌란시키는 사악한 귀신(鬼神)의 요사(妖邪)스런 기운을 일컬음. *정진(精進) : 근(勤)이라 함. 용맹하게 선법(善法)을 닦고 악법(惡法)을 끊는 마음의 작용임. *사(邪) : 1)잘못한. 부정(不正). 2)사견(邪見)과 같음. *정(正) : 1)바른 것. 2)평정(平正)한 것. 3)십팔행상(十八行相)의 하나로서의 이역(異譯). 4)정성(正性)과 같음. 5)바른 지식(知識)의 근거(根據).

밝고 맑고 고운 곳

정향이 필요한 까닭은
밝고 맑고 고운 곳으로 가야 한다는
하늘의 뜻

어둠도 밝음을 위해 있으나
인간이 가야 할 곳은
밝고 맑고 고운 곳

아무리 어둠이 짙게 덮여도
밝음에는 당하지 못하며
언제나 어둠은 뒤편에서나
존재하는 여벌이므로
정심으로 참선하면
밝음으로 드러나게 되거늘

*정향(定香) : 오분법신향(五分法身香)의 하나. 선악(善惡) 등 여러 가지 대상에 대하여 마음이 조금도 동요(動搖)하지 않는 것을 말함. *정심(定心) : 선행(禪行)을 닦아서 산란한 마음을 멀리 여의는 것. 산심(散心)에 대하여 이르는 말. 다시 말하면 자주 변하여 옮겨가는 산란한 마음을 산심(散心)이라 함에 대하여 의식(意識)을 통일(統一)하여 한 곳에 집중하는 마음을 정심이라고 함.

정심에 도달하여야

정심은 끊임없는 자아이므로
찾을 수 있는 것
마음바탕의 맨 밑바닥에
차분히 자리하고 있으니
닦지 않고 그냥 놔두면
더러운 때에 쌓인다

금세에서 더럽혀진 때만도
적지 않음에 부지런히
평상심으로 닦아
정심에 도달하여야 하거늘

정심에 도달이
곧 깨침이 될 것이니
본성을 찾는 것과
정심을 찾는 것은 같은 이치이나
말만 다를 뿐
견성으로 찾아야 하는 것도
정심 그 자체이니

---

*평상심(平常心) : 평소(平素)의 마음. 일상의 기분을 뜻함. *본성(本性) : 본래 고유한 성덕(性德)을 말하는 것. *견성(見性) : 선가(禪家)에서 쓰는 말로 자기(自己)의 불성(佛性)을 꿰뚫어 보는 것.

금빛비늘

앉아 있어야 한다
앉음이 깊고 깊어야 한다
뿌리가 내리도록 앉아 있어야 한다
생각에 어떤 파문도 없이
앉아 있을 때,
비로소 내려다보일 것이니

심법은 안에 있는
마음 안에 있는
기운을 키우는 것

금빛 비늘은 굳은 상태에서
금빛 기운은 천기에서 으뜸가는 빛깔로
조금씩 아주 조금씩 녹아 내려오고
녹아 내려오는 상태에서
흡수되어 몸에 쌓이게 되거늘

서늘하게 맑은 기운으로 젖어들어
지기 열이 천기 하나를 당하지 못하나
그 기운 세게 내리면 받을 수가 없으니

*심법(心法) : 일체제법(一切諸法)은 색(色)·심(心) 이법(二法)으로 나누어서 질애(質礙)는 색법(色法)이 되고 질애됨이 없는 것은 연려(緣慮)의 용(用)이 된다. 혹은 제법(諸法)을 연기(緣起)하는 근본(根本)이 되는 것을 심법이라 함. *천기(天機) : 1)모든 조화(造化)를 꾸미는 하늘의 기밀, 천지(天地)의 비밀, 조화의 기밀, 자연의 신비. 2)천부(天賦)의 성질 또는 기지(機智). *지기(地氣) : 대지의 정기(精氣).

하단에 둔다

몸을 건강하게 항상 유지하려면
쓸모없는 것에 힘을 쏟는 것을 막고
집중이 가능하게 되도록
맑은 상태를 유지해야 하거늘

수면이 낫다
그리고 참선이 낫다
그리고 운동이 낫다

참선시 손은 합장하고
모아서 가볍게 내려놓았다가
다시 합장으로 마무리하면서
의식을 모으거나
집필을 하거나 하단에 두라
아무것에도 거리낌없는
아무것에도 그침없는
참으로 별 것이 아님을 알게 되리니

자세는 등뼈를 바로 세우고 앉는다
항상 마음이 바로 앉는다
마음이 바로 앉으므로
모든 것이 바로 앉을 수 있으니

*참선(參禪) : 선도(禪道)에 참입(參入)한다는 뜻. 증도가(證道歌)에, '스승을 찾고
도(道)를 찾아 참선을 한다.' 하였음.

잊어버림

마음 맨 밑바닥에 쌓인 것을
먼저 버려야 함은
굳은 앙금은 떼어 내기가 수월찮아
그 어려운 것을 버리기 위해서는
아래에 말라붙은 앙금의 근본을 버리면
절로 떨어져 정리가 되니

잊어버리는 것이다
있다는 것조차 잊어버리면
잊어버렸다는 것조차 잊어버리면
절로 사라지게 되어 있거늘
허나 잊어버리지 않는 한
언젠가는 잼처 떠오르게 됨으로
까맣게 잊어도 안 된다
단지 마음 밑바닥에 아무것도 없이
잊었음을 잊어야 함이니

*합장(合掌) : 좌우의 손바닥에 열 손가락을 합하여 내 마음의 전일(專一)함을 표하는 경례법(敬禮法)이다. 관음의소상(觀音義疏上)에, '합장이란 중국에서 공수(拱手)를 공(恭)이라 하고, 외국(外國)의 합장은 경(敬)이 된다. 손은 본래 둘인 것을 지금 합하여, 하나로 하는 것은 감(敢)히 산란(散亂)하고 허탄(虛誕)하지 않음을 표하는 것. 오로지 일심(一心)이 되고 일심에 상당(相當)하기 때문에 이것으로 경(敬)을 표한다.' 하였음. *하단(下丹) : 배꼽 아래.

*의식(意識) : 육식(六識)의 하나. 의근(意根)에 의하여 일어나며 법경(法經)을 요별(了別)하는 심왕(心王)이다. 사종(四種)의 분별이 있다. 1)독두의식(獨頭意識). 2)오동연의식(五同緣意識). 3)오구의식(五俱意識). 4)오후의식(五後意識).

무념의 집중

잡심은 집념에서 오는 사치
잡념의 제거 자체가 욕심일까
잡심이란 나의 것이 아닌 것이 없다
온통 내 안에 있는 생각의 잡동사니
지금도 내 안에 있는 것이니

버려야 할 대상 중에는 잡념도
그 일부를 이루고 있는 것
그것을 버리지 않고서
모두 버렸다고 할 수 없거늘

생각이 하단으로 모으고
하단에 생각이 모인 상태에서
무념으로 들어선다
무념의 집중이 축기가 되어
이런저런 번민에서 벗어나는

*잡심(雜心) : 1)산란한 마음으로 선(禪)을 닦는 산선심(散善心)과 복잡(複雜)한 생각을 쉬고 일념(一念)으로 극락정토를 생각하고 관(觀)하는 정선심(定善心)을 섞은 마음. 2) 정업(淨業)과 조업(助業)을 섞은 마음. *욕심(慾心) : 탐욕(貪慾)의 마음. *무념(無念) : 망념(妄念)이 없는 것. 즉 정념(正念)의 다른 이름.

참선의 묘미

참선은 언제나 일정해야 하는 것
깊지도 얕지도 길지도 짧지도 않으며
처음이나 중도나 끝이 항상
비슷한 정도에서 나가야 하는 것

가벼운 진전으로 마음이 들뜨지 않고
차분한 가운데 자성을 구하고
자성을 보는 참선으로 나가야 함이니

능력이 많다고 좋은 것은 아니라
모든 것은 정성으로 이루어야 하는 것
모든 것을 간단해야 하는 것
복잡한 것도 간단함이 참선의 묘미
단순한 것을 복잡하게 하는 것은 범인들의 일
단순해도 복잡해 해쳐 나아가기 수월찮은데
어찌 헝클어 놓고서 살피느냐

*자성(自性) : 모든 법이 각각 변개하지 않는 성품(性稟)이 있다. 이것을 자성이라
고 한다. *묘명(妙明) : 진묘(眞妙)한 명심(明心). 무누(無漏)의 진지(眞知)를 말함.

버리는 것

강물에 흘러 보내고
낭떠러지 아래로 떨어뜨리고
공능으로 분해시키고
잊어버리는 것이
버리는 방법

잊어버리는 것이
가장 자연스레 버려지는 방법인 것을
모든 것을 버릴 수 있는
하나씩 버려지는 묘미를

*공능(功能) : 공용(功用)과 능력(能力).

참선이 깊을수록

모든 것이 단정적으로 생각되나
모두 한 가지로만 생각지 말아라
매사는 생각처럼 그리 간단하지 않고
옳다고 계속 옳은 것은 아니라
때로는 옳지 않았던 것이 옳을 적이 있거늘

물 흐르듯 흐르는 곳으로
흘러가는 것이 참선이듯
부처가 되어 일순에
도을 얻는 일이 어디 흔한 일인가
참선이 깊을수록 범인이 되었다가
아주 깊어지면 그때 진인이 되거늘

너무 평범하다고 놓쳐선 아니 되는 법
참선이 깊어질수록 드러나지 않게 되고
드러나지 않으면서 깊어지는 형상이니
끝없는 구름밭 드넓은 공간을 지나
산보다는 바다에 가까운 주변이 되고
꿈같은 신비의 세계가 나타나게 되거늘

*형상(形相) : 1)모습. 모양. 2)사분률(四分律)과 오분률(五分律)에 단계라 하고 승지률(僧祇律)에는, 종류형상어(種類形相語)라 하여, 종성(種姓), 직업(職業), 면모(面貌) 등에 의하여 큰 소리로 꾸짖고 경모(輕侮)하는 것.

파 계

파계는 마음으로 하는 것
마음이 고정되어 흔들리지 않으면
있을 수 없는 것
언제나 흔들림 없는 마음그릇이라도
파계는 참으로 어려운 것 중 하나

흔들리지 말아야 한다
흔들리는 배는 엎어지기 마련이고
엎어지면 그게 파계이니

참공부를 해라
참공부란 정성으로 하는 것
집중이 깊고 깊으면 정신이 나오고
그 정성에 공부가 시작되는 것
참선이 깊으면 기감보다는
영감을 깨어나서
영감으로 보게 되거늘

진리를 찾고
그 진리를 깨고서
그 이상의 것들을 밝혀
인계를 구제해야 하리

*파계(破戒) : 계(戒)를 받은 자(者)가 계법(戒法)을 위반(違反)하는 것. 파계란 받은
계체(戒體)가 아직 신중(身中)이 있다. 행사초(行事鈔)의 삼(三)에, '십륜(十輪)에
이르기를, 파계비구는 비록 사인(死人)이라 할지라도, 계의 여력(餘力)이 오히려
인천(人天)으로 인도해 간다. 마치 우황(牛黃), 사향(麝香), 소향(燒香) 등에 비유함
과 같다. 불(佛)께서 인(因)하여 설명하시기를 복도(葡萄)의 꽃은 비록 말랐으나 일
체(一切)의 꽃보다 승(勝)하고 파계한 제비구(諸比丘)라 할지라도 오히려 외도(外
道)보다 낫다.' 하였음.

개안

기감은 기적 차원에서 오므로
영감은 영적 차원에서 오므로
기적인 눈에서 벗어나서
영적인 눈으로 볼 수 있어야 하거늘
개안되어야만
진정 눈다운 눈을 가질까

기안은 상대가 막으면 보이지 않으나
영안은 상대가 막아도 넘보게 되므로
속이고 당하는 속됨이 없이
상대의 의중을 훤히 들여다보듯이
더 나아가 온 우주의 이치를 볼 수가 있거늘

기안은 개심이 안 되어도 열릴 수 있으나
영안은 개심이 되어야만 열리니

*기감(機感) : 중생이 불보살의 능력을 감지(感知)하는 일. *영감(靈感) : 신령(神靈)한 감응(感應).

*기안(氣眼) : 기(氣)로 볼 수 있는 것. *영안(靈眼) : 영(靈)으로 볼 수 있는 것. *개심(開心) : 지혜를 널리 열어 줌.

개심의 조건

욕심을 버린다
망상을 지운다
주변을 정리한다
정성을 생활한다

항상 고마움으로 받든다
영원으로 통하는 문을 두드린다
감사로 마무리한다
이것은
참선에 시작이자 끝이니

---

*망상(妄想) : 실(實)에 부당(不當)한 것을 망(妄), 망령되게 분별(分別)하여 여러 가지의 상(相)을 취(取)하는 것을 망상이라 함. *정성(正性) : 성성(聖性)과 같음. 유식론(唯識論)에서는 성성(聖省)이라 하고, 구사론(俱舍論)에서는, 정성(正性)이라 하나 그 뜻은 같다. 유식론에서는 무누지(無漏智)의 종자(種子)가 성성(聖性)의 체(體)가 된다고 하고 구사론에서는 번뇌(煩惱)를 여의는 것을 정성(正性)이 된다고 함.

하늘의 범위에서

정은 한번 소모되면
다시 솟아나는 것이 아닐 뿐더러
솟아난다고 해도
이미 예전의 그것이 아니라

정을 간직한 상태에서
새로운 정이 솟아나는 것이나
이미 소모된 상태에서
정이 솟아나는 것은
그 뿌리가 다르거늘

하늘에 속하지 않는 것이 없듯
선한 것도 악한 것도
모두 하늘에 속하는 것이니
선한 것은 장려하고
악한 것은 벌을 받는 것 역시
하늘의 범위에서 일어나는 것이니

*정(情) : 1)유정(有情)이란 것. 2)근(根), 인식(認識)의 기관(機官). 3)마음, 유정이
라 할 때의 정(情). 4)생각, 보통 생각. 5)성(性)이 동(動)하는 곳. 정식(情識)으로
된 마음.

오늘의 결과

업은 지금까지
흘러 오게 된 모든 것이고

잘한 것도 잘못한 것도
오늘은 어제의 결과이며
내일은 오늘의 결과이니

현실을 차분하게 받아들여
업이 많다고 비판하지 말아야 하는

무쇠가 강철이 되기 위해
수없이 담금질을 당하듯이
크게 깰 수 있는 것이므로

*업(業) : 신(身), 구(口), 의(意), 선(善), 악(惡), 무기(無記)가 짓는 것을 말함. 그 선
성(善性)과 악성(惡性)이 반드시 고락(苦樂)의 과(果)를 감(感)하므로 업인(業因)이
라 하고, 그 과거에 있는 것을 숙업(宿業)이라 하며 현재를 현업(現業)이라 함.

조건으로 인하여

인간적인 것이
우주적인 것이므로
순화되었을 때 비로소
사랑의 향기는 멀리 번져가는 것

우주적인 것의 순화는
장애 없이 이루어져야 함에 까탈스런
조건은 온갖 악취의 원인이며
불행의 뿌리이고
인간을 망가뜨리는 것

인위적인 조건으로 인하여
상대에 대한 불신과 원망과 미움이
싹트게 되는 것은
인간이 그만큼 불완전한 존심이기에

*악취(惡趣) : 중생이 악업(惡業)의 인(因)으로 모이는 곳. 구사론세간품(俱舍論世間品)에. '취(趣)는 소왕(所往)이다.' 하였음. 곧 지옥축생(地獄畜生) 등을 말함. *불신(不信) : 마음이 깨끗하지 못함을 생각하여 삼보(三寶)의 실덕(實德)을 낙욕(樂欲)하지 않는 것. 구사론(四)에, '불신은 마음이 불징정(不澄淨)한 것이라 하며 앞에서 설한 신(信)과 대치(對治)된다.' 하였음. *원망(怨望) : 앙심을 품는 것. *존심(存心) : 본심을 잃지 않고 그 선(善)한 성품을 기르고 지키는 것.

엄격한 도덕성

인간이 사랑할 수 있도록 창조된 것은
사랑을 정신적으로 순화시켜
우주의 사랑에 동일한 상태로
갈 수 있도록 한 것

허나 간혹 인간은 사랑으로 포장된
마의 검은 손아귀에서
아무것도 모른 채 놀아나고 있으니

사랑은 우주 한가운데 있는
마음의 중핵으로서
그곳에서 모든 따듯함이 배어 나오는

포근하고 따뜻하고 은근한 기운은
모성의 사랑을 빼어 닮았는가
그것은 본능적인 모성이 아니라
올바로 살아야 한다는 엄격한 도덕성

*마(魔) : 사람의 심신을 어지럽게 하여 선(善)을 방해하고 지혜를 흐리게 하는 것.
*심(心) : 1)우주의 현상, 또는 인간의 정신, 정신 작용. 2)진여(眞如)의 다른 이름으
로서 일심(一心), 심성(心性), 자성(自性), 법성(法性)이라고 함. *도덕(道德) : 도
(道)는 정도(正道), 덕(德)은 소득(所得)의 뜻. 또는 덕(德)은 자기의 소득(所得)이요,
도(道)는 타(他)에 미친다는 뜻. 무량수경권하(無量壽經卷下)에. '무량수불국(無量
壽佛國)에 태어나면 쾌락(快樂)이 끝이 없고, 오래도록 도덕(道德)과 같이 밝으며
길이 생사(生死)의 근본에서 벗어난다.' 고 하였음.

도리와 자신의 위치

윤리나 도덕은,
벗어 던져야 할 낡은 옷이 아니다
불완전한 인간이 완전하기까지
마음을 지켜 주는 기둥

도덕은 인간에게 상하, 좌우,
전후를 가름하게 하며
도리와 자신의 위치를 자리잡고
정사
정각
정행에 이르게 함이라

---

*정사(正思) : 바른 생각. *정각(正覺) : 삼보리(三菩提). 부처님 십호(十號)의 하나.
등정각(等正覺)의 약칭. 번역하여 정각이라 함. 부처님의 지(智)를 이름하여 정각
이라 함. *정행(正行) : 불교(佛敎)를 믿는 사람이 닦는 진정(眞正)한 행업(行業), 혹
은 사행(邪行)에 대하여 하는 말이고 혹은 잡행(雜行)에 대하여 하는 말.

자유로움

단전호흡은,
잡념을 제거한다
하단에 축기하고
중단에 축기한다
하단을 완성하고
중단을 완성한다
끝내 상단을 완성한다

중단이 열리는 증상은,
따끔거리거나 후끈하게 되는 것
그를 넘기면 포근하고 편안하게 되는 것

하단 축기는 기운의 결집이고
중단 축기는 방향의 결정이며
하단 완성은 기의 출입을 자연스레 이루고
중단 완성은 기가 뻗고 멈춤이 자유로움

*단전호흡(丹田呼吸) : 단전으로 숨을 쉬는 일종의 정신 수련법. *단전(丹田) : 1)배꼽 아래로 한 치 다섯 푼 되는 곳. 아랫배에 해당하며 여기에 힘을 주면 건강과 용기를 얻는다고 함. 제하단전(臍下丹田). 하단전(下丹田) 2)삼단전(三丹田). *삼단전(三丹田) : 도가(道家)에서 말하는 상중하(上中下)의 세 단전(丹田), 즉 뇌(腦), 심장(心臟), 배꼽 아래 등 세 곳의 이름. 또는 이를 줄여 상단, 중단, 하단이라고 함. *기(氣) : 1)동양철학에서, 만물을 생성하는 근원(根元)의 세기(勢氣). 2)생활, 활동의 힘. 정신력. 3)숨쉴 때에 나오는 기운. 4)뻗어 나가는 기운. 또는 왕성한 기운. *축기(畜氣) : 호흡할 때에 최대 한도로 내쉴 수 있는 공기의 양.

몸에 티끌까지

참선에 들기 전에
완전히 씻어야 한다
몸에 티끌까지
옥에 티마저
말끔히 털어 내야만 한다
비우고 또 비우고
더는 비울 것이 없이

속인들의 눈으로 보기엔
참선, 깊고 그윽한
그 신비한 선경,
그 세계를 보지 못하여
어쩌면 대자유를 찾아가는 길이
그렇게 가볍게 느껴지리

*속인(俗人) : 재가인(在家人). 즉 속세(俗世)의 사람. 속물(俗物), 불도(佛道)를 깨
닫지 못한 사람. 또는 승려(僧侶)가 불교(佛敎)에 귀의(歸依)하지 않는 사람을 일컫
는 말.

붉은 기운으로

축기는 참선의 기본
빠짐없이 몸에 있는 기운을
단전으로 조용히 모으는 것
허나 몸에 기운이 부족할 때엔
밖에서 끌어다 쓰는
밖에 있는 기운을 끌어올 때엔
되도록 사람이 없으면 낫다
사람이 있으면 벽쪽으로 향하여
기운을 받는 것이 낫다

천기를 축기하면
지기는 자연스레 보충되며
지기를 의식으로 당기지 않아도 되고
천기는 아직 맑고 고운 것이어서
천기 중 미색이나 백색을
단전에 많이 끌어들이는 것이 낫다
이것이 많이 모여
절로 붉은 기운으로 바뀌어
그 운기는 절로 움직일 때까지
밀지 않는 것이 낫다

의식으로 돌리면 고이지 않은
물을 퍼내는 것 같아서
단전이 부실해질 우려가 있으니

*축기(畜氣) : 호흡을 할 때에 최대 한도로 내쉴 수 있는 공기의 양. *천기(天機) :
1)하늘에 나타난 조짐. 또는 기운. 2)하늘의 기상(氣象).

호흡과 의식을 모아서

쌍반슬이나 단반슬이나 괜찮다
눕거나 서거나 괜찮다
의식을 단전에 집중할 수 있다면

평소 습관된 자세에서
기운이 흐트러지는 일이 없도록
초보자는 눕는 것이 나으며
그 후엔 앉는 것이 낫고
그 후엔 서는 것이 낫고
그 후엔 자세에서 벗어나는 것이 낫다
중급 이상 경우는 앉는 것이 낫다

어깨는 쭉 펴고 입은 가벼이 다물고
혀는 입천장에 붙이든 말든 편한 대로
눈은 뜨거나 반개나
마음을 모을 수 있는 것으로 하고
손은 맞잡아 단전 앞에 놓는다

인기는 고루 가볍고도 길어 부드럽고
의식이 흐려지지 않도록 에워싼다
호흡과 의식을 한데 묶어야 하고
호흡과 의식의 리듬이 함께 하거늘

*기운 : 1)하늘과 땅 사이에 가득히 차서 온갖 물건이 나고 자라는 힘. 2)생물이
자라 움직이는 힘. 원기 따위. 3)오관(五官)에 부딪혀서 있는 줄은 알겠으나 눈에
띄어서 보이지는 아니하는 물건.

*반개(半開) : 반쯤 열다. *인기(人氣) : 사람의 생명(生命)을 관장(管掌)하는 호흡
(呼吸). 사람의 목숨을 관장하는 기식(氣息).

약간 딱딱함이

의자에 앉는다면
발은 바닥에 가볍게 닿도록 하며
조금 딱딱함이 낫다
누워서는 베개도 없이
맨바닥에 얇은 요 한 장쯤 깔고
온몸이 고루 닿게 누워서
조금 딱딱함이 낫다

손은 가벼이 단전에 올려놓아
깍지를 끼지 않으며
그저 가벼이 겹치고
다리는 어깨널비로 벌이고
어디에도 힘이 들지 않게 하며
의식만 단전에 두면 되거늘

사람의 숨. 생명원리(生命原理)로 해석하였음. *호흡(呼吸) : 숨을 내쉬고 들이마심. 또는 그 숨. 생물이 몸 밖에서 산소를 들이마시고 신진대사로 생긴 탄산가스를 밖으로 내보내는 작용.

*들숨 : 들이쉬는 숨. *날숨: 내쉬는 숨. *우주호흡(宇宙呼吸) : 인체를 벗어난 영적인 호흡.

우주호흡

호흡은 우주로 가는 가장 빠른 길
호흡이 끊기기 전에
우주로 나아가야 하며
우주로 나간 후에는
호흡은 있으나 없으나 같거늘

이승에서 숨쉬는 그 순간까지
들숨과 날숨이 바로 목숨이라
들숨만 잘 가리면 날숨에서
내버릴 것이 없으니
항상 들이쉴 때마다
우주를 들이쉰다고 생각하라

우주호흡은 되도록
천천히 할수록
호흡이 길수록
우주의 기운이 들어오게 되고
우주의 기운이 이어지게 되면
더욱 길게 하여 끊기지 않도록 하라

기운이 끊어지지 않는 시간이 길면
길수록 깨어 있는 시간이 길어지고
깨어 있는 시간이 이어지도록

*우주호흡(宇宙呼吸) : 신체의 생리적인 호흡을 벗어나 만물을 포용하고 있는 공
간을 대상으로 한 호흡.

우주의 기운에

몸에 긴 호흡을 익힘은
시간이 요할 것이나
한 시간 혹은 반시간
호흡이 가능토록 함이 좋다

지나친 에너지의 소모가
없는 상태에서
우주의 기운을 불러들이면
절로 호흡이 길어질 것이니

결국 우주의 기운에 이어지면
우주에 떠 있는 상태가 되며
그때 과정이 바뀌게 되거늘

*속(俗) : 1)출가하지 않은 세간의 일반 사람. 2)출세간(出世間)에 대하여 세간(世間)을 말함. 3)시대의 풍습, 토지의 습관 등. 4)세간, 범부, 보통의 뜻.

호흡으로 마음을 바꾸면

명이 없으면 호흡도 없으니
호흡이 명
명이 호흡

둘은 같은 뿌리라서
호흡이 길면
명도 길어지거늘

호흡으로 길어지는 명은
순리라서 자연스러운 것

호흡으로 마음이 바뀌면
몸이 바뀌고
몸이 바뀌면
마음도 바뀌는 이치

*명(命) : 미술단(尾戌單), 난(煖)과 식(識)을 가진 생물의 본원(本元)이 되는 것. *명근(命根) : 불상응행법(不相應行法)의 하나. 구사종(俱舍宗)에서는 수명(壽命)이라 한다. 중생이 일정한 기간에 생존하는 것은 수명이라는 물체가 있어서 체온과 정신을 유지하기 때문이라 함. *순리(順理) : 이치(理致)에 맞는 것.

무념의 상태에서

사유는 자유로워야 하고
사유에 얽매임은 부자연스럽다
의식을 단전에 집중하기 위하여
자연스런 집중이어야 하며
억지로 집중하는 것은 바람직할까

자연스러운 집중으로
상당한 힘이 생겨나거늘
어찌하여 초능력이
단전에서 나오게 되는가

많은 잡념에 시달리는 것은
그 만큼 그가 걸어온 길에
업이 많음을 뜻함일까
집념은 집중을 방해하는 것이라
여기서 탈피도 자연스레
모든 생각의 줄을 끊고
무념으로 들어 무상상태에서
생각이 단전으로 흘러 들어
기가 온몸에 퍼진 상태에서
탈피하여 나가야 할 것이니

*사유(思惟) : 대상(對象)을 분별하는 일. 또는 정토(淨土)의 장엄(莊嚴)을 관찰(觀察)하는 일. 또는 선정(禪定)에 들어가기 전의 일심(一心). *의식(意識) : 육식(六識)의 하나. 의근(意根)에 의하여 일어나며 법경(法境)을 요별(了別)하는 심왕(心王)이다.

단전을 생각하라

탈피란 생각의 중심을
육에서 신으로 벗어나는 것
서두른다고 될 일이 아니라
오직 참선으로 깨고 나가야 하는 것

마음이 흔들릴 때는
단전으로 생각하라
너무나 혼란스런 곳에서는
너무나 복잡한 곳에서는
참선하지 않는 것이 낫고

복잡과 혼란을 피하여
생각이 자연스럽게 흐르도록
방향은 잡념이 엷어져
무념상태에 들 수 있도록 함이니

*초능력(超能力) : 심령현상(心靈現象). 심령현상은 과학으로 설명할 수 없는, 심령의 존재에 의하여 일어나는 불가사의한 정신 현상. 원거리에 있는 두 사람의 마음이 서로 통한다는 텔레파시(telepathy) 현상. 투시(透視), 예지(像知) 따위의 천리안적(千里眼的) 현상. 염동(念動), 염사(念寫) 따위의 심령적 물리현상(物理現像)의 총칭.

*탈피(脫皮) : 낡은 사고 방식에서 벗어나 진보하는 일.

우주를 생각하면서

생각은 우주를 향하되
좋은 장소에서 기를 받으면
좋은 기가 들어오게 되고
맑은 곳에서 우주를 향하면
더 많은 기운을 받을 수 있으니

장소는 되도록 높아야 하거늘
이 높음은 기적인 상태의 힘이
높아야 한다는 것
넓어야 한다는 것

집중이 가능한 곳이라 하거늘
달이나 별을 보는 방법도 있으나
그런 곳이 없을 때는
의념으로 우주를 생각하면서
그곳의 기운에 빠질 수 있도록
생각을 풀어야 하느니

*우주(宇宙) : 1)세계 또는 천지간. 2)질서 있는 통일체로서의 세계. 3)천체를 포함
한 전공간. 유니버스(universe).

제 3 장
자기를 바라보는 일

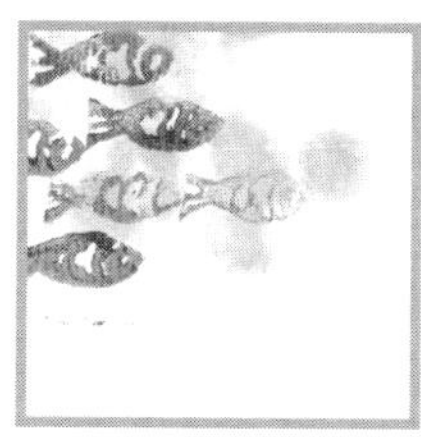

183. 영의 잔재
184. 하늘단계에 가면
185. 갈림길
186. 어차피 혼자
187. 마음먹기 따라
188. 행동이 바뀌면 인생이 바뀐다
189. 동물과 인간
190. 인간이 완성한 것으로
191. 본래 없거늘
192. 대직관
193. 이심전심
194. 부질없음을
195. 각자의 그릇
196. 절대무의 세계
197. 실조증
198. 신선의 경지
199. 우주파
200. 참선의 장소와 시간
201. 되도록 묵을 지켜야
202. 결가부좌
203. 반가부좌
204. 여성의 정좌
205. 손
206. 어깨를 낮추다
207. 반안
208. 추가 배꼽 안으로
209. 안락의 법문
210. 호흡은 마음을 가라앉힌다
211. 삼매경
212. 폐포에 그대로 남게 되다
213. 호흡을 바로잡는다

214. 생리적인 호흡
215. 심리적인 호흡
216. 혈액순환
217. 산소부족
218. 신진대사
219. 피의 흐름
220. 리듬편승
221. 호흡의 길이
222. 편안한 호흡은 금물이다
223. 호흡의 단계
224. 자기를 바라보는 일
225. 부동심
226. 배꼽과 블랙홀
227. 비우는 수련
228. 선의 체험 속에서
229. 자유롭고 즐거운 느낌
230. 비사량
231. 안심입명
232. 감는 것은 금물이다
233. 불가사의한 현상
234. 내 모습
235. 인간의 의지
236. 나는 의식이다
237. 영원한 본향
238. 선천지기
239. 허정한 상태에서
240. 금단
241. 선도
242. 성
243. 이물
244. 욕망의 때

245. 가도
246. 성과 정
247. 선천과 후천
248. 금단을 찾는 열쇠
249. 돌이킬 수만 있다면
250. 다시 찾아내어
251. 최초의 그곳으로
252. 전도법
253. 색도 공도 아니다
254. 진성을 본체로
255. 텅 비어 잇는 영명함
256. 욕망의 늪
257. 작은 구슬
258. 좁쌀 만한 단
259. 인성이 부드러워지다
260. 호연지기
261. 허하고 고요함이
262. 성태의 형상
263. 성태는 곡신이다
264. 태가 자라 십삭이 지나도록
265. 도의 참된 묘법
266. 봉황의 둥지를 알라
267. 쉬임이 없이
268. 조화되어 하나로
269. 죽고 사는 명
270. 생각 하나가 일어나다
271. 아무 생각도 없이
272. 가끔 나타나 보이는 것
273. 도심의 본향

영의 잔재

영은 하늘의 일을 맡고
혼은 땅의 일을 맡는다
영과 혼은 기로 말하며
플러스(+) 영은
마이너스(-) 혼은
서로 분리될 수도 있고
서로 분리되면 능력이 사라지므로
반드시 함께 있어야 하거늘

영은 하늘에서 오는 것
혼은 땅에서 이어지는 것
둘이 함께 사람의 평생을 지배하는
영혼을 총괄하는 부분이 바로 성이니
성은 영혼이 존재하는 바탕이 되는 것이니

본성은 원래 깨끗하다
허나 영의 잔재가 쌓였다면
본성이 불결하여 영의 잔재가 쌓여
벗어나기가 어려우나
그 잔재를 씻는 방법은 오로지 참선이니

*혼신(魂神) : 심식(心識)의 다른 이름. 소승(小乘)에서 육식(六識)을 세우고, 대승(大乘)은 팔식(八識)을 세웠다. 이 육식과 팔식은 육체(肉體)에 대하여 혼신(魂神)이라 하며, 속가(俗家)에서 말하는 영혼(靈魂)이다. 무량수경하(無量壽經下)에, '수명(壽命)이 혹은 길고, 혹은 짧아도 혼신과 정식(精識)에 따른다.' 하였음. *성(性) : 1)사물의 본성, 본질, 본체. 2)자성(自性), 심성(心性). *본성(本性) : 과거부터 미래에 이르기까지 언제나 변함 없는 본래의 성품, 진여(眞如), 심성(心性), 성(性), 진성(眞性), 법성(法性).

하늘단계에 가면

인계에는 가름에
수없는 오판이 있기 마련이고

하늘단계에 들면 가름이
분명해져 오판이 없게 되니

여기서 서서히 본성의 자질이 바뀐다
곧이어 우주로 통하는 문이 열린다

영성은 영력으로
성성은 성력으로

영력은 성을 닦을 수 있는
기본적인 바탕을 마련해 주는 일

*인간(人間) : 범어(梵語) 말로사(末路沙)의 번역, 또는 마라사야(摩拏史也), 마노사(摩奴沙)라고도 한다. 오취(五趣)의 하나. 육도(六道)의 하나. 십계(十界)의 하나. 또는 인간계(人間界), 인간, 인취(人趣), 인도(人道)라 불리우며 사람이 사는 경역(境域)으로, 즉 인류(人類)다. *인계(人界) ; 인간세계의 준말. 또는 인도(人道)라고도 한다. 인류는 십계의 제5이기 때문에 인계(人界)라고 한다. 계(界)는 차별(差別)의 뜻. *영성(靈性) : 영묘불가사의(靈妙不可思議)한 마음의 본성(本性). *영력(靈力) : 영혼의 힘. *성성(聖性) : 유식론(唯識論)에는 성성(聖性)이라 하고 구사론(俱舍論)에서는 정성(正性)이라 하나, 그 뜻은 같다. *성력(性力) : 십구(十九)의 하나.

갈림길

기를 바꾸는 것은
운명을 바꾸는 것이고
운명을 바꾸면
자신의 길에서 벗어나게 되는 것

그 벗어남의 두 갈래
선과 악의 갈림길에서
하나는 선의 방향에서 벗어나는
마지막으로 해탈로 가는 것이고
다른 하나는 악으로 벗어나는
끝없이 먼 곳으로 갈 수밖에 없으니

선을 따라 가다가 끝내
어긋나는 경우도 없지 않아
끊임없이 참선하기 위해선
칼날 같은 양심으로 버티며
중심을 잃지 않음이니

*선(善) : 1)좋다. 2)정당(正當)하다. 3)선업(善業)을 뜻함. 4)도덕적인 의미, 선과 좋은 보응(報應)을 동시에 의미할 수 있다. 5)악(惡)과 더러움[不淨]을 떠나는 것. 6)달마. 7)뛰어난 것. 8)진리(眞理)에 달한 자. 9)진리(眞理). 10)부사(副詞)로서 잘, 충분히의 뜻. *악(惡) : 1)착하지 않음. 올바르지 않음. 나쁨. 2)양심을 좇지 않고 도덕률을 어기는 일. 3)가치 관념에 있어서 저극에 대한 소극의 의미, 곧 유용(有用)에 대한 유해(有害), 쾌감에 대한 불쾌, 건강에 대한 병, 정의에 대한 부정, 평화에 대한 전쟁, 미(美)에 대한 추(醜), 지(知)에 대한 무지(無知) 등 흔히 물질악(物質惡)·도덕악·형이상학악 등으로 나눔. *양심(良心) : 1)사람으로서 마땅히 가져야 할 바르고 착한 마음. 2)도덕적인 가치를 판단하여 정선(正善)을 명령하고 사악(邪惡)을 물리치는 통일적인 의식, 특히 자기의 행위에 관하여 선악과 정사(正邪)의 판단을 내리는 본연적(本然的)이고 후천적인 자각.

어차피 혼자

한없이 멀다
먼 길이 될 것이다
누구의 동행도 없이
손을 잡아 줄 사람도 없이
그 길을 오직 혼자서 가야만 한다
세상은 어차피 혼자인 것
모두 곁에 있어도 망상일 따름이니

혼자일 수 있다는 것은 좋은 것이다
혼자일 수 있을 때
자신을 돌아볼 수 있는 것이다
자신을 돌아볼 때
진정 도의 길은 나타나는 것이다

*망상(妄想) : 허망한 분별, 망념(妄念), 망집(妄執), 망분별(妄分別).

 # 마음먹기 따라

금세는 마음먹기에 달렸다
마음먹기 따라 잘 될 수도 있고
안 될 수도 있으니
모든 것이 결코 절로 오지 않듯
매사 그저 흘러가는 것이 없다

모든 것이 이제껏 흘러 온 결과,
그 결과는 새로운 흐름이 되어
결코 그저 흘러가는 것이 아니니

무슨 일을 어떻게 사유하고 행함에 따라
사람의 인연이 달라지게 되거늘
사유는 그 사람의 인연에
가장 운명적인 파문을 일으키는 것
사유에 따라 이 세상은
가장 힘겨운 곳이 되기도 하고
가장 살기 좋은 곳이 되기도 하는

*금세(今世) : 이승, 지금의 세상. *인연(因緣) : 1)과(果, 결과)를 낳는 직접인[因]과 간접인[緣]. 원인. 2)학인의 깨침의 기연이 되는 불조의 언행, 일화 또는 고칙(古則), 공안. 3)선사가 문하의 제자들에게 깨침의 계기를 보이려고 특별히 행하는 교시나 설법. *사유(思惟) : 1)대경(對境)을 사량 분별하는 것. 2)이치에 따라 의미를 숙고함.

행동이 바뀌면 인생이 바뀐다

누구나 사유의 잣대는 다르다
그 눈금이 바꿔야 할 때는
바뀌어야 하는데
사유를 바꿀 수 있어
사유가 바뀌면
어려운 일도 쉽게 풀리거늘

사유가 바뀌면 습기도 바뀌고
습기가 바뀌면 행동이 바뀌고
행동이 바뀌면 인생이 바뀐다
사유를 맑고 곱게 공들이면
언젠가는 다다를 수 있는 길

*습기(習氣) : 무시이래(無始以來)로 지녀 온 습성. 번뇌. *행동(行動) : 공간적(空間的)인 운동(運動).

동물과 인간

의식이 강해지기 위해선
먼저 의식을 가다듬어 하나로 모으고
모인 의식과 무의식은
의식은 육신에 깃들어
육신이 없으면 무의식이 된다

무의식은 진전이 없으니
무의식이 진화하려면
육신을 가지고 있을 때
상당한 궤도에 올라야 하거늘

동물과 인간은 몇 만년에서
몇 백만 년의 거리가 있으니
인간의 몸으로 참선을 한다는 것은
크나큰 행복이 아닐까

---

*무의식(無意識) : 1)의식이 없음. 2)의식을 잃고 있음. 제 자신의 행위를 스스로 깨닫지 못하는 상태. 3)꿈, 최면, 정신분석 등에 의하지 않고는 의식되지 않는 상태로, 일상의 정신 상태에 영향을 주고 있는 마음의 심층(深層).

인간이 완성한 것으로

조신하게 참선을 하다 보면
부실했던 심신이 되살아나고
자연으로 돌아갈 수 있을까

부처는 따로 없다
인간이 부처이고
인간이 완성한 것이니
참선을 통하여 육체 그대로를
자연대로 지키려는 수련함에

인간은 그것을 파괴하여 버린다
그것이 번민
본래의 길에서 벗어나므로
괴로워하는 것인가

조화의 힘을 육성해야 하며
참선 밖에는 그 소임을
이룩할 수 있는 길이 없을까
심신의 조화를 이룩한 자세가
참선이 아닌가

*심신(深信) : 1)깊이 법(法)을 믿는 것. 깊은 신앙(信仰). 불법을 믿기가 깊고 견고
함. 2)깊이 선정(禪定)에 들어가는 것. 3)해신(解信)에 대(對). 이론적 이해를 조건
으로 하지 않는 신앙. *자연(自然) : 1)자이(自爾). 2)법이(法爾), 운(運)을 천연(天
然)에 맡기는 것. 인위(人爲)의 조작법(造作法)을 여의고 자성(自性)이 자연한 것.
또는 인(因)이 없는 자연을 말함. *본래(本來) : 물(物)이 시초(始初)가 없는 것을 본
래(本來)라 함. 무시이래(無始以來)와 같음.

본래 없거늘

죽음 앞에선
모든 욕심이 사라진다
극락이 따로 없는
참으로 무욕의 경지일까
여몽환포영

이 짧은 삶에 그럴싸한 발자취를
아랫대에 어찌 남길 수 있으랴
날마다 쌓이는 스트레스로부터
어찌 탈피하랴
병고로부터 건강한 삶을
어찌 즐길 수 있으랴

철학도 종교도 아닌
참선을 한다 하여 특별한 공덕이 있고
무슨 업적이 있는 것도 아니라
아무것도 본래 없거늘

소득을 바라는 마음에서
참선에 임해서는 아니 되며
깨침조차 구해서는 아니 됨을

*욕심(慾心) : 탐욕의 마음. 월상여경상(月上女經上)에, '욕심이 있는 사람은 해탈
할 수 없다.' 라고 하였음. *여몽환포영(汝夢幻泡影) : 금강반야경(金剛般若經)에,
'일체의 유위법(有爲法)은 마치 꿈, 꼭두각시, 물거품, 그림자, 이슬과 같고, 또한
번개와 같으니 이같이 지어 관(觀)하라.' 고 하였음. 이 가운데 육유(六喩)를 육유
반야(六喩般若)라 함. *소득(所得) : 1)획득(獲得), 지각(知覺), 인식(認識). 2)소견
(所見), 견해(見解), 참선(參禪)과 학도(學道)에 의하여 얻어지는 불법(佛法)의 요체
(要諦)에 관한 소견(所見). 3)사물(事物)을 둘로 나누어 버리고 취(取)하는 분별법
(分別法).

대직관

예전에 심신일여라고 했던가
마음과 몸은 나눔이 아니라
일체이거늘
선은 순수한 집중을 통하여
인간존재의 실상을 자각하는 것
더불어 모든 속박에서 벗어나는
자유의 길

행하고 또 행하는 가운데
모든 지혜라고 일컫는
대직관이 이를 것이고
대직관이 실천생활에 어울러져
마침내 안심의 대경지에
당도할 것이니
이것이 바로 깨침이거늘

*실상(實相) : 실(實)은 허망(虛妄)이 아니라는 뜻. 상(相) 무상(無相)이다. 이는 만
유본체(萬有本體)를 지칭하는 말. *자각(自覺) : 삼각(三覺)의 하나. 부처님 자리
(自利)의 덕(德). 스스로 깨달아 증득(證得)하여 알지 못함이 없는 것. 또 각지(覺知)
에 대하여 중생(衆生)이 자신(自身)의 미(迷)함을 돌이켜서 깨닫는 것. *경지(境智)
: 소관(所觀)의 이(理)를 경(境). 능관(能觀)의 심(心)을 지(智)라 함.

이심전심

드야나(dhyana)
범어로 선이고
중국에서 선나라고 허나
우리는 선이라고 하거늘

그 속뜻은,
조용히 생각하는 일
생각하여 다스린다

세존이 금빛 연꽃을 높이 든 것을
마하가섭이 미소로 대답했다는
이심전심

*선나(禪那) : 사유수(思惟修), 정려(靜慮)라 하며 선정(禪定)과 같음. 마음을 일경(一境)에 정(定)하고 사려(思慮)를 찾는 것. *선이나 참선은 같은 뜻이다. 그러나 참선은 주로 선의 수련행위를 뜻하며 학문적이거나 철학적일 때는 참선을 선이라고 말한다. *이심전심(以心傳心) : 선가(禪家)의 상투적(常套的)인 말. 언설(言說)이나 문자(文字)를 여의고 마음으로써 마음에 전(傳)하는 것.

부질없음을

선은 내면으로부터 올라오는
자아실현의 욕구 속에
격렬한 염원에다
전신전령을 다 바치는
생생한 삶
행하는 자체가 참선인가

가고 또 감에 따라
괴로움과 아픔과 슬픔이
알지 못하는 사이에 말끔히 사라지고
언뜻 마음 속에 엄숙한 빛이 스며들어

부귀영화도 권력도 명예도
뜬구름 같고
물거품 같은
부질없음을 비로소 깨치게 되니

*자아실현(自我實現) : 자아의 본질의 완성, 실현을 도덕의 궁극 목적인 최고선(最高善)으로 삼는 완전설의 주장. *전신전령(全身全靈) : 몸과 정신의 모든 것. 그 사람이 가지고 있는 체력과 정신력(精神力)의 일부. *부귀영화(富貴榮華) : 부귀와 영화.

각자의 그릇

내남의 대립이나 이득이나
손실의 생각이 사라진 뒤에
남을 위한다는 생각도 사라진다
나라는 의식이 전혀 없어졌을 때
정령 훌륭한 삶을 살게 될까

즐거움을 주는
괴로움을 없게 하는 것이
부처의 마음그릇이니

남이 싫어하는 것은 하지 말며
남의 즐거움 속에서
자신의 기쁨을 찾는다면
그것은 곧 선의 경지
성자의 마음
각자의 그릇이 아닐까

*이득(已得) : 이미 얻은 것이란 뜻. *손실(損失) : 멸(滅)해 버리는 것. 사라져 버리는 것. 없어지는 것. *관념(觀念) : 진리(眞理)와 불체(佛體)를 관찰하고 사념(思念)하는 것. *성자(聖者) : 성(聖)은 정(正)의 뜻. 무누지(無漏智)를 발(發)하여 정리(正理)를 증득(證得)한 사람을 성자라 말함. *각자(覺者) : 각(覺)은 각찰(覺察), 각오(覺悟)의 두 가지 뜻이 있으며 자각(自覺), 각타(覺他), 각행궁만(覺行窮滿)한 것을 각자라고 말함. 이 세 가지 가운데 한 가지만 결하여도 각자가 아님.

절대무의 세계

사물을 탐하는 노예로부터
이해타산의 득실으로부터
자기자신을 석방하고
삶의 지족을 밝히는 가운데
진정한 의미를 알아야 하지 않을까

의식세계와 현실계 사이에는
서로를 갈라놓은 철벽이 놓여 있지만
이성의식으로부터
초의식의 영역에 들어가서

자신의 정확한 직관력으로
시공을 초월한 통찰력으로
의지를 실현하게 하는 능력으로
질병의 자연치유법을 찾아내어

우주와 자기와의 일체감을
깨쳐야 할 것이 아닌가
무한한 자원인 절대무의 세계에서

*지족(知足) : 1)만족한 줄을 알아서 자기의 분수에 편안하게 있는 것. 2)지족천(知足天)의 준말. *일체(一切) : 사물(事物)의 외상(外相)은 비록 천차만별하나, 그 본체(本體)의 성(性)은 하나이기 때문에 일체라고 함. *절대(絕對) : 절대(絕待)라고도 쓴다. 오직 법(法)뿐이요, 이 밖에 또 다른 데에 견줄 떼가 없는 것을 절대라고 한다. 상대(相對)에 대하여 이르는 말.

실조증

세인의 마음들이 외부로부터
자극을 받아 망가지고 있으니
늘상 스트레스 과잉은 몸에 변조로
정신적 압박
업무량 과다
인스턴트 음식물의 해독
경쟁의식 증대
직장 불안
소음 공해
환경 오염 등으로
자율신경 실조증을 낳거늘

기가 수축되어 인내력이 약해지고
지속력이 약해져 의지력과
결단력이 떨어져 종내
성인병을 유발하거늘

그저 무기력하다
마음을 통제하기 어렵다
허나 참선은 부동심으로
마음가짐이 느긋해지며
어떤 자극에도 흔들림이 없는

*부동(不動) : 1)보살(菩薩)-부동명왕(不動明王). 2)동요치 않음. 3)움직이지 않는 것. 보살선정의 이름. 4)자기신체중에 재환(災患)이 없는 것. 5)상이계(上二界)의 선(善). 6)부동성(不動性)이라고도 함. 7)색계(色界). 제사선(第四禪)의 부동인 사수(捨受)의 정(定)에 들어 갈 때, 일체의 가동(可動)인 고락수(苦樂受)가 정(定)에 들어 갈 때, 나타나는 진여(眞如). 8)복(福도 非福도) 정지(靜止)한 상태(狀態). 9)보살의 계위(階位)의 하나. 부동지(不動地)와 같음.

신선의 경지

수억 광년,
저 멀리 은하계로부터
태양계에 이르기까지
우주에는 각종 에너지로 가득하고
집중력으로 흐트러진 자신의 염파를
조용히 정성껏 모으는 참선수련

대우주의 영기와
자신의 몸에서 나오는
파동의 파장을 일치시키는
심신일여의 순간
영육일체의 순간
잠겨 드는 진인의 경지

하늘의 에너지를 자유자재로
자신의 내면으로 흡수하여
자신의 에너지로 만든다면
어떠한 역경에서도 뛰어넘을
초월성을 지니게 될까

*은하계(銀河系) : 은하의 주위에 분포하여 있는 다수의 항성 및 성운의 집단. 우리 눈에 보이는 대부분의 천체(天體)는 은하계에 속함. *태양계(太陽系) : 태양을 인력중심(引力中心)으로 하여 운행하고 있는 천체의 집단. 수성, 금성, 지구, 화성, 목성, 토성, 천왕성, 해왕성, 명왕성 등의 9개 행성(行星)과 이에 속한 32개의 위성(衛星) 및 1,600개 이상의 소행성(小行星) · 혜성(彗星) · 유성(流星)을 합한 것의 총칭. *영기(靈氣) : 영묘(靈妙)한 작용(作用). 자유자재(自由自在)로운 작용(作用).

우주파

마음이 없는 듯 가라앉히고
알파(α)파가 뇌로부터 방출되면
우주의 대영기가
자연스레 체내에 쌓여

몸속 죽어가는 수십조 세포들이 일시에
우주의 에너지에 충전되어
새로이 신진대사가 활발해지거늘

우주파와 자신의 몸에서 나는 파동과
뇌파가 모여 삼위일체가 되니
신선이 따로 있을까

*신진대사(新陳代謝) : 묵은 것이 없어지고 새 것이 대신 생기거나 들어서는 일.
몸의 새 성분이 만들고 노폐물(老廢物)을 배설(排泄)하는 생리작용. *뇌파(腦波) :
정신통일 상태에서는 뇌로부터 알파 파가 방출된다. 이것은 10사이클 정도의 일
종의 전파. *우주파(宇宙波) : 지구의 공진 주파수(共振周波數)라고 부르며 알파
파에 가깝다. 일명 지구(地球)의 뇌파. *신선(新仙) : 1)선인(仙人). 선인으로서의
수행자(修行者). 원래 도교(道敎)의 용어임.

참선의 장소와 시간

참선이란 반드시 고매한 곳에서
한가한 때에 하는 것이 아니다
조용하고 홀로 있는 곳이면
아무데나

낮에서 밤으로 바뀌는 일몰이나
밤에서 낮으로 바뀌는 일출이나
그저 걸맞은 곳에서
무던한 때를 정하여
눕거나 앉거나 서거나 걷거나
하루도 빠짐없이 수련하는 것이
초보자는 앉아 15-20분이

선당에서 선향을 피우고
참선시간을 선향으로 가름하여
선향 한 대가 대략
사르는 30분 정도이니

몸에 수분이 기운차야 한다
참선에 침이 기운차게 분비되어
신출내기일수록 심하다만
침이 많아짐은 그만큼
내장이나 피부나 어디에나
몸 속에 고인 수분이 도는 것은
호르몬 분비도 기운차기에

*선당(禪堂) : 참선을 행하는 장소. 반드시 도장이 아니라도 됨. *선향(禪香) : 참선
때 사용하는 향(香).

되도록 묵을 지켜야 한다

참선을 행함에 있어
선당은 조용해야 하며
겨울엔 훈훈하고
여름엔 서늘함이

면벽을 향해 묵념좌선은
1m 가량 앞에 시선을
떨어뜨리고 앉는 조동종
2m 이상 떨어져서
마주앉는 임제종

어느 선종이든 음식을 절제하거늘
자극물이 든 음식물은 피해
너무 배불리 먹어도 안 되고
너무 배고파도 안 되니
식후 30분 사이나
배탈이 났을 때에는 삼가야 하며
술은 절대 금물

수면도 절제하거늘
복장은 되도록 간편한 것이
선당 안에서 항상 몸가짐을
바르게 하고 말을 삼가며
묵념정좌에 차분하게 굳어지는

*선향(線香) : 또는 선향(仙香)이라고 한다. 여러 향을 섞어 가루를 만들어 풀[糊]로
반죽하여 실처럼 가늘고 길게 만든 향을 말한다. 그 향주(香炷)는 향연(香煙)이 오
래 가기 때문에 선향이라 함.

결가부좌

엉덩이를 방석 위에 얹은 다음
우선 책상다리 자세를 한다
두 손으로 오른발을 들어
왼쪽 허벅지 위에 올려놓는다
오른손으로 왼발을 들어
오른쪽 허벅지에 얹는다
양무릎을 방바닥에 닿게 하고

몸의 중심이 양쪽 무릎과
척량골을 연결하여
정삼각형의 중심에 오도록
자세를 조절한다
방석높이를 적당히 조절하여
양무릎과 척량골이
만드는 정삼각형 세 모서리에
체중의 ⅓이
균등하게 분포되도록 함이니

*조동종(曹洞宗) : 선종오가(禪宗五家)의 하나. 출소(出所)의 이설(二說)이 있다. 1) 조계육조(曹溪六祖)인 혜능(慧能)과 육세손(六世孫) 동산(洞山)의 이름을 취(取)했 다는 것. 2)제이조(第二祖) 조산(曹山), 제일조(第一祖) 동산(洞山)의 이름을 취했다 는 설. *묵념정좌(默念正坐) : 망념(妄念)을 지멸(止滅)한 좌선. *선당에서는 모두가 평등하다. 상하가 있다면 오직 도(道)의 깊이 뿐이다. *임제종(臨濟宗) : 선종오가 (禪宗五家)의 하나. 조계(曹溪)의 육조(六曹) 예능(慧能)으로부터 남악(南嶽), 마조 (馬祖), 백장(百丈), 황벽(黃檗)을 거쳐 임제 의현(義玄)에 이르러 일가(一家)가 펼쳐 졌는데, 이를 일컬어 임제종이라 한다. *선종(禪宗) : 보리 달마(菩提達磨)가 전한 선 법으로 오도(悟道)를 구하는 종(宗). 불심종(佛心宗), 달마종(達磨宗)이라고도 한다. 초기 중국 불교에서는 좌선에 전념하는 사람들 계통을 일반적으로 선종이라 했음.

203 반가부좌

결가부좌에서 좌우 어느 쪽이
발을 다른 장딴지 위에 얹은 가부좌
양쪽 무릎이 정확하게
땅바닥에 같은 무게로 닿아야 하며
몸의 중심이 역시
삼각형의 중심에 오도록 하고

참선 중 발목이 아파 부득이
결가부좌로부터 반가부좌로 바꿀 때에는
결가부좌를 완전히 풀고
반가부좌를 해야 한다
오른발을 끌어당겨 고환 밑까지
충분히 집어넣고 왼쪽 발등을
오른쪽 장딴지 위에 살짝 얹는

몸의 균형을 잡기 위해
상체를 흔들바위 같이
전후로 움직이고 또 돌린다
그 다음 좌우로 시계추처럼 흔들어
점점 진폭을 작아 자연스레 멈춘다

*결가부좌(結跏趺坐) : 완전히 책상다리를 하고 앉는 가부좌. 두 가지가 있는데,
오른발을 왼쪽 넓적다리 위에 얹어 놓은 다음에 왼발을 오른쪽 넓적다리 위에 놓
는 것을 항마좌(降魔坐)라 하고, 그 반대로 길상좌(吉祥坐)라 함. 전가부좌(全跏趺
坐), 결가(結跏). *척량골: 등뼈의 끝부분.

여성의 정좌

여성은 정좌가 괜찮다
엉덩이나 발목 밑에
방석을 겹쳐 까는 것이 편하고

무릎과 무릎 사이는
주먹 두 개 넓이로 하고
왼쪽 엄지발가락 위에
오른쪽 엄지발가락을
교차시키는 자세

양손은 엄지손가락을 안에 넣고
가볍게 쥐고 양쪽 무릎 위에 얹는

*반가부좌(半跏趺坐) : 책상다리하고 앉은 법의 한 가지. 오른 발을 왼편 허벅다리에 얹고, 왼발을 오른편 무릎 밑에 넣고 앉는 일. 결가부좌를 못하는 사람이나 또는 그것을 오래 하여 다리가 아플 때에 함.

*정좌법(靜坐法) : 심신 수련법의 한 가지. 정좌하여 호흡을 조정하고 심기(心氣)를 가라앉히며, 정신을 통일시키고, 복식호흡(腹式呼吸)에 의해서 횡격막(橫隔膜)의 활동성을 보전토록 하며, 정신의 수양과 신체의 건강을 꾀하는 법.

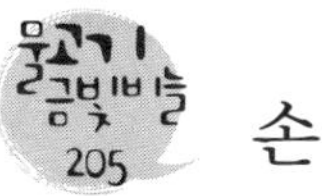

손

오른 손등을 결가부좌에
양 발 중간에 걸쳐 얹고
왼 손등을 오른 손 손바닥 위에 놓는다
양손의 손바닥이 위로하여 겹친다

손안에 공 하나가 들었다고 상상하며
양쪽 엄지손가락 끝을
서로 가볍게 맞댄다

양손을 충분히 배쪽으로 끌어당기고
양쪽 엄지손가락의 맞댄 부분이
코와 배꼽의 수직선상에 오도록 하거늘
이것을 정인
인상이라고

*정인(定印) : 입정인(入定印)의 인계(印契)를 표(標)함. *인(印) : 1)또는 인계(印契), 인상(印相), 계인(契印) 등 지두(指頭)를 사용하여 갖가지 형(形)을 만들어 법덕(法德)의 표치(幖幟)를 삼는 것. *인상(印相) : 아뢰야식(阿賴耶識)의 하나. 의(意)와 말이 만법원인(萬法原因)의 상(相)이 된다는 것.

어깨를 낮추다

귀와 어깨는 일직선상에 오도록
머리와 어깨를 조정하여
양손은 보주를 든 모습

가슴에 힘을 넣지 않고
양어깨로부터 힘을 쑥 빼며
어깨를 낮추고
허리를 쭉 세우고
턱은 안으로 끌어당기거늘

입은 자연스레 다물어
위아래 이빨을 가볍게 맞대고
입안에 공기를 품어서는 안 되며
혓바닥은 위턱에 살짝 붙이고

*보주(寶珠) : 1)보배로운 구슬. 2)위가 뾰족하고 좌우 양쪽과 위에서 불길이 타오르고 있는 형상으로 된 구슬. 3)여의보주(如意寶珠). 4)탑이나 성등롱 같은 것의 맨 꼭대기에 있는 공 모양의 부분. *참선은 어깨로부터 힘빼는 수련이라고까지 말할 수 있음.

반 안

눈은 항상 뜨고 있어야 한다
눈은 반안하는 것이
시선을 전방에 두고
눈동자 절반은 눈꺼풀에 가리우고
눈동자 절반은 앞으로 보낸다
시선은 전방 30-50cm 떨어진다

요가나 초월명상, 마인드 컨트롤
명상법에선 눈을 감는 것이
참선에선 결코 눈을 감아선 아니 됨은
눈을 감고 정신통일법을 수련하면
눈을 뜬 순간 정신통일이 깨지니

등한하지 말라
배꼽을 앞으로 내밀 때에
명치끝도 함께 앞으로 내미는 습관을
항상 명치끝을 부드럽게 하고
등 쪽으로 오므려야 함을

*요가(yoga) : 고대로부터 전해 오는 인도의 심신 단련법. 근래에 와서는 건강 증진 · 미용 등의 목적으로 행하여짐. *유가(瑜伽) : 주관 · 객관의 사물이 서로 응하여 융합하는 일. 경(境)은 심(心)과, 행(行)은 이(理)와, 과(果)는 공덕(功德)과 응하는 것 같은 일. 상응(相應). *반안(半眼) : 눈을 반쯤 뜨는 것. *초월(超越) : 1)어떤 한계나 표준을 넘음. 초일(超逸). 2)일반적으로 제한이나 불완전함. 이해나 자연 등에서 훨씬 뛰어나 있는 일. *명치 : 사람 몸에 있어서 급소(急所)의 하나로 가슴 뼈 아래 한가운데의 우묵하게 들어간 곳. 명문(命門). 심와(心窩).

추가 배꼽 안으로

코와 배꼽이 수직선상에 아님은
진정한 참선은 이루어지지 않거늘
자세는 우주와 마음을 잇는 다리

코끝에 실을 메고
그 실 끝에 추를 달아
밑으로 내려뜨렸다면
그 추가 배꼽 안으로 들어가는 듯한
몸의 중심이 단전에 모은다

배불뚝이 마냥 배를 앞쪽으로 하고
엉덩이를 뒤쪽으로 빼야 하며
등은 자연스레 활모양으로
굽혀지게 해야 정신이 안정되거늘
먼저 자율신경이 안전 되어야
가장 안전된 결가부좌를 하고
중심이 단전에 위치할 것이니

*추(錘) : 1)저울추. 2)저울추와 같이 끈에 달려 늘어져서, 흔들리게 된 물건의 총칭. *마음을 안전 시키는 조식(調息)에서 코와 배꼽은 참선의 가장 중요한 요소임. *자율신경(自律神經) : 뇌척추(腦脊椎) 신경계에는 일단 무관계로 작용하는 위장, 혈관, 심장, 자궁, 방광(膀胱), 내분비선, 한선(汗腺), 타액선, 췌장(膵臟) 등을 지배하는 신경. 교감 신경과 부교감 신경이 있음. *단전(丹田) : 배꼽 아래로 한 치 다섯 푼 되는 곳.

안락의 법문

신체 고통을 극복하는 것은
의지력 뿐이라
함께하는 승우가 있으면
어깨를 나란히 하고 앉은
참선은 인내력의 도전이자
의지력의 결과

진솔한 승우마저 없다면
홀로 한 개피의 선향을 벗삼아
선향이 다 탈 때까지
바위처럼 앉을 것이니

지관…
무념무상……
공……
무……

신체의 아픔도 일종의 망상일까
그것을 끊어 무념무상으로 이끄는
위대한 힘이 있으니
참선을 거듭하여 간다면
몸과 마음이 함께
안락한 법문인
참선의 경지에 잠겨들 것이니

---

*의지력(意志力) : 마음, 뜻을 세워 나가는 힘. *승우(勝友) : 1)훌륭한 벗. 양우(良友). 2)함께 참선을 하며 서로를 격려해 주는 벗. *인내력(忍耐力) : 참고 견디는 힘.

호흡은 마음을 가라앉힌다

호흡은 절로 가늘고 길게 되고
따라서 곧 마음도 안정되며
참선에서 호흡은 단전과는 반대로
단전에 억지로 힘을 넣어선 안 되거늘
단전에 힘을 넣으면
마음의 평정을 잊어버려
되려 의식이 혼란스럽고
의식이 혼란하면 안정될 수 없으니

참선에서 호흡은 마음을 가라앉히고
조용하게 천천히 하는 것이니
호흡이 조용해지면 마음도 안정되고
마음이 안정되면 호흡이 조용해지거늘
호흡과 마음이 서로 도와서
무념무상 경지에 들지 않을까

---

*지관(只管) : 오로지. 한결같이. 언제나. *법문(法門) : 1)진리에 이르는 문의 뜻으로 부처의 가르침. 제불(諸佛)의 가르침. 불법. 2)법사(法師)의 문정(門庭).

*평정(平靜) : 평안하고 고요함. 고요하여 마음의 동요가 없음. *호흡의 목적 : 단순히 콧구멍으로 숨이 들락날락하는 것이 아니라 전신의 땀구멍과 털구멍을 통하여 숨을 쉬는데 있음. *무념무상(無念無想) : 1)무아(無我)의 경지에 이르러 일체의 상념(想念)을 떠남. 2)아무런 생각이 없음, 또 그 상태.

삼매경

선이란 명상 중에 정신통일이
철저하게 되어 내남없이
피아일체의 삼매경에 들까

정녕 심신의 건강
집중력의 향상
고정관념의 타파를 얻기 위함인가

누구나 안일 무사할 때엔
자아에 대해 심각하게 생각지 않거늘
무엇인가 병에 걸렸거나
불행해졌거나
늙어졌거나
한정된 자기에 대하여
한계와 불안을 느끼고
죽음에 대한 공포를 느끼고

유한의 자기에 대한
불안과 공포로부터 도피하여
안심입명의 경지
무한절대의 자기
자기의 본성을 발견하려는 것이
선의 목적일까

*명상(瞑想) : 고요히 사색에 잠김. 눈을 감고 고요히 생각함. *고정관념(固定觀念)
: 고착관념(固着觀念). 사람의 마음 속에 잠재하여 항상 염두(念頭)에서 떠나지 않
으며, 외계(外界)의 움직임이나 상황(狀況)의 변화에도 좀처럼 변하지 않는 생각. *
안심입명(安心立命) : 1)안심에 의하여 몸을 천명(天命)에 다하여 천운에 맡기고 의
혹외겁(疑惑畏怯)하지 아니함. 3)생사의 도리를 깨달아 내세의 안심을 꾀하는 일.

폐포에 그대로 남게 되다

대략 1분간에
여느 사람들의 호흡은 17-18회
운동을 할 때는 20회 이상도 되나
참선 중인 선승은 1-2회

날숨을 천천히 하는
코끝에 새털을 갖다대도
그것이 흔들리지 않을 정도로
조용히 아주 조용히 조금씩 내뿜는

들숨은 날숨이 끝난 즉시
자연히 폐에 들어오게
들숨과 날숨은 아주 조용하고
가늘고 길게……

호흡을 느리게 하는 것은
몸 안에서 급하게 움직이는
자율신경의 움직임에 브레이크를 걸고
그 움직임을 억제하는 것

들숨이 깊은 폐포까지 닿지 못하고
기관지 언저리에서 들락날락하게 되면
탄산가스를 품은 공기의 일부가
폐에서 배출되지 않아
폐포에 그대로 남게 되거늘

*선승(禪僧) : 1)참선하는 중. 2)선종(禪宗)의 중. *중요한 업무를 대할 때에는 먼저
천천히 숨을 내뿜고 마음의 긴장을 푼 다음, 그 일에 전념하는 것이 좋을 것임.

호흡을 바로잡는다

날숨을 천천히 폐의 구석구석에
머물고 있던 탄산가스를
말끔히 몰아내는 기분으로
숨을 내뿜으면
텅 빈 폐에 바깥 공기는 갑작스레
기압 차가 생기게 됨으로
무리하게 숨을 들이쉬려고 하지 않아도
공기가 폐 안으로 흘러 들게 됨을

호흡을 천천히 한다는 것은
심장의 부담을 크게 덜어주고
폐에서 산소를 받은 혈액을
체내조직에 빨리 공급하기 위해
취해지는 생리적인 현상

날숨을 길게 하여
호흡을 바로잡는다는 것은
몸의 영향뿐만 아니라
마음의 안정되는 것이니
숨을 천천히 내뿜기만 하여도
마음은 자연스레 부드러워진다

*폐포(肺胞) : 기관(氣管)이 폐문(肺門)으로부터 폐장에 들어가 세분(細分)되어 최후로 작은 주머니 모양이 된 부분. 그 주위에 모세혈관(毛細血管)이 무수히 얽혀, 그 중 정맥혈은 폐포 속의 공기에서 산소를 취하고, 탄산가스를 폐포로 돌려 동맥혈이 됨.

*혈액(血液) : 동물의 혈관 안을 순환하는 체액(體液). 척추동물에서는 헤모글로빈이라는 색소를 함유하여 빨갛게 보이며, 연체동물·접지동물 등의 무척추동물의 경우, 담청색(淡靑色)을 띰. 조직에 효소, 영양 물질, 호르몬 등을 공급하며, 탄산가스, 노폐물 따위의 배출물을 운반하여 제거함.

생리적인 호흡

생리적인 면에서 호흡은
세 갈래로 나누어지거늘

첫째 폐첨호흡,
어깨로 호흡하는 것
약한 사람들은 대부분 어깨로 호흡한다

둘째 흉식호흡,
가슴으로 호흡하는 것
숨을 들이쉬면 가슴이 넓어지고
배가 쏙 들어가는 호흡
폐첨호흡보단 완전한 호흡이 아니다
인류는 이 호흡으로 숨을 쉰다

셋째 복식호흡,
숨을 들이쉬면 배가 볼록하게
나오게끔 호흡하는 것
배가 앞으로 나가는가 하면
횡격막이 밑으로 내려오므로
가슴 안의 용적이 밑으로 넓어져
폐저호흡이 된다
횡격막이 위로 올라가면 폐에 있던
탄산가스가 밖으로 밀려 나간다
복식호흡은 산소공급에 많으니

*인체의 심장 : 자율신경의 지배 하에 있는 내장기관이다. 자율신경에는 교감신경
과 부교감신경이 있다. 그리고 대립적으로 작용하다. 교감신경이 흥분되면 박동
이 많아지고 맥박이 빨라진다. 하지만 부교감신경은 반대로 그런 작용을 억제하
는 역할을 한다. 양자가 서로 대립하면서 조화를 이루면 특별한 문제는 없으나 이
조화가 일단 깨어지면 심신의 여러 가지 장애가 나타나게 됨.

심리적인 호흡

심리적인 면에서 호흡은
네 갈래로 나누면

첫째로 풍,
코로 숨이 들어오고 나갈 때
소리가 나며
비록 미미하더라도
그것은 마음이 산란함을 뜻하고

둘째로 천,
이것은 소리는 없으나
숨이 고르지 못하고

셋째로 기,
소리도 없고 숨이 고르나
호흡에 대한 의식이
아직도 남아 있을 때를 뜻하고

넷째로 식,
소리도 없고 숨이 고르나
호흡에 대한 의식도 없어
숨을 쉬는 건지 안 쉬는 건지
알 수 없는 상태

*폐첨(肺尖) : 폐의 위쪽 둥그스름한 첨단(尖端). 제1늑골의 안쪽부터 위쪽 부분을
말함. 찬 공기가 급하게 폐첨이 들어가 결핵에 걸리기 쉬우므로 절대로 해서는 안
됨. *폐저(肺底) : 폐의 아래 바닥을 이루는 오목한 넓은 면. 횡격막과 접하고 있음.
*흉식호흡(胸式呼吸) : 주로 늑골(肋骨)의 운동에 의하여 행하여지는 호흡. 여자에
많으며, 수면(睡眠) 중의 호흡은 대부분 이것이다. 흉호흡. 가슴숨쉬기. *복식호흡
(腹式呼吸) : 뱃가죽을 한번 폈다 다시 오므렸다 해서 횡격막의 신축에 의하는 호
흡. 복호흡. 배숨쉬기.

혈액순환

인체 혈액은 체중의 $\frac{1}{3}$
복식호흡으로 횡격막을 낮아지면
그 압력에 비로소 충분한 피가
심장으로 돌아가게 되거늘

절반 이상 배에 들어가고
남은 $\frac{1}{4}$ 은 근육에 양성하고
나머지 $\frac{1}{4}$ 은 뇌나 피부,
그리고 내장에 양성하므로

횡격막이 이완되어 배에 고인 피를
상부로 올리지 못하면 빈혈증이 생겨
좋은 음식을 먹어도
건강하지 못하니

피를 압축하여 심장으로 보내려면
배를 단단히 하고 배에 힘을 넣고
배를 앞으로 내민다
배를 앞으로 내밂으로서
횡격막을 밑으로 낮춤으로서
배에 고인 피는 위로 도망갈 수밖에

*풍(風) : 정신 작용, 근육 신축, 감각 등에 탈이 생김. *천식(喘息) : 1)헐떡임. 숨참.
2)숨이 차고 기침이 나는 병. *참선의 호흡은 진실한 심호흡(深呼吸)이라서, 생리
적으론 제3의 기, 심리적으론 제4 의식이 아니면 안 된다. 먼저 내뿜는 것이 아니
라 먼저 들이마시는 것. *기(氣) : 인간의 정신력. 뻗어 나오는 기운. 또는 왕성한
정신. *식망수심(息妄修心) : 중생이 본래 갖추고 있는 불성이 번뇌에 가려 있기
때문에 번뇌를 단전하기 위해 좌선에 전념해야 한다는 말.

*횡격막(橫隔膜) : 포유동물의 복강(腹腔)과 흉강(胸腔) 사이에 있는 근육성(筋肉
性)의 막. 윗면은 심장과 폐에, 아랫면은 위(胃), 비장(脾臟), 간장(肝臟) 등에 접합.

산소부족

배에 힘을 넣는 것이 아니라
날숨을 조용히 길게 하여
폐 안에 고인 공기 95-99%를
단전으로부터 내뿜어
내뿜는 공기에 의하여 배가 운동하고
자연스레 단전에 힘이 가도록 하며

한번의 흡기로는
폐의 전체용량
70% 가량밖에 안 되며
나머지 30%는 텅 비어

크게 숨을 들이쉬면
평소 흡기보다 많은 공기가
폐 안으로 들어오고

피를 흡수할 수 있는
산소의 량이 매우 적어
누구나 약하나 항상
산소부족 상태에 길들어졌는가

횡격막 신경에 지배되어 수축, 이완(弛緩)하며 폐장의 호흡 작용을 도움. 가로막.
*혈액순환에는 복식호흡이 가장 좋다. 심장은 하나밖에 없다 가슴의 심장은 피를
내릴 뿐이고 배 전체가 하나의 밀어 올리는 심장으로 상상해 보라. 이를 흔히 정맥
심장(靜脈心臟)이라고 칭하는 이유가 여기에 있음. *빈혈(貧血) : 혈액 중의 적혈
구(赤血球)나 혈색소(血色素)가 감소하는 현상. 체질 및 출혈(出血) 독소의 작용,
급만성(急慢性) 전염병, 영양 불량, 운동 부족, 과로 등에 기인하며, 피부 창백(蒼
白), 경계(驚悸), 현훈(眩暈), 구토 등의 증세가 일어남.

*산소(酸素) : 원소(元素)의 하나. 모든 원소 중에서 가장 다량으로 존재하는 원소
로, 대기의 5분의 1, 물의 무게의 9분의 8, 지각(地殼)의 질량(質量)의 2분의 1을 차
지하며, 동식물의 생활에 불가결(不可缺)한 물질임.

신진대사

몸 안에는 십이지장, 소장, 대장
길이 5-6m의 장관이 자리잡아
여기에 몸전체 ⅓
많은 피가 몰려 있기에
장관에서 영양분을 흡수하고
호흡을 통하여 피가 순환되거늘
말단세포까지 영양분이 전달되어
활발한 신진대사가 이루어지거늘

복식호흡에선 공기는
폐의 윗부분에만 스며들고
폐저까지 포실히 분포되지 못하기에
배에 아무리 힘을 넣어도
횡격막의 마찰력이 약하므로
장관 주위의 피를
밀어내는 힘이 약하니

소화 흡수된 영양분이 말단세포까지
전달되는 속도가 느리고
신체가 활성화되지 못하고

참선이 내장강화에
생리학적 메커니즘을
스스로 터득하게 할 것이니

*폐의 밑부분이 상부보다 훨씬 넓다. 그러나 보통의 호흡으로는 산소가 충분히 들어가지 못하고 있다. 출장식 호흡일 때는 횡격막이 하부로 크게 끌려 내려가서 팽창하기 때문에 충분한 양의 산소가 피와 작용하여 혈액에 산소를 공급함과 동시에 신체의 구석구석 남아 있는 탄산가스를 충분히 방출할 수 있음. *흡기(吸氣) : 1)기운을 빨아들임. 또 그 기운. 2)숨을 들이마심. 또 그 숨.

*장관(腸管) : 사람이 섭취한 음식물의 소화, 흡수를 행하는 관(管)의 총칭. 보통 입으로 시작하여 항문(肛門)에서 끝남.

피의 흐름

몸 안엔 활화산 분화구 같이
심장의 박동은 매우 시끄럽다
누군가의 가슴에 귀를 대어보고
양손가락으로 자신의 귓구멍을 막아 보면

리듬이 민감하게 동조함이
심장의 박동에 수반하는
혈류의 반응음을

좌심실로부터 뿜어 내온 혈액은
단숨에 밀어 제치고
압력 파가 대동맥의 밑으로
향해 퍼져 나가고
새로운 압력과 반사해
올라오는 압력 파와 부딪혀
신체의 운동에 나타나고
불규칙운동으로 일어남을

호흡을 멈추었을 때엔
규칙운동으로 나타남은
두 개의 파동이 상반되게 중첩될 때
일어나는 파동학적 현상을

*인체는 약 60조의 세포로써 구성되어 있다. 이들 세포는 나날이 늙어 가고 죽어 없어진다. 그리고 뇌세포를 제외한 이들 세포는 다시 새로운 세포와 교대한다. 이것을 신진대사, 곧 물질대사(物質代謝)라고 함. *메커니즘(mechanism) : 1)틀에 박힌 생각 또는 기계적인 처리. 2)어떤 사물의 구조, 또는 그것의 작용 원리.

*박동(拍動) : 장기(臟器)의 율동적인 수축 운동. 주기적인 현상이 많음. 주로 내장근(筋) 등 자동성(自動性)이 있는 장기에서 볼 수 있음. 심장 박동 따위. *대동맥(大動脈) : 대순환(大循環)의 동맥의 본줄기. 심장의 좌심실(左心室)로부터 나와서 세 가닥으로 갈라져 몸의 각 부분으로 뻗침. 부위에 따라 상행(上行) 대동맥, 대동맥궁(弓), 하행(下行) 대동맥은 다시 흉(胸)대동맥과 복(腹)대동맥으로 나눔. 큰 동맥.

리듬편승

숨을 쉬는지 안 쉬는지
모를 정도의 호흡으로
진실한 전신호흡에 들었거나
태식을 하면
주파수는 약 10 hz

진동은 온몸에 전달됨과 동시에
머리에도 뇌에도 전달하는
뇌파도 리듬편승

눈뜨고 있을 평소에
30 hz의 베타(β)파로부터
점점 감소를 거듭하여
명상은 무념무상으로
10 hz의 알파(α)파에 가까워져
심장으로부터 전파하는 진동 역시
리듬 편승하려 하거늘

*파동적 현상의 주파수를 맥노리(비트) 주파라고 말한다. 신체의 대동맥에서 일어나는 진동으로써 새로운 파동을 인체로부터 대 우주의 공간을 향하여 방사한다. 이것은 일종의 공명상태라고 할 수 있다. 이 때의 주파수는 대체로 7사이클. *혈류(血流) : 피의 흐름.

*전신호흡(全身呼吸) : 코와 입으로 쉬는 것이 아닌 살갗으로 호흡. *호흡을 정지하는 것이 바람직하지만, 자칫하면 심장이 정지하여 모든 것이 끝장남. *태식(胎息) : 태아가 모체 안에서 쉬는 호흡. 태식법. 마음을 가다듬고 정좌(靜坐)하여 호흡을 조절하고 정신을 통일시키는 양생법(養生法). *정신통일상태가 바로 알파 파의 상태임.

호흡의 길이

쉽지만 결코 쉽지 않는 일
일년이 걸리든 반년이 걸리든
무의식에 익숙하려면
자신의 일정한 호흡을 연습하라

조신이 안정되면 조식에 들어
숨소리가 자신의 귀에 들리지 않는
조용한 숨결로 공기를 충분히 내뿜고

마음 속으로
호흡의 길이를 하나 둘 세어 본다
날숨이 끝나면 들숨을 시작하고
날숨보다 다소 빠른 속도로
숨을 들이쉬면서
호흡의 길이를 세어 본다

들숨보다 날숨을 둘 이상
차이가 나도록 길게 하여
자신의 숨 길이가 몇 분에 몇 번
호흡인가를 찾아내어
호흡이 익숙해지면
점차로 가늘고 길게 반복하거늘

*무의식(無意識) : 1)의식이 없음. 2)의식을 잃고 있음. 제 자신의 행위를 스스로 깨
닫지 못한 상태. 3)정신분석용어. 꿈, 최면, 정신분석 등에 의하지 아니하고는 의
식되지 않는 상태로, 일상의 정신 상태에 영향을 주고 있는 마음의 심층(深層). *조
용한 호흡이 선결문제이다. *들숨은 멈춰서는 절대로 안 된다. 이는 뇌압(腦壓)관
계도 좋지 않고 마음의 안정도 바람직하지 않다. *조신(調身) : 참선의 자세. *조식
(調息) : 호흡법. *조심(調心) : 정신집중법.

편안한 호흡은 금물이다

참선하는 새물내들의 날숨과 들숨이
3대2, 4대3, 5대4의 비율이라도 상관없다
지나치게 편안한 호흡은 금물
리듬호흡법은 심장 고동에
불규칙화를 방지하고
신체에 리듬을 둠으로써
조식과 조심 효과를
짧은 시간에 성취하기 위함이니

호흡하는 동안
침이 많이 나온다거나
눈물이 나온다거나
가슴 언저리나 등이 뜨거워 온다거나
입술이나 코 언저리가 근질근질하다거나
외려 이런 반응이 없다면
뭔가 잘못된 점이 없지 않으니

참선을 통하여 신체로부터 방사 파와
대우주로부터의 우주 파와
신체의 중심인 단전에서 일치되었을 때,
비로소 우주의 일체감을 맛볼 수 있으리

*새물내 : 초보자(初步者). *리듬(rhythm) : 음악의 3요소 중의 하나. 음의 센박과
여린박을 규칙적으로 배치하여 시간적인 흐름에 질서감(秩序感)을 나타냄. 박자
(拍子)는 이의 근본적인 상태임. 율동, 절주(節奏). *일체감(一體感) : 일체감정(一
體感情). 자타(自他)가 융합하여 일체로 되는 감정. 군중심리(群衆心理), 전쟁심리,
성애(性愛), 모자애(母子愛) 등에서 전형적으로 볼 수 있음.

호흡의 단계

첫째는 조용한 호흡,
코 안에 코털이 흔들리지 않게 숨을 쉰다
코털이 흔들리면 교감신경이 흥분되므로

둘째는 출장식 호흡,
들숨보다 날숨이 더 길게 쉰다
날숨은 97-99% 뱉어 버리고
들숨은 70% 가량 들이쉰다고

셋째는 수평 호흡,
일반 호흡이 상하호흡인 것에 반하여
의식을 단전에 집중하는
정인한 중심으로 숨을
수평으로 들이쉬고 내쉬는

넷째는 수식관,
호흡의 길이를 연속적으로 세며
잡념이 끼워 들지 않게 하는

다섯째는 리듬호흡,
되도록 자신의 호흡의 길이를
일정하게 유지하고자 하는

참선호흡에서는 이 다섯 단계를
한꺼번에 시행해야 함이
참선 30분은 건강 면에서
조깅 30분보다 훨씬 좋거늘

*교감신경(交感神經) : 고등 척추동물의 교감 신경계를 구성하는 신경, 심장, 혈관
기타의 불수의 근육성 기관(不隨意筋肉性器官), 또는 소화선(消化腺), 한선(汗腺)
등에 분포하여 신체의 호흡, 순환, 소화 기능을 조절함.

자기를 바라보는 일

날숨은 우주의 구석구석까지
퍼져 나간다고 여기고
들숨은 우주가 내 몸 안에
들어온다고 여기면서
실로 배꼽은 우주 전체를 한꺼번에
삼켜 버리는 우주의 함정,
블랙홀이라고 여기면서

모든 잡념을 버리고
마음을 우주 가운데에 두고
자기를 바라보는 일
이것이 바로 참선
세계를 자기의 것으로 만들 수 있는
초능력이 발휘되는

*단전을 해부학적으로 보면 척추로부터 ⅓ 가량 되는 곳에 위치하며, 이것은 교감신경과 부교감신경이 교차하는 곳이라서 신경절이라고 부른다. 또 동양의학에서는 태양신경총이라고 하나, 대개 단전이라는 말로 통함. *출장식호흡(出長息呼吸) : 들숨보다 날숨을 길게 하는 호흡의 방법.

*블랙홀(black hole) : 고밀도(高密度)에 의하여 생기는 중력장(重力場)의 구멍. 중심부의 수소(水素)가 핵융합반응(核融合反應)으로 소진(燒盡)된 별에서는, 물질은 별의 중심을 향하여 급격히 수축(收縮)하며, 이 때문에 해방된 중력(重力)에너지는 급격하게 빛나는 초신성(超新星)이 됨. 그러나 수축된 물질은 그 밀도(密度)가 물의 1천조(兆) 배 정도가 되면 안정한 중성자성(中性子星)이 되고, 이 정도를 넘으면 강한 중력장에 의해 공간이 생기며, 물질과 빛을 빨아들이는 구멍이 됨. *초능력(超能力) : 심령현상(心靈現象). 과학으로 설명할 수 없는, 심령의 존재에 의해 일어난다고 하는 불가사의한 정신 현상, 죽은 사람의 영혼과 산 사람의 교신하는 교령(交靈) 현상, 원거리에 있는 두 사람의 마음이 서로 통한다는 텔레파시 현상 등을 말함.

부동심

참선에 들어 가늘고 길게
마음껏 내뱉는 호흡은
기쁨에 큰소리로 웃는 만큼
힘찬 호기가 이어지듯
따뜻한 마음이 생겨나고

희노애락과 호흡작용은
정동의 자리인 간뇌와
호흡중추와의 사이에 연결고리

기분이 가라앉지 않을 때나
왠지 불안할 때나
무엇인가 긴장이 계속될 때나
몸에 이상이 있을 때나 언제나
참선호흡으로 침착해지고
심신이 상쾌해지거늘

외부에서의 자극 혹은
자기 내부로부터의 흥분에
흔들리지 않는 부동심을
정중동의 의미를

참선으로 보다 많은 산소가
피 안으로 들어가 각 세포의
과잉영양소를 완전 연소시키고
피의 산성도도 낮아져
알칼리성으로 변화시키거늘
사람이 늙는다는 것은
태어나는 세포 수보다
죽는 세포수가 많아지기 때문일까

배꼽과 블랙홀

코는 숨의 근본이고 생명의 근본
누구나 세상에 나올 때까지
배꼽은 생명의 근원으로
하나의 생명이
모태에서 배꼽으로 이어왔고
탯줄이 끊어진 다음에야
코가 배꼽을 대신하고 있거늘

숨의 근원인 코와
생명의 근원인 배꼽은 서로 닮았다
사람의 배꼽과
우주에서의 블랙홀은 서로 닮았다

참선에서 배꼽으로부터 우주의 기가
마치 태풍의 눈처럼
체내로 들어온다고 생각하며
자세를 흩뜨리지 말고 조용히 아주 천천히

*부동심(不動心) : 어떤 외계의 충동을 받아도 마음이 움직이지 않음. 또는 그러한 마음. *정중동(靜中動) : 조용히 있는 가운데 어떤 움직임이 있음. *산성(酸性) : acid. 신맛이 있는 물질의 성질. 청색 리트머스 지를 붉은 색으로 변하게 하고 염기(塩基)를 중화시켜 염(塩)을 만드는 등의 성질. *알칼리성(alkaline) : 알칼리와 같이 염기성(塩基性)을 나타내는 성질, 곧 붉은 리트머스 지를 청색으로 변화시키며, 산과 중화하여 염을 생성하는 성질.

*생명(生命) : 1)목숨, 수명(壽命), 성명(性命). 2)세포(細胞) 상호간의 활동에 의한 생물의 생활 현상 일체에서 추출(抽出)되는 일반적 개념, 자연 법칙에 입각하여 그 본질을 규명하려는 기계설(機械說)과 신비력(神秘力)의 지배를 주장하는 생기설(生氣說)이 있음. 여기선 후자임. *참선수련시에 무작정 단전에 힘을 넣는 것은 매우 위험하다. 탈장이나 탈항 또는 내장하수로 고통을 받는 사람이 적지 않다. 자칫하면 뇌일혈까지 일으킨다. 배에다 힘을 주지말고 의식을 배꼽에 두되, 호흡에 의하여 배에 힘이 자연스럽게 들어가도록 해야 함.

비우는 수련

체내에 우주의 기를
그대로 머물게 해선 안 되고
항상 몸밖으로 내보내야 함은
참선은 비우는 수련이므로
기가 기운차게 나가면 자연스레
기가 기운차게 돌아올 것은 당연한 이치
자기 몸으로부터 강한 기를 방출해야
탁기가 몸에 침투하지 못하거늘

참선에선 암을
기의 멈춤이라 말하거늘
흐르지 않는 물이 고여 썩듯이
통하지 않는 기는 멈춰 탈이 난다고
살아 있는 한, 기는 온몸으로 돌아야 한다
이를 일컬어
소주천 · 대주천이라고

강한 기는 약한 기를
강한 염파는 약한 염파를
약육강식 습성으로 각각 밀어 제치므로
비록 암에 걸렸다고 해도
기만 잘 통하면
적어도 암의 진행을 막을 수 있으리

*탁기(濁氣) : 어지럽고 흐린 기운. *주천(周天) : 일월(日月), 성신(星辰)이 각기의 궤도(軌道)로 일주(一周)하는 일. *암(癌) : 병리학상 악성 종양(腫瘍)의 한 가지. 상피성(上皮性) 세포로부터 발생하여 조직을 파괴하고 출혈하게 하며, 전신의 영양 장애를 일으킴.

선의 체험 속에서

지식을 위한 지식이 아니라서
선은 인간을 막대기로 만들지 않는다
선은 다만 가슴에 더운피가 흐르는
사람다운 사람을 갈망하기에
삶의 엔담 안팎에 선이 있고
천지 안팎에도 선이 있으니

실로 사람다운 진솔한 사람은
슬픔에 눈물을 보일 줄 아는 사람
불의를 보고서 지나치지 않는 사람
사랑하면 부나비처럼 몽땅 바치는 사람
논리를 초월한 세계에서
갓난아기 마음으로 돌아가는 사람

선의 체험 속에선
곁눈질할 겨를도 없이 오직
자기가 자신의 내부를 들여다본다
자기의 상대는 가식 없는 자신일 뿐
자기는 항상 자신을 생각하고
자신을 반성하고 자신을 음미하려 한다

*선경(仙境) : 1)신선(神仙)이 산다는 곳. 선계(仙界), 선향(仙鄕), 선환(仙囊), 신경
(神境). 2)속세(俗世)를 떠난 청정(淸淨)한 곳. *자각(自覺) : 스스로 깨침.

자유롭고 즐거운 느낌

지관타좌,
먼저 자세를 철저히 익히고 난 다음
참선에 들면 뇌파가 알파 상태로 나타난다

첫째로 주위에서 무슨 소리가 들려도
관심을 갖지 않으며
기분이 최상이다

둘째로 정신이 안정되고
마음의 세계가 확대되므로
일상의 시간감각이 없어지고
자유롭고 즐거운 느낌이 되므로
시간이 지나가는 것이 느껴지지 않으며

셋째로 마음이 평정해진다
주의력이 증대한다
자주성이 발휘된다
자기 자신을 냉정하게 관찰할 수 있기에
과거의 '생각의 틀' 에 벗어나
자유로운 발상을 할 수 있고
믿을 수 없을 정도로
상승하는 결과를 얻어지리

*지관타좌(只管打坐) : 일심으로 좌선에 힘쓰는 것. 타좌(打坐)는 앉은 것, 좌선하는 것, 타(打)는 조사. 지관타좌(祇管打坐)라고도 씀. *뇌파(腦波) : 뇌에서 나오는 미약한 주기성(周期性)의 전류. 이것을 기록하면 파동형의 곡선을 이룸. 뇌전도(腦電圖). *주의력(注意力) : 어떤 한 가지 일에 계속 마음을 집중시켜 나가는 힘, 또는 주의하는 능력. *자주성(自主性) : 남에게 의지함이 없이 자기 힘으로 처리해 나가려는 성질. *우주파(宇宙波) : 지구의 공진주파수(共振周波數)라 부르며, 알파파에 가깝다. 일명 지구(地球)의 뇌파.

비사량

비사량이란,
생각하지 않는 일
생각하는 일에 대한 생각하지 않는 일
생각하는 것도 아니고
생각하지 않는 것도 아닌 무념무상

참선은 우주의식과 합치려는
인간의 영적 차원의 진화를 위한
수련이라고 말할 수 있음은
대우주와 소우주와의 일체화를

그것은 정신통일 상태
통일을 방해하는 잡념이라든가
망상 등에 대해 무념이고 무상일 따름

의식이 한 가지 일에 집중된 상태

*비사량(非思量) : 무분별을 말함. 일체의 상대적, 대립적 관념을 버릴 때, 비로소 심성 그 자체가 된다고 함. *진화(進化) : 생물이 외계(外界)의 영향과 내부의 발전에 의하여, 간단한 것으로부터 복잡한 것으로, 하등(下等)에서 고등(高等)으로, 동종(同種)에서 이종(異種)으로 그 자체를 향상하여 감. *대우주(大宇宙) : 천기(天機). *소우주(小宇宙) : 우리의 몸. *집중력(集中力) : 마음이나 주의를 어느 사물(事物)에 집중할 수 있는 힘. *정신통일(精神統一) : 산만한 정신을 하 곳으로 모음. 정신통일은 긴장을 해방하고 스트레스를 해소시킨다. *잡념(雜念) : 1)조리(條理)가 서지 않는 잡다한 생각, 2)수행(修行)을 방해하는 여러 가지 옳지 못한 생각.

안심입명

인간은 본질적으로 자신이
아직 가보지 못한 세계를
자기의 오감을 통하여
결코 느낄 수 없는 세계를
꿈꾸고 있는 것처럼
참선하는 의식의 흐름은
오직 자기와 우주
그리고 자연과의 일체함

자기 가운데 우주가 있고
우주 가운데 자기가 있은
반사관계의 숨은 구조는
극한 치로서의 점을 이루거늘

부동점에 의식을 집중시키므로써
안심입명에 젖어 드는 것
자기 능력을 최대한 발휘하려면
사람은 누구나 허심이
되지 않으면 아니 된다
허심의 순간이야말로
선의 경지가 아닐까

*반사(反射) : 의지(意志)로써 제어(制御)할 수 없는 반응(反應) 작용. 자극(刺戟)이 있으면 무의식적으로 작용이 행하여지는 경우로서, 자극이 대뇌(大腦)를 통하지 않고 다른 중추(中樞)를 거쳐 언제나 일정한 근육이나 선(腺)에 활동을 일으키는 현상. *극한치(極限値) : 극한값. 함수에서 독립변수의 값이 어떤 일정한 값에 무한히 접근할 때, 거기에 대응하여 함수가 무한히 접근하는 값. *부동지(不動智) : 외계(外界)의 유혹에 흔들리지 아니하는 분명하고 바른 지혜. 우주(宇宙)의 본지(本智). *허심(虛心) : 1)마음 속에 다른 생각이나 거리낌이 없음. 2)남의 말을 잘 받아들임.

감는 것은 금물이다

명상에서는 눈을 감아도
참선에서는 눈을 절반만 감아야 함은
눈을 다 열면 마음이 흐트러지기 쉽고
눈을 꼭 감으면 망상과 함께 잠이 오고
눈을 꼭 감으면 환영에 마음이 흐트러지는

엉덩이를 뒤쪽으로 빼고
배꼽을 앞쪽으로 내밀고
자세를 바르게 하여
코와 배꼽을 일직선상에 놓고서
조용하고 가늘고 길게 호흡하거늘

시선은 부드럽고 자연스레
전방에 떨어지기도 하고
눈을 반쯤 뜨면 시선은 자연스레
1m 가량 앞에 떨어져
시선의 일부는 눈꺼풀에 가려지고
시선의 일부는 밑으로 분산하여
참선에서는 한 곳을 응시하지 안거늘

*망상(妄想) : 1)이치에 맞지 않는 망령된 생각. 낭지(浪志). 망념(妄念). 2)병적 원인에 의해서 생기는, 객관적으로 불합리한 그릇된, 주관적 신념, 피해 망상, 과대 망상, 죄과(罪過) 망상 등이 있음. *환영(幻影) : 1)사상이나 감각의 착오로 허위(虛僞)의 현상, 상태, 신념을 사실로 인정하는 현상. 2)실현할 수 없는 원망(願望)이나 이상(理想).

불가사의한 현상

정인은 참선의 꽃
양 손바닥을 위로 겹치고
아랫배 쪽에 댕겨 놓으며
양 엄지손가락을 서로 맞세우고
그 끝을 가볍게 당긴
석존이 참선에 입정하고 있는 자세
불상이 바로 그것

때로는 망상이
엄지손가락에 이상하게 나타나니
마사경에는,
사람의 마음을 미혹시키는 것
사람을 공포심에 몰아넣는 것
사람을 기쁘게 하는 것
마음에 애착을 느끼게 하는 것
즐거운 소리, 향기로운 냄새 등으로
참선을 방해하는 때도 없잖지만
불가사의한 현상에
홀려선 안 되거늘

*입정(入定) : 1)선정(禪定)에 들어감. 마음을 집중하여 무아(無我)의 경지에 들어
감. 2)수행(修行)하기 위하여 방안으로 들어감. 3)중이 죽음. *마사경(魔事境) : 십
경(十境). *공포심(恐怖心) : 무서워하는 마음.

내 모습

죽살이란 그 사람의 생각이 만드는 것
사람의 마음 속에는 뛰어난 힘이 있고
사람이 하루종일 생각하고 있는
바로 그 자체

의식과 무의식을
일치시키는 것은 오직 정신통일
정신통일이 되면 못할 일이 없으니
그것은 바로 참선

내 가슴과 마음에 그려진 그림이
그대로 내 모습
꿈을 이룬 내 모습을 생각하고
당당해진 내 모습을 마음의 눈으로
참고 참고 기다린다

사람은 꿈을 꾼다
고로 생각을 한다
그 꿈 그 생각이 바로 그 사람
나란 존재는 오직 지금의 모습
나는 괜찮은 사람
참으로 괜찮은 사람이라고 생각하라

과거와 현재와 미래를 떠나
마음이 모든 것으로부터 벗어나면
죽살이에 아픔도 늙음도 사라져
이것이 열반이 아닐까

*죽살이 : 죽음과 삶. *의식(意識) : 육식(六識) 또는 팔식(八識)의 하나. 안식(眼識)
이나 이식(耳識) 등의 오식(五識)이 빛이나 소리 등을 각각 따로 인식함에 대하여
대상을 총괄하며, 판단, 분별하는 심적(心的) 작용. *무의식(無意識) : 1)의식이 없
음. 2)제 자신의 행위를 스스로 깨닫지 못하는 상태.

인간의 의지

풍진세상도 따지고 보면 일장춘몽
모든 것이 실상을 가장한 허상일까
실상이 없는 허상 속에서
허상을 맹종하다가 종내
자신의 자아를 잊어버린 것
그 잊어버림도 잊어버린 것

우주의 중심인 인간이
자기 자신을 나락에다
스스로 속박해 두는 것

오로지 세속에 젖어 들어
삶에 얽매여
최면에 걸린 일생을 환상에 젖어
본래 자아를 외면한 채
허망하게 죽어 가는
인간의 의지가
인간의 힘이라는 것도 모르고

*열반(涅槃) : 도를 완전히 이루어 일체의 중고(衆苦)와 번뇌를 끊고 불생불멸의
법성(法性)을 증험(證驗)한 해탈의 경지.

*의지(意地) : 1)마음의 작용 중의 제6의 의식, 또 그 작용을 하는 기관(器官)으로서
의근(意根). 2)마음씨. *일장춘몽(一場春夢) : 한 바탕의 봄꿈처럼 헛된 영화. *허
상(虛想) : 헛된 생각. 부질없는 생각.

나는 의식이다

관념과 망상에 사로잡힌
과거에 대한 미련이나
미래에 대한 두려움도 버리고
깊은 근원으로 향해야 함은

극도로 긴장된 합리적 지성
표면적 성
과도한 경쟁이나 물질소비
권력다툼 그리고 불평불만
부정을 떠나서 깨쳐야만 하거늘

중요한 것은 오직 내 자신
나는 의식이니
의식은 곧 영원한 혼
나는 의식 그 자체이니
의식이 없으면 나도 없거늘
육체도 결코 없거늘

*관념(觀念) : 진리(眞理)와 불체(佛體)를 관찰하고 사념(思念)하는 것. *부정(否定)
: 1)그렇지 아니하다고 단정함. 2)주빈(主賓)의 양개념이 일치하지 아니함을 말함.
곧 사물의 일정한 관계가 없음을 인정함.

영원한 본향

무한대의 시공 속에서
삶이라는 무대의 꿈속에서
우주의 힘을 빌어 육체를 얻었으나
희비애락의 주인공인 양 착각하다가
그냥 본향으로 되돌아가야만 하는

내부의 의식을 집중시켜
언제나 깨어 있어야 하고

끊임없는 자아를 기억함으로써
좁고 단편적인 모습에서 벗어나
우주와 융화될 수 있는
생력이 넘치는
넓고 높은 세계가 있음을 믿어야 하거늘

*시공(時空) : 1)시간과 공간. 2)사차원(四次元)의 공간. 상대성 이론에 있어서 우주를 표현함에 쓰이는데, 보통 공간에 대응하는 세 개의 차원과 시간에 대응하는 네 번째의 차원을 가짐. *착각(錯覺) : 1)외계의 사물에 대한 지각(知覺)의 착오. 대개는 시각(視覺), 청각에 나타나는 망각(妄覺)의 한 가지임. 2)잘못 깨닫거나 잘못 생각함. *본향(本鄕) :본디의 고향. 관향(貫鄕). 여기서는 우주를 뜻함. *생력(生力) : 생명의 힘. 살아 나가려는 힘.

선천지기

신선이 되는 길을 찾으려면
천선의 법부터 배워야 하거늘
음양이 한 곳으로
정과 성이 단단하게 뭉쳐
대망을 이룩하게 되니

한 점 잡됨이 없이
순청하고 지극히 선하므로
누구에게 배우지 않아도
스스로 앎에서 비롯되고

조금도 엇나감이 없이
오직 둥글게 이루어진
영의 바탕은
선천의 양명한 기
이른바 선천지기

*신선(神仙) : 득도한 선인(仙人). *천선(天仙) : 천상(天上)의 신선(神仙), 선법(仙法)을 깨달아 단련해서 신선(神仙)이 된 경지. *음양(陰陽) : 음(陰)은 성(性)에 속하고, 양(陽)은 정(情)에 속함. *선천지기(先天之氣) : 출생하기 이전에 지닌 지양지기(至陽至氣)며, 지극히 참되고 지극히 착한 진기(眞氣). *대망(大望) : 큰 도(道). *영(靈) : 신령한 영기(靈氣).

허정한 상태에서

모태에서 잉태되기 이전은
우주가 창시되기 이전의 상태
천지가 생겨나기 이전은
오직 아무것도 없는
고요함 뿐이었으니

어떤 것이라도 형상할 수 없는
그저 본래 허정한 상태
허나 상상조차도 할 수 없는
어마어마한 조화력이 있었던

그대는 무에서부터
그대는 무극에서부터
그대는 정극에서부터
그대는 태극에서부터

삼라만상이 이루어진 다음에
암수의 흘레를 이루어
정란이 결합되는 순간에
선천의 기가 들어와서 비로소
태라는 생명체를 이룬 것

*무(無) : 사물의 존재를 부정하는 말. *정극(靜極) : 지극히 고요한 경지나 상태. *
무극(無極) : 1)원만무상(圓滿無上), 곧 불계(佛界)인 열반(涅槃)의 별칭. 2)최고(最
高)의 것. 3)구극적(究極的)이며 절대적(絶對的)이 아닌 것. *태극(太極) : 물(物)도
질(質)도 형(形)도 색(色)도 없어 지극히 공허하고 고요한 상태. 그러나 무(無)라 하
면 무엇이 있는 것 같고, 유(有)라 하면 아무 것도 없으나, 이 허무한 태극 속에는
모든 조화력(造化力)을 간직한 만능(萬能)의 체(體)로 우주로는 천지가 생기기 이
전, 사람에 비유하면 모태에 수태(受胎)되기 직전이라 하겠음. *허정(虛靜) : 거침
없이 텅 비어 고요함.

금단

물과 같이, 불과 같이
적당하게 조절 단련하여
성숙한 경지를 지나면
영원히 파괴되지 않는

이지러짐 없이 둥글고
응어리진 선천지기
음양오행의 기
일곱을 들이고 아홉을 내는
금액대환단

금단, 하늘로부터
부여받은 본래의 인간 성품은
더도 덜도 없이 한결 같아서
근본이 되는 인간의 본래는
지극히 양조하고
지극히 선한 바탕

*정란(精卵) : 정자(精子)와 난자(卵子). *태(胎) : 모체 안에서 새 생명체를 싸고 있
는 난막, 태반, 탯줄을 통틀어 이르는 말.

군생 마음이 부처 마음
부처 마음이 군생 마음
자기 마음 속에 있는 진리를 깨치면
곧 부처가 되고 그렇지 않으면
어둠 속에 떠도는가

마음은 누구나 다 가진다
마음은 둥글게 이룩된 것
금단은 크고 작음이 없이 같으며
그러므로 인간이면 누구나
신선도 성인도 현인도 될 수 있는 씨앗
그것을 가슴에 품고 있으니

선 도

중천 태양이 차츰
서산 너머로 모습을 감추듯이
볍씨가 땅에 물을 머금으면
새 움을 위해 썩듯이
사람이 후천에 떨어지면
본래 천량이 어두워지고
오직 이로움만 좇는다

단을 단순하게 물형으로 보면
이지러짐 없이 둥글고
티 없이 순청한 것
빛깔로 보면 순백이거늘

선천의 본성을 지닌 내가
후천의 기질성으로 변해 버린 나를
본래의 위치로 되돌아가는
선천을 지닌 나를 찾는

선천의 본래면목을 돌이키는
반환이 곧 선도가 아닌가

---

*후천(後天) : 출생한 뒤를 뜻함. 후천은 보고 듣고 느껴 좋고 나쁜 사물을 알게 되면서 후천에 속함. *천량(天良) : 하늘에서 받은 본래의 양심. *선천(先天) : 사람이 태어나기 이전 즉 모태(母胎) 안에 있을 때를 선천이라고 함. 출생후라 할지라도 갓 태어난 벌거숭이로 강보(襁褓)에 싸여 젖꼭지만 물고 있을 때는 아직 사물의 좋고 나쁜 것을 구분하지 못하므로 선천에 속하는 것으로 보아야 함. *본래면목(本來面目) : 선천지기 또는 하늘로부터 부여받은 선천성(先天性), 천성(天性) 또는 금단 혹은 도심(道心)의 진여(眞如).

성

사람에게 두 갈래 성품이 있어
하나는 하늘로부터 부여받은 본래 성품
하나는 천부적 성품이 아닌 각자 지닌 개성

양에 음기가 있어 남자는 여자를 그리워하고
음에 양기가 있어 여자는 남자를 그리워하니
서로 잘 어울러져야만 하나가 되듯
완전무결하게 하나로 둥글게 이루어진
본래의 물건
본래의 성
본래의 금단

오행상상은,
때로는 상생을 이루고 있으나
때로는 상극으로 맞서고 있으나
본성과 영성은 한 맥으로 이어진 성

*반환(返還) : 반(返)이나 환(還)은 그 뜻이 같다. 그러나 서로 다른 느낌을 가진다.
반은 원래의 위치로 돌아간다는 뜻이고, 환은 잃어버린 것을 다시 찾는다는 뜻임.

*음기(陰氣) : 만물의 생성하는 근본이 되는 정기의 한 가지, 음의 기운. *양기(陽
氣) : 만물이 생성하고 움직이려고 하는 기운, 양의 기운. *오행(五行) : 목화토금수
(木火土金水). *오행상상(五行相傷) : 오행이 상생(相生)관계를 이루지 못하고 상
극(相剋)관계로 대치하여 있는 것. 상생은 목화, 화토, 토금, 금수이며, 상극은 목
토, 토수, 수화, 화금, 금목을 뜻함.

이 물

이물은,
언제나 상대적인 것

강유는 이물의 성(性)
건순은 이물의 기(氣)

진지·영지는 이물의 지(知)
진정·영성은 이물의 진체

건곤은 이물의 근본
음양은 이물의 형상

그 이물 안에서 생겨나는
선천의 진일지기

---

* 이물(二物) : 음(陰)과 양(陽). *강유(剛柔) : 강하면서 유함. *건순(健順) : 건실하면서 순함. *진여(眞如) : 정리정도(正理正道)만을 밝게 아는 지혜. *영지(靈知) : 자연적으로 모든 사물을 식별하는 것. *진정(眞情) : 진지(眞知)에서 우러나오는 정(情). *영성(靈性) : 영지에서 말하는 성품. *진체(眞體) : 실체(實體). *건곤(乾坤) : 1)하늘과 땅. 천지(天地). 감여(堪輿). 2)음양(陰陽). 3)남자와 여자. *진일지기(眞一之氣) : 즉 선천지기(先天之氣).

욕망의 때

올바른 도리를 판단하는 진지와
옳고 그른 것을 식별하는 영지가
하나로 합쳐 올바른 지혜

허나 서로 합일이 안 되면
진지도 영지도 힘을 잃고서
사물의 유혹에 이끌리게 되거늘

범인들은 대개가 가성가정
욕망의 때를 벗지 못하여
캄캄한 후천성에 빠져
순백하고 지선무악한
선천지기가 있음을 상상도 못할까

*진지(眞知) : 정리정도(正理正道)만을 밝게 아는 지혜. 이 진지는 도심(道心) 속에 갖추어 있는 것이라 함. 또는 강건한 정(情)에 속함. *영지(靈知) : 인심에서 발하는 지혜. 영지는 유순한 성(性)에 속함. *가정가성(假情假性) : 거짓 정(情)과 거짓 성(性). 모든 사물에는 진가(眞假)가 있는 바, 진(眞)은 참된 것이고 가(假)는 참되지 못한 것임.

가 도

사람이 후천에 들어와서
진지와 영지가 분리됨으로써
가정과 가성이 되고

진지가 지아비라면
영지는 지어미라 할 수 있거늘

지아비는 정리와 정도를 내세워
강건한 정신으로 가정을 이끌어 감에
가도를 바로잡고
지어미는 슬기와 재치로 살림을 꾸리면서
유순한 덕으로 지아비를 돕고
가정의 평화를 이룩하지만

허나 화합하지 못하여
상극하고 대립하면
엉망진창이 되는

*후천(後天) : 출생한 뒤. 사실상의 후천은 보고 듣고 느껴 좋고 나쁜 사물을 알게
되면서 후천에 속함. *정리(正理) : 올바른 도리. *정도(正道) : 올바른 길. 바른 도
리. 정경(正逕). 정로(正路). *가도(家道) : 가정의 윤리(倫理).

성과 정

선도를 닦는 일은 음양을 조화시켜
강건하고 유순한 것을 지나치게
부족함이 없이 형세를 어울리게 하여
떨어져 있는 성과 정을
합일시키는 것에 불과하며

성과 정이 각각 떨어져 있으면
성은 어지러워지고
정은 희미해지거늘

그 성은 기질성으로 변하고
그 정은 망정으로 변하여
그 본성은 자취 없이 사라져
쓸모 없는 감정만 남는 것일까

*본성(本性) : 본래 지닌 선천성. *기질(氣質) : 후천성. 즉 정신적 육체적으로 좋은
것만을 구하려는 흐린 성품. *망정(妄情) : 정(情, 迷한 分別心)을 잊고 진리에 합치
(合致)하는 것.

선천과 후천

사람이 태어나기 이전은 선천
사람이 태어난 이후는 후천

사람이 앎이 있기 전에
태아가 모태에서 갓 나온 직후
아무것도 모르는 상태에
차츰 사물을 접하게 되면서
사물에 호연지기는 외면하고
좋은 것만 탐하니

선천의 오기는 곧 덕성으로
인은 마음의 덕
의는 사물의 타당성 혹은 원칙
예는 세사의 질서 혹은 법칙
지는 현명한 판단
신은 진일

*선천(先天) : 생겨나기 이전. *식신(識神) : 선천의 원신(元神)이 사물의 좋고 나쁜 것을 구별할 수 있는 앎으로 변한 것. *원신(元神) : 순양(純陽), 순양지기(純陽之氣) 또는 시비(是非)를 바르게 구별하는 정신. *호연지기(浩然之氣) : 1)하늘과 땅 사이에 가득 찬 넓고 큰 정기. 2)공명정대하여 조금도 부끄러울 바 없는 도덕적 용기. 3)[잡다한 일에서 벗어난] 자유롭고 느긋한 마음. *오기(五氣) : 오행(五行)이 각각 띤 특성의 기(氣). 성(性), 정(情), 정(精), 신(神), 기(氣). *오덕(五德) : 선천(先天)에 속하는 인(仁), 의(義), 예(禮), 지(智), 신(信)을 뜻함.

금단을 찾는 열쇠

성과 정이 합하고
오행은 완전한 모양이 되어
금단을 찾아내는 열쇠

약 중에 명약이 되는 것은
삶고 찌고 다려서 만들듯이
그것을 얻기는 차라리 쉽고
단을 다시금 훼손되지 않도록
닦고 연마하는 화후가 쉽지 않으니

큰 지혜를 가진 사람은
천지자연의 이치를 통달하여
그 원리로써 영혼과 육신을
훼손되지 않도록 보존하는 일이라
도를 완성하는 경지에 이르면
순양지기가 충만해질까

허나 범인은 그저 성인의 도를
좇는 술법을 써서
수명만 연장시키려 하는가

*성(性)과 정(情)이 서로 합한다 함은, 유교(儒敎)에서 일컫는 극기복례(克己復禮),
즉 내 몸의 사욕(私慾)을 이겨 예(禮)로운 것을 회복함과 같다는 뜻임. *화후(火候)
: 단(丹)을 단련해 나가는 일. *성인(聖人) : 여기서는 노자(老子)를 칭함. *순양지
기(純陽之氣) : 금단(金丹)의 딴 이름.

돌이킬 수만 있다면

범인은 스스로 깨달을 수 없으니
성인이 가르친 방법에 의하여
단도를 터득하려고 하나
본래 면목을 돌이킬 수가 없거늘
수명을 잇는 근기가 튼튼치 못할 뿐더러
단도를 이룩하기 어려울 것이니

물은 아래로만 흘러가는 성질이 있고
불은 위로만 솟구는 성질이 있다.
불은 위에 있고 물은 아래에 있어
점점 멀어짐으로 화수미제라 하며
그 반대로 위에 있는 불을 아래로
아래에 있는 물을 위로 올라가게 하면
수화기제요, 이것이 전도인가

*전도(顚倒) : 거꾸로 바꿔 놓음. 아래에 있는 것을 위로하고, 위에 있는 것을 아래로 바뀌어 놓는다는 뜻. *물[水]은 본시 아래로만 흘러 내려가는 성질이 있고, 불은 본시 위로만 솟구쳐 올라가는 성질이 있다. 그러므로 불[人心의 靈知]이 위에 있고 물[道心의 眞知]이 아래에 있으면 수화(水火)가 점점 분리되므로 이를 화수미제(火水未濟)라 하며, 아래에 있는 물을 위로 올라가게 하면 수화가 상합하는 상으로 곧 수화기제(水火旣濟)요, 이렇게 하는 것을 전도(顚倒)라 하는 것임.

다시 찾아내어

사람은 본시 지선무악하고
정도를 자연히 아는 지능과
순양지기를 하늘로부터 타고났기에
금단이 다른 데서 얻어진 것이 아니라
인간의 본래 지니고 있는 면목

순양지기는
백옥보다도 맑고
금강석보다도 단단하며
구슬보다도 둥글거늘

티끌에 묻혀 본래의 빛을 잃고
어디에 숨었는지조차 모르도록
캄캄해져 보이지 않아도
이것을 다시 찾아내어
본래의 빛을 되찾는 것이 선도가 아닌가

*순양지기(順陽之氣) : 선천지기. *순양지기는 본래 하늘로부터 받고 태어난 성품
이므로, 이것을 다시 찾아내어 묻은 티끌을 제거하고 더욱 빛나고 단단하게 만드
는 것이 바로 선도(仙道)를 수련하는 요점.

최초의 그곳으로

또렷한 자신의 옛모습이 있고
겪은 과거가 있음으로써
자신이 어떠한 곳에서
어떠한 부모의 자식으로 태어났으며
어떠한 가족 관계며
어떠한 인격과 신분으로
어떠한 삶을 살아왔는가

지금 자신이 여기 존재하므로
필연한 뿌리가 있음에도
그것을 모른다면 스스로
청맹과니가 되어지는 것

과거를 찾는 방법은
원점으로 되돌아가 잊혀진 과거를
거슬러 올라가는 길 밖에 없으니
자신이 태어나던 최초로 되돌아가서
잊혀진 자기 모습을 찾는

*기억상실자에게 과거를 찾게 해 주는 길은 다른 방법이 없고 원점으로 되돌아가
잊혀진 과거를 하나하나 거슬러 올라가는 길 밖에는 없다. 그리하여 자신이 태어
나던 최초의 본향으로 돌아갈 수 있으면, 잊혀진 제 모습을 회복할 수 있을 것임.

전도법

하늘로부터 본성이 떨어져
울음을 내던 그 순간,
배고픔도 알고 무료함도 알아서
눈과 코와 입과 몸이
좋은 것만 원하는 욕심이 생기면서
선천의 밝은 성품을 가려져
세월이 지날수록 아무것도
보이지 않는 암흑에 에워싸여 있거늘

허나 자신이 태어난 본성은
그 어딘가에 분명 숨겨져 있으므로
흘러 온 세월을 역행하여
짚자리에 갓 떨어진 벌거숭이로
되돌아가는 길이 곧 전도법이 아닌가

*수련하는 법은 도심(道心)에 갖추어 있는 진지(眞知)가 주관을 잡아 항시 들뜨기
쉬운 인심의 영지(靈知)의 사물의 유혹되는 것을 막게 되는 바, 동(東)에 있는 유
순한 성(性)과 서(西)에 있는 강건한 정(情)이 하나로 합쳐서 단도(丹道)를 이룩하
게 됨.

색도 공도 아니다

영지는 후천의 몸에 지배받는 마음으로
사물이 좋고 나쁨과 옳고 그름을 판단하는 앎
진지는 정리정도 자연히 아는 선천적인 앎
영지는 성이라 가볍고 부드러워 위로 뜨기가 쉽고
진지는 정이라 무겁고 강하여 아래로 잠기기 쉬우니

참되고 착실한 묘법은
색도 아니고 공도 아니고
허정하여 아무것도 아닌 공이지만
무언가를 생각해 보면
그 허무 한 가운데 무엇인가
있을 법한 것을 찾아낼 듯 하고
어떤 물체인가 하면
보이지도 않고 잡히지도 않거늘

도심은 강건한 성으로 주가 되어
인심은 도심에 순종하니
진지와 영지가 하나로 되고
성정이 자연스레 합하면 단도을 성취하리

*남이 알지 못하고 스스로 아는 것이란 외부의 형체가 있는 사물에 의하지 않고
자기 혼자서 자기 정신과 뜻과 마음으로 암암리 행동하는 것이니, 이는 천장지비
(天藏之秘, 하늘이 감추고 땅이 비밀리하는 것)로 그 아무도 모르는 기미(機微)를
훔치다시피 하여 비밀리에 알아내는 것이다. 이러기에 천하가 능히 그가 행하는
것을 볼 수도 없고 알 수도 없다고 함.

진성을 본체로

텅 빈곳에서 아무도 모르게
혼자만이 아는 곳에서 단을 만듦으로
외부의 사물에 기대지 않고
혼자만이 정신과 뜻과 마음으로
하늘이 감추고 땅이 비밀리 하는
그것을 찾아내야만 하는가

'금정에 주리홍을 내리고자 하거든
옥지에 먼저 수중은부터
떨어뜨려야 한다'

금정에서 금이란 단단하고 강한
물건, 즉 도심의 진지
정이란 약을 다리는
물건, 즉 단을 뜻하고
옥이란 온화하고 부드러운 것으로
여지를 비유하며
못은 불을 꺼지지 않도록 하는
물건, 즉 진성을 비유함이니

이는 곧 강건한 진정과
유순한 진성을 본체로 삼는

*금정(金鼎) : 약을 달이는 솥. 도심(道心)의 진지(眞知). *주리홍(朱裡汞) : 붉은 수
은(水銀). 약. 감괘(坎卦)의 (—)의 뜻. *옥지(玉池) : 맑은 못. 약을 깨끗이 씻는 물. *
수중은(水中銀) : 인심의 영지(靈知).

텅 비어 있는 영명함

인심은 휘영청 텅 비어 있으나
그 비어 있는 가운데
영특하고 밝은 지혜를 갖추고
태어나기 이전에는 아무 욕심 없이

깨끗하던 마음에서 태어나
사물의 좋고 나쁜 것을 분간하면서
그 영명한 것에 욕이라는
망령된 생각이 일어나게 되었으니
좋은 것을 보면 탐내는 티끌이 생기며
사물에 따라 항시 마음이 변하거늘

텅 빈 영명한 마음이 사물을 만나면
욕정이 생겨 들뜨고
사물이 세상에 존재하는 한
그것을 따라 항시 마음이 흔들리는가

*사물이 세상에 존재하는 한 그것에 따라 항시 마음이 흔들리고 있는 것이다. 이 것을 비유하면 주리홍이라는 수은이 불을 만나면 훨훨 날아 올라가서 그 본체를 보존하기 어려운 것 같으니 텅 비어 있던 영명한 마음이 사물을 만나면 욕정(慾情) 이 생겨 들뜨게 됨.

욕망의 늪

도심의 진지가 강건하고
중정한 상태로 있을 때는 선천이지만
출생한 뒤 후천에 떨어지면

눈은 좋은 것만 보려 하고
귀는 좋은 소리만 들으려 하고
코는 좋은 냄새만 맡으려 하고
입은 좋은 음식만 먹으려 하고
몸은 좋은 감촉만 가지려 하는
오욕과 더불어 춤을 추고

기뻐하고 성내고 슬퍼하고 두려워하고
사랑하고 미워하고 욕심내는 칠정에 빠져
정도의 진지는 빛을 잃고 뒤로 물러나서
도심의 양지는 어두워져

진양이 어긋난 음 속에 빠지고
진심이 가심에 가려지며
결국 욕망의 늪에 빠져
헤어나지 못하는 것인가

*오욕(五慾) : 1)색(色), 성(聲), 향(香), 미(味), 족(觸)의 오경(五境). 이는 능히 사람의 탐욕(貪慾)하는 마음을 일으키므로 욕(欲)이라 하며, 이는 진리(眞理)를 오염시키므로, 진(塵)이라 함. 2) 재욕(財慾). 3)색욕(色慾). 4)음식욕(飮食慾). 5)명욕(名慾). 6)수면욕(睡眠慾)이라 함. *칠정(七情) : 사람의 일곱 가지 감정(感情). 1)희(喜, 즐거워하는 것) 2)노(怒, 노하는 것). 3)우(憂, 근심하는 것). 4)구(懼, 두려워하는 것). 5)애(愛, 사랑하는 것). 6)증(憎, 미워하는 것). 7)욕(慾, 가지고 싶은 것).

작은 구슬

신묘한 수련의 공으로
진지를 응용하면
아침을 마치기 전에
깊은 연못에 달이 떠오르고

동서에 분리되었던 성과 정이 어울어져
금세 한낱 낟알만큼 작은 구슬이 맺히니
둥글고 밝은 보배로운 구슬
영롱한 빛이 반짝거려
모든 사악한 기가 침범하지 못하거늘

아무것도 보이지 않고
아무것도 들리지 않는
지극히 고요하고
지극히 비밀스런 곳에
홀로 있더라도 경계하고 조심하며
두려워하는 마음으로 행공해야 하거늘

진지의 강건함과
영지의 유순함이 하나가 되어
한 점 먼지나 미세한 티끌도
마음 사이에 남겨 두지 않도록 하는

*도심(道心)의 진지(眞知), 이것이 곧 약물이며 진종자(眞種子)가 된다. 진지로써 주장을 삼아 일지불란(一志不亂)하고 시종(始終)이 하나 같이 외부로부터 들어오는 모든 잡기(雜氣)를 물리치면 인심(人心)의 영지(靈知)가 자연 단단하게 응결되어 흩어지지 않음.

좁쌀 만한 단

신공의 불[火]은,
낚싯대를 세워 그림자를 보고
골짜기에서 메아리치는 것 같으니
즐거이 마음을 내리면
종일을 기다리지 않아도
음 가운데서 양이 돌아와
깊은 연못에 해가 뜨며
음기가 물러가는 것 같으니

오물과 오적의 잠입으로 하여금
지양한 진일지기가 다 손상되므로
불, 즉 진지의 강건함과
영지의 유순함을 함께 모아
좁쌀 만한 단을 만들어 내는
까닭이 여기에 있을까

주객이 거꾸로 바꿔 놓은 듯이
밖으로부터 안으로
안으로 닦아 없었던 것을 되찾음을
외단을 환단이라고도 함은,
이미 떠나간 것을 다시 돌아오게 하는
이미 잃은 것을 다시 찾아오게 하는

*신공(神功) : 참되고 오묘한 법으로 수련하는 공력. *오물(五物) : 유혼(遊魂), 귀백(鬼魄), 음정(陰精), 식신(識神), 망정(妄情). *오적(五賊) : 희(喜), 노(怒), 애(哀), 낙(樂), 욕(欲). *환단(還丹) : 단이나 환단은 모두 선천의 참된 기(氣)이지만 엄밀히 구분하자면, 차이가 있다. 단이란 선천의 진기(眞氣) 그것이고, 환단은 후천에서 잃어버린 진일지기(眞一之氣)를 다시 회복한 것을 말함.

인심이 부드러워지다

단은 음의 유함과 양의 강함을 지닌
한 덩이로 뒤섞여 굳은 것으로
태극에 비유할 수 있거늘

심오한 단계에 들어가 단이 무엇인지
깨칠 만하게 되면 도심은 굳세지고
인심은 부드러워져서
도심으로 욕에 동요함을 억제하여
자유자재로 인심에 감추어진 영지를
도심이 이끄는 대로 움직일 수 있으니

사람이 갓 태어나서 사물에 물들기 전
스스로 알고 스스로 영명한 지능이라
본래 고요하여 움직이지 않아
느낌이 있고 통하는 바가 있으니
하늘로부터 받은 진일지기
둥글고 번쩍 빛나는 단

*태극(太極)에는 음양·오행의 기(氣)를 모두 간직하고 있지만 동(動)하기 이전에는 고요하여 어떠한 작용도 하지 않는다. 태극이 일단 동하면 이미 태극이 아니며, 이에 간직된 음양·오행의 기가 작용하게 된다. 사람이 부모에게서 태어나기 이전은 태극의 경지라 할 수 있으므로, 오행의 생극작용(生剋作用)을 받지 않는다. 그래서 부모에게서 출생하기 이전 오행의 기(氣)가 전혀 없는 경지까지 거슬러 회복한다는 뜻.

호연정기

지극히 착하여 악이 없이
떳떳이 잡은 양지와 음지는 하늘 진리
도심의 진지

부모의 몸을 빌리기 이전
오행의 작용력이 미치지 않은 원점
태극의 경지에까지 회복해야만
대도를 이루었다고 할 것이고
하나의 영원토록 파괴되지 않는 천도
도를 얻게 되니

그 성질이 유강한 터라
진연에 비유하여 부르고
그 기운이 씩씩한 터라
웅호, 수펌에 비유하는
호연정기를 뜻함이니

---

*진연(眞鉛) : 잡석(雜石)이 섞이지 않은 납. 강유가 적절한 것의 비유. *웅호(雄虎)
: 수펌. 그 형세가 강맹(强猛)한 것을 비유. *호연정기(浩然正氣) : 사물의 속박에서
초월하여 천지 대자연의 기(氣)가 충만함.

허하고 고요함이

잃어버린 단을 회복했더라도
부모에게 출생한 이전까지
회복하지 못하면 잃을 우려가 있으니

선천의 진일지기를 회복했다면
온화하게 부드럽게 길러 나가면서
항상 머리 속에 잊지 않도록
굳게 새겨 두어야 하거늘

지극히 허하고 지극히 고요한 경지
양기가 충족하게 되고
허하고 고요함이 극진하면
영특한 지혜의 싹이 돋아나니

정극우동,
양기가 발출하는 위세는 매우
강하고 웅장하여 마치 맹렬한
범이 숲에서 어슬렁거리는 것 같고
큰강의 물결이 넘치는 것 같아
어떠한 힘으로도 처음 발현하는
양기의 세를 막아낼 수 있으랴

*정극우동(正極又動) : 고요한 상태가 극단(極端)에 이르면 동(動)이 시작됨. 이는
양극생음(陽極生陰)하고 음극생양(陰極生陽)하는 자연의 이치. *허(虛)와 정(靜)은
음(陰)에 해당되고, 동(動)은 양(陽)에 해당되는 바, 큰 깨침이 발현하는 시기는 허
정한 상태가 극에 달했을 순간[즉 無我境과 같음] 음극생양(陰極生陽)의 원리가 적
용되어 홀연히 깨침[動·陽에 비유]이 생긴다는 뜻임.

태의 형상

범이 뛰고 용이 날 듯이
이성과 감정이 합일점을 못찾고
서로 엇갈리고 있다면
이 기운을 제멋대로 놓아둔다면
한 순간 이변이 생겨
화약에 당긴 불이 솟구치듯
온데간데 자취를 감추고 말거늘

천신만고 수련하여 회복한 단이
일순 수포로 돌아갈 뿐이니라
마음에 큰 상처를 받을 수도 있으니

단전으로 들어가면
금단을 맺는 신실로 들어가면
후천에 들어 어느 곳인지
알 수 없는 선천지기가 허무한 곳으로부터
좇아 들어와 음양, 성정이 몽친 기와 더불어
뭉치어 알맞은 크기의 구슬이 되는
성태의 형상이거늘

*성태(聖胎) : 단(丹), 즉 선천지기(先天之氣)가 응축(凝縮)된 것. 성(聖)은 하늘을
비유하고 태(胎)는 음양합일체(陰陽合一體) 즉 단(丹)을 말함이니, 마치 양정(陽精)
과 음난(陰卵)이 교합하는 곳에 선천지기(先天之氣)가 들어와 태(胎)를 이루는 형
상과 같음. *신실(神室) : 단전(丹田), 금단(金丹)을 맺는 곳.

성태는 곡신이다

성태는 곡신,
수컷인 현이 양이 되어 정이 되어
암컷인 빈이 음이 되고 성이 되어
사귀어 하나로 합해진 신
단

곡이란 휘엉청하게 빈 골짜기이며
신은 허한 가운데 영명한 신이란 뜻
성·정이 합하는 것
음양이 합하는 것

과실이 가지 위에 열리면
마침내 익은 날이 있듯
자식이 배 안에 있으면
태가 자라서 낳는 날이 있듯

수련의 공으로
일단 성태[단]가 엉켜 맺은 뒤에는
유위의 공을 끝마치고
무위의 공으로 들어가듯

*곡신(谷神) : 성태라 하는데, 음양(陰陽)이 합하여 이룩된 신(神). *양현(陽玄) : 현(玄)은 수컷으로 양(陽)에 속함. *음빈(陰牝) : 빈(牝)은 암컷으로 음(陰)에 속함. *유위무위(有爲無爲) : 성태를 맺게 하는 데까지의 수련이 유위(有爲)가 되고, 일단 성태가 맺은 뒤는 지금가지의 방법을 그만 두고, 그 단[성태]이 완숙될 때까지 조작하는 일이 없이 공을 쌓을 것. 다시 말해서 유위(有爲)란 어떤 것을 만들기 위해 행동 조작하는 것이고, 무위(無爲)란 이미 만들어진 것이므로 조작에서 손을 떼지만 그것을 방치하지 않고 관리해 나가는 것이라 볼 수 있음.

태가 자라 십삭이 지나도록

남녀가 합환을 이루어 자궁 안에
잉태하기까지는 유위에 속하고
자궁 안에서 태가 자라 십삭이 되도록
기다리는 것은 무위에 속하니

잉태가 되면 잉부는 행동거지
음식 · 언어 등을 주의하여
그 태를 안전하게 자라도록 하듯이
응결된 단이 온전하게 될 때까지
끊임없는 무위의 공을 닦아야 하거늘

낮에는 단을 튼튼하게 하고
밤에는 맺은 단이 상할까 잊을까
걱정스레 조심하여 다루면서
처음부터 끝까지 한 뜻으로
변치 말고 수련해 나아가되
자기가 지금 단을 기르고 있다는
사실을 잊지 말고 그 단을 급하게
완숙시키려고 억지로 애쓰지 말며
차분한 마음으로 열 달 동안을
온화하게 길러 나가면
성태가 완성되리니

*합환(合歡) : 1)기쁨으로 함께함. 2)남녀가 잠자리를 같이하며 즐김. *십삭(十朔) :
열 달. *무위(無爲)라 해서 단(丹)이 맺은 뒤, 아무런 노력도 않는다고 생각하면 잘
못된 것이다. 그 아무것도 않는 과정이 더욱 중요한 시기라는 것을 알아야 한다.
여기에서 무위란 억지로 조작하지 않고 자라서 익을 때까지 자연스럽게 기르고
익도록 한다는 뜻임. *잉부(孕婦) : 아이를 밴 부인. 잉모. 태모.

도의 참된 묘법

내가 죽고 살고 길하고 흉하는
마음대로할 수 있는 경지가 되며
천지의 조화가 나를 살리고 죽이거나
나의 길흉을 좌우할 수 없게 되거늘

대개 큰 도를 닦으려면
인적이 없는 깊은 산중에 들어가
적막한 분위기에서
무념무상의 수련법으로 닦는 것이나
단도는 사람 숲에서
우글대는 저자거리 한가운데나
감방 모서리 수형자 틈에서도
앉아서 닦을 수 있으니

듣고 보고 행하면서도 도의 참된 묘법만
알고 수련하면 대기 대용할 수 있는
참되고 착실하고 실행성 있는
공을 이룩하게 되는 것
자기 마음을 진공으로 만들어
무념무상의 적멸한 경지까지
들어가야만 이룩하는 도가 아니니

*묘법(妙法) : 심오한 이법(理法). *대기대용(大機大用) : 큰 기회에 크게 씀. *도
(道)는 사람들이 틈에 있으면서 닦고 시장 가운데 있으면서 일으키며 큰 기회에 크
게 써서 참되고 착실하고 실행하는 공을 이룩하는 것이니, 공허하고 무작위의 적
멸한 학문이 아님.

봉황의 둥지를 알랴

내남없이 장생약을 지니고 있으나
청맹과니는 그것을 제 스스로 던져 버린다
단 이슬 내릴 때에 하늘과 땅이 어울어져
누른 싹이 돋아나는 곳에 음양이 사귀거늘

사람이 처음 태어났을 때 이미
천지의 음양이기와 오행의 기를 받았으니
그 양지와 강건한 덕은 하늘로부터
본래 지니고 있는 순한 덕은
땅으로부터

우물 안 개구리 어찌 용의 굴을 알며
울타리 뱁새 어찌 봉황의 둥지를 알랴
단을 성취하면 황금이 자연스레 이루니
어찌 쓸데없는 일에 수고로움을 더할까

---

*약(藥) : 선천지기, 금단. *단 이슬 내릴 때 : 선천의 진일지기(眞一之氣)가 성정(性情)이 합하는 중앙에 들어온다는 뜻. *누른 싹 : 도심(道心)의 진지(眞知).

섞임이 없이

하늘은 양에 속하여 덕이 굳세고 건전하여
중정하여 주야로 쉬지 않고 운행하기에
일월이 항시 밝고 사시사철 차서
잃음이 없거늘

땅은 음에 속하여 덕이 유순정일하여
하늘의 강건함을 순히 받들어 운행하기에
산악과 강하가 땅에 실렸으나 기울지 않고
새지 않으며 만물이 생장하고 인물이 거하거늘

영성이 허하고 영명하여 어둡지 않고
진성도 하늘로부터 받아기에
천일수의 기와 같아 지극히 순수하여
섞임이 한 점도 없음이라

---

*영성(靈性) : 영특하고 밝은 성품. *진정(眞情) : 참된 정(情). *천일수(天一水) : 오행이 맨 처음 생길 때, 제일 먼저 수(水)가 생겼으므로 천일수라 함. *사람의 본래 양지의 강건한 덕은 하늘에서 얻었으니, 즉 하늘이요, 본래 양능의 순한 덕은 땅에서 받았으니, 즉 땅을 말함.

조화되어 하나로

도심 가운데 갖추어진
양지의 억세고 건전한 진정[天]과
인심 가운데 감추어진
양능의 유순한 영성[地]을
조화되어 하나로 합치면
몸 가운데 음양이 자연스레 어울어져
관음보살의 감로수가
인계를 뿌려 깨끗해진 것 같이
번민에서 홀연히 벗어나 청정해지니

사람이 능히 올바름을 갖추어
사리사욕에 흔들리지 않아 건전하면
몸 가운데 간직하고 있는 진지와
영지가 서로 사귀어 홀연히
누른 싹[丹]이 생기는 것 같이
원기가 회복되는 것이니

---

*감로수(甘露水) : 단 이슬. *누른 싹 : 단(丹). *사람이 능히 건강하고 유순한 것이
한결 같으면 몸 가운데 있는 하늘과 땅이 서로 합하여 마치 단 이슬이 마음에 뿌린
것 같이 번뇌를 단번에 벗게 되고, 사람이 능히 정신이 소모되지 않으면 몸 가운데
있는 감리(坎離)가 서로 사귀어 마치 누른 싹이 스스로 생긴 것 같이 원기가 곧 회
복됨.

죽고 사는 명

선천의 진일지기가 회복되면
심신이 맑고 고요하여
본래 타고난 양지와 양능을 갖추어
참된 성이 은연중 나타나서
허하고 공한 심계 내에
실물이 든 것 같이 매달리거늘
오직 고요하여
미동도 없는 것 같지만
그 실상은 정신으로 느끼어

진정은 항시 고요하고 느끼어 통하는
위력은 조화의 힘으로도 어찌할 수 없고
사물의 힘으로도 굽히지 못하게 되거늘
이 경지에 이르면 내가 죽고 사는 명도
내 마음대로 할 수 있는 것이니
천지조화도 내 생명을 어찌하지 못하리

*양지양능(良知良能) : 배우지 않고도 자연히 알고 자연히 능한 지능(知能). *마음
이 맑고 뜻이 고요하여 양지와 양능의 한 신령스런 진성이 허공 중에 달려서 고요
히 움직이지 않고 느끼어 통함.

생각 하나가 일어난다

수련의 공을 쌓다 보면
아무 생각도 없는 무념무상
그 고요함의 극한에 이르러
그 가운데 어떤 생각 하나가 일어난다
사물의 유혹으로 인한 욕심이 아니라
평소 내부에 간직하고 있던
어떤 생각이 일어나는 것도 아니고

한 순간에 발동하는 마음은
다름이 아닌 자신이 선천적으로 타고난
본래의 양심 그것
오직 순수하게 착하고 바른 마음 그것

천심의 양지와
도심의 진지가 움직이지 않고
사물의 욕심이나 평소 염원하고 있던
생각이 일어나면
여직 수련한 노력이
수포로 돌아가고 마는 것이니

*천심(天心) : 사물의 영향을 받지 않은 본래 타고난 깨끗한 마음. *도심(道心) : 지
선무악(至善巫樂)한 마음. *여기서 동(動)은 밖에서 오는 객기(客氣)의 정욕(情慾)
의 동이 아니다. 또한 안의 마음과 뜻에 오는 생각의 동도 아니다. 바로 천심인 양
지의 동과 도심인 진지의 동인 것이다. *고요함이 극할 때, 만 가지가 다 쉴 사이에
천심의 양지와 도심의 진지가 한 점 밝은 빛으로 그 끝을 나타내기 때문이므로 형
상을 취하여 약(丹)을 생기게 하는 곳임.

아무 생각도 없이

하늘로부터 타고난 양심인 양지와
자기 내부에 자연히 지니고 있는
도심의 진지를 백색에 비유하면
모든 사물의 때가 묻은 감정과 사욕은
흑색에 비유되거늘

생각도 없이 오직 고요한 상태에서
통하는 마음이 바로 천심의 양지와
도심의 진지

그 마음의 경계 안에
한가지 생각도 없이 고요한 상태가
극에 이를 때에는
모든 것이 사라져서 공이 되니

순액·순백의 미묘한 체요
이것을 약 또는 장생약이라
이것은 허정한 곳에서 오는
형상에 비유하여
냇물의 근원처라고 하는가

천심의 양지와 도심의 진지의 한 점
미묘한 광채가 그 끝을 노출시킴으로
형상을 취해 약을 산출하는 곳이니

*흑중지백(黑中之白) : 흑(黑)을 사물에 물들여진 모든 인연(因緣)의 체(體)라 하면,
백(白)은 사물에 물들지 않은 순수청정(純粹淸淨)한 본래의 모습에 비유함. *동종
정생(動從靜生) : 여기서의 동(動)은 보통 때의 동적인 상태가 아니라 고요함이 극
하여 최초로 미동(微動)하는 상태이므로 동이 정극으로부터 좇아 생긴다는 뜻.

가끔 나타나 보이는 것

약이 선천에 있어 천심의 양지이며
후천에 있어 도심의 진지이거늘
천심이 선천에서는 항시 건재하여
티없이 맑은 거울 같은
이지러짐 없는 보름달 같이
둥글고 밝은 것이니

눈으로는 좋은 빛
귀로는 좋은 소리
입으로는 좋은 맛
코로는 좋은 냄새
몸으론 좋은 감촉

후천에 들면 사물을 접촉하게 되고
그것에 빠져 어디론가 사라지고
가끔 나타나 보이는 것이라
이를 도심이라 일컫는가

*천심지양지 · 도심지진지(天心之良知 · 道心之眞知) : 이 두 가지는 따지고 보면, 선천(先天)의 진일지기(眞一之氣)로 이를 이해하기 쉽게 선후천(先後天)으로 분류한 것뿐임. *약(藥)이라 함은 다름 아닌 인간 누구나 다 지니고 있는 선천의 진일지기(眞一之氣)로 이것을 선후천(先後天)으로 분류해서 선천에 있어 천심(天心)의 양지(良知)라 하고 후천(後天)에 있어 도심(道心)의 진지(眞知)라 함.

도심의 본향

천심의 양지이고 도심의 진지인
선천의 진일지기를 회복한 뒤로는
후천의 도심이 바로 선천의 천심
후천의 진지가 바로 선천의 양지임을

욕심없이 깨끗하던 본래의 천심이
후천에 들어 사물에
이끌려 가는 마음으로 변했으나
흔적조차 없어진 것이 아니라
간혹 나타나는 때가 있으니
본래 자연히 올바른 것을 아는 양지가
후천의 욕해에 빠져 어두워졌을까

허나 아주 캄캄해진 것이 아니다
날이 새어 밝아 올 무렵
잠에서 막 깨어날 무렵
때로는 밝은 기운이 돋아나는
도심이 진지를 낳는 본향이거늘

*욕해(慾海) : 욕망의 바다. *천심이 후천에 빠져 항상 있을 수 없고 때때로 발현함
으로 해서 별명을 도심이라 하고, 그 양지가 욕망의 바다에 빠져, 빛과 기운이 어
둡고 또는 간혹 어둡지 않음으로 해서 별명을 진지라 함.

제 4 장
도는 허무한 곳으로부터

274. 맑은 거울
275. 양심의 끈
276. 캄캄한 곳에서
277. 진연
278. 진성이 나타나다
279. 정극동
280. 도가 아닌 것이 없다
281. 무위로 들어가다
282. 인심의 정욕
283. 걸치고 잡되고 무른 쇠는
284. 음양이 조화를
285. 더함도 덜함도 없는
286. 성명의 근원
287. 득류
288. 단법
289. 불결한 음정
290. 흘레처럼
291. 신선이 되어
292. 도심의 진지
293. 수중은
294. 성정과 음양
295. 공으로 돌아가서
296. 진의 경지에 이르면
297. 순청한 기
298. 사상을 통솔정리하고
299. 색도 공도 아니다
300. 성인의 지위
301. 음양이기
302. 수명을 연장하다
303. 현빈의 문
304. 순역의 이치

305. 정욕의 속박에서
306. 정이 물욕에 물들어
307. 본래대로 돌아오게
308. 가성과 망정이 되어
309. 순양의 기
310. 음기 속에 묻힌 양기
311. 신실이 오래도록
312. 공으로 만들어진 풍진세계
313. 예기가 흩어지면
314. 육근을 멸함이
315. 강이란
316. 불택곡목
317. 혈기의 성질
318. 명리와 명예
319. 무용지물이 되고 만다
320. 무명욕화
321. 적자의 마음을
322. 자웅
323. 두 다리를 잘라
324. 집터를 잘 고르고
325. 불구덩이와 칼에 꽂힌 산
326. 망령된 생각
327. 허공 중에 집을
328. 서까래와 기왓장
329. 시비흑백과 정사의 구분
330. 진세에서 탈피
331. 안 되는 일은 행하지 않는다
332. 홍몽 가운데
333. 슬퍼할 일에 슬퍼하고
334. 큰 수레에 수레채마구리
335. 도를 이루어 천보를

336. 규제하는 관문
337. 둥글고 너그러워
338. 빛을 화하게
339. 둥글면 둥근대로
340. 대도에 들어간 사람
341. 너는 너, 나는 나
342. 성정이 있는 곳
343. 천지가 다 내게로 돌아온다
344. 유무가 모두 공이다
345. 티끌이나 먼지도 생기지 않아
346. 진가를 구분 못하며
347. 완공으로 착각해선 안 된다
348. 참다운 정이란
349. 정욕
350. 도는 허무한 곳으로부터
351. 무이면서 유이고
352. 황홀하고 아득한 가운데
353. 태극인 단이 맺힌다
354. 부귀 보기를 뜬구름 같이
355. 신실이 썩은 오물에
356. 모든 거짓된 일을 깨드려
357. 유무가 내 마음 속에 없으면
358. 태허의 경지에
359. 영은 곧 신실의 주인이다
360. 화후법
361. 대도는 아득하다
562. 화를 만나도 옥을 품어
363. 느낌이 오고 드디어
364. 양을 내고 음을 없애는
365. 기미가 살고 정신이 둥글면

맑은 거울

맑은 거울은 때묻지 않아 빛나지만
티끌먼지가 끼고 끼어서
거울의 맑음이 가려지면
사물을 비추어 볼 수 없고

간혹 그 거울에 낀 티끌먼지가
절로 일부 벗겨지면
본래 맑은 바탕이 드러났다 사라지거늘

물욕에 어두워져 암흑이 된 도심의 진지도
자연히 발하여 나타나는 때가 있으니
맑은 그 거울은 선천지기
도심의 진지이니

*물욕(物慾)에 어두워져 암흑이 된 도심(道心)의 진지(眞知)도 어느 한 때 자연히 발하여 나타나는 경우가 있는 것이니, 수시로 나타나 어둡지 않은 곳에 한 점 선천기(先天氣)의 생(生)하는 기틀이 있게 된다. 즉 맑은 거울은 선천지기, 즉 도심(道心)의 진지(眞知)며 거울에 묻은 먼지는 사물에 어두워진 마음이라 비유할 수 있음.

양심의 끈

일순 도심의 진지가 비치면
선천의 진일지기가 생하는 기틀이라
때를 놓치지 말고
한 점 생기를 빌리어 거슬러 닦아야 하거늘

산골짜기 잔잔히 흐르는 물줄기
그 물줄기를 따라 내려가면
근원은 점점 멀어지지만
그 물줄기를 거슬러 올라가면
마침내 근원을 찾을 수 있을까

선천의 양지를 회복하자면
자신의 과거로 거슬러 올라감에
무턱대고 수련하는 것이 아니라
어쩌다가 일순 나타나는
양심의 끈을 놓치지 말고
자신이 생겨나기 이전의 상태까지
닦아 올라가면
선천의 진일지기가 회복되거늘

*역이수지(逆而修之) : 거슬려 닦음. 비유하건대 거울에 낀 때를 조금 비치는 맑은 빛을 기준 삼아 거울 전체가 맑고 빛날 때까지 닦아 나가는 것. 원점(原點)의 상태를 회복하는 것.

캄캄한 곳에서

천심의 양지를 회복하기에
가장 대수로운 것은
한 점이 생기는 기틀이
어떤 것인지를 알아내는 것이니
지극히 고요한 끝이 움직이는 실체
이것은 도심의 진지로서
반드시 그 근원이 있는 까닭

흐르는 물줄기가 마르지 않고
항시 흘러내리는 원인은
본래의 근원이 있기에
만약 그 근원이 없다면
그 줄기는 얼마 안 가서 사라지거늘

도심의 진지도 그 생겨난
본원이 원명하게 있음으로써
캄캄한 곳에서 때로 나타나기도 하고
사이사이로 어둡지 않은 기틀이
비춰 나오기도 하는가

*양지(良知) : 인간의 본래의 면목.

진 연

나무잎이 떨어져 가지만 남을 때는
생기가 없이 죽은 것이나 마찬가지로
정이나 허가 극에 이르니

정극동의 원리가 응용되어
그 잎이 떨어진 곳에
한 점의 생기가 내포되어
차츰 양기가 회복되면서
싹눈이 트고 잎이 자라
무성한 지엽을 이루거늘

단도를 수련하는데 있어
가장 묘하게 쓰이는 요건은
오직 도심을 취하여
단모로 삼아야 함에

도심은 본래 강하고 건전한 것
그 가운데 진지를 갖추었으므로
도심의 강건한 진지의 형상을
굳세게 단단한 연과 같다 하여
진연이라고 일컫는가

*노자(老子) : 도교(道敎)의 원조(元祖)로 노자(老子)를 태상노군(太上老君)이라 함. *태상노군이 이르기를, '허(虛)하고 고요한 상태가 극한(極限)에 이르면 동(動)이 생기고, 이 동(動)은 만물(萬物)이 창조(創造)되는 원동력(原動力)이다. 내가 이러한 자연의 천리(天理)를 실제로 보았다.' 하였음. *지엽(枝葉) : 가지와 잎. *단모(丹母) : 단(丹)을 낳는 모체. 단이 생기는 근본. *진연(眞鉛) : 강건한 도심의 진지(眞知)를 비유.

진성이 나타나다

도심의 진지는 선천의 양지로서
후천에 들어 사물이 접촉함으로써
이해관계를 구별하는 감정과 욕망에만
이끌려 나가는 욕정으로 변하여
본래 깨끗하던 도심의 진지가
정욕 속에 빠져 헤어나지 못하기에
그 함정에서 벗어나지 못하니

자기 마음 속에 어느 때인가
지극히 허하고 고요한 경지에
이르는 순간이 있으니
이것이 바로 도심의 진지
사물에 물들지 않은
본래의 자기 진성

아주 작고 가늘게 살짝 비치는
자신의 본성을 놓치지 말고
굳게 봉하고 단단히 쥐어 잡아
마치 냇물의 근원을 거슬려 찾듯이
완연한 원래 모습이 될 때까지
닦아 나가야 하거늘

*음양(陰陽) 두 기운이 교접하여 계(癸)가 생기고 오히려 용서하지 못하는지라 임수(壬水)가 흩어지지 않고 진지가 어둡지 않으니, 급히 채취해서 현태정(顯胎鼎, 도심의 진지(丹)를 가두어 두는 곳, 마음, 뜻, 또는 인체에 비유하면 단전(丹田)) 안으로 돌려보내면 정욕이 일어나지 않고 스스로 없어질 것임.

정극동

도심의 진지가 다른 곳에 있는 것이
아니라 바로 정욕 가운데
깊이 묻혀 빠져 있으니

올바르게 음양이 어울어져
계수인 정욕이 후천에 생기더라도
그 정욕이 뻗치지 못하는 것은
임수인 도심이 견제해 있는 가운데서
정중동으로 발현하는 도심의 진지가
약간이나마 그 모습을 나타내므로

급히 취하여 자기의 마음의 중심부
단전 안으로 돌게 하여
굳게 봉하여 닫아 두면 그 어둡고 탁한
계수의 정욕은 스스로 소멸되고 마는

진지의 참된 정기를 단단히 쥐어 잡고
그것을 의지하여 더욱 단련하여
더할 나위 없이 강건하고 중정원명하게
정욕 없이 순수한 정이 되도록
쉬지 않고 공을 더해야 하거늘

*연중연출백금(鉛中煉出白金) : 연(鉛) 속에서 정(精)인 백금(白金)을 단금질해 낸
다는 것으로, 정욕의 수련을 거듭해서 다 없애고 오직 도심의 진지만 남게 하여 다
시 무너지지 않는 영원한 것으로 회복한다는 뜻.

도가 아닌 것이 없다

경지에 이르러서는 선천으로 부여받은
본래 자연히 알고 자연히 능한
양지와 양능이 더할 나위없이 밝게 트여서
사물의 시비곡직을 분명히 가려야 하고

자기 몸이 그 어느 것에도
계박되지 않아서
세상에 나아가 도를 펴기도 하고
은거하여 도를 즐기기도 하며
마음에 따라서
금의옥식을 누리기도 하고
나물국에 거친 밥
편하지 않는 잠자리라도
누구의 지배를 받지 않거늘

이처럼 세상에 거리낌없으니
발걸음마다 도가 아닌 것이 없고
보는 것마다 도가 아닌 것이 없으리

*도차지위(到此地位) : 단도(丹道)를 대성한 경지. 도심의 진지가 강건하고 중정하고 순수한 정(情)으로 되는 경지. *잠약무불수심(潛躍無不隨心) : 자기 몸을 자유자재로 활동함. 용(龍)에 비유하여 예를 들면 물밑에 잠기기도 하고 물 위로 튀어 나타나기를 아무런 구애를 받지 않고 자유자재로 함. *금의옥식(錦衣玉食) : [비단 옷과 흰쌀밥이란 뜻으로] 사치스러운 의식(衣食)과 부유한 생활을 이르는 말.

무위로 들어가다

납을 단금질해 잡쇠를 떨어내기를
수 백번 수 천번 거듭해서
마침내 반짝이고 맑고
깨끗한 백금의 정을 뽑아 내듯

둥글고 맑은 달이
대천세계를 비추어 보이는 것 같이
그윽하고 어두운 것을
막힘없이 환히 통하니
가히 더하는 공을 쓰지 않거늘

행동하지 않는 공으로 들어가
자연적인 흐름대로 순히 따르는
유위를 버리고 무위에 들지 않을까

*대천세계(大天世界) : 온 누리. 우주. 즉 천지사방(天地四方). *유위무위(有爲無爲) : 유위는 어떤 것은 이루기 위한 실제로 행동하는 것. 무위는 무엇을 하기 위해 노력하지 않고 자연에 맡기는 것.

인심의 정욕

둥근 모양이 극하면
반드시 이지러지듯
밝음이 극하면
반드시 어두어지듯
양중에 음이 생기면
진중에 가가 생기니

보름의 둥근 것이 극했다가
보름이 지난 뒤부터 차차 이지러져
양이 감퇴되고
음은 점점 증진되거늘

보름달 같이 원명하던
도심의 진지가 상하여 어두워지고
인심의 정욕이 날로 동하여 남은 것은
후천의 찌꺼기와 탁물 뿐이니
참이 어두어지고
거짓이 판을 치는가

*양중생음(陽中生陰) : 양(陽)은 명(明)과 같고 음(陰)은 암(暗)과 같음. 즉 밝은 가운데서 어두운 빛이 생겨남. *원극필휴 · 명극반암(圓極必虧 · 明極反暗) : 원(圓)과 명(明)은 양(陽)에 속하고 휴(虧)와 암(暗)은 음(陰)에 속하는 바, 양극생음(陽極生陰)과 같은 뜻. 또 원명(圓明)을 보름달에 비유하여 보름달은 더할나위 없이 둥글고 밝지만, 곧 둥근 모양이 이지러지고 밝은 빛이 어두어진다는 뜻.

걸치고 잡되고 무른 쇠는

선천의 진일지기가 후천에 들어
성은 성대로 정은 정대로 서로 떨어짐을
도심의 진지가 한 점 양명한 진체를 얻어
중앙으로 맞이하면
본래 있던 영성과 자연히 하나 되어
성정이 몽치게 되는 것

음의 유순한 덕으로 양의 강건함을 건지고
허함을 실함으로 길러 나아감에
잼처 잃을 위험에 조심하여야 하며
진지의 강건함과 영지의 유순함을
음과 양의 비중을
더함도 덜함도 없이
적당히 조화시켜 수련함은

쇠를 단련함에 있어 무쇳덩이를
화로에 넣었다가 꺼내어
쇠망치로 수없이 두드러기를 한 다음에야
무르고 잡되고 거친 쇠는 다 없어지고
오직 강한 정금만 남거늘

*정금(精金) : 잡쇠가 섞기지 않은 금. *복원지시(復圓之時) : 다시 둥글어지는 때, 즉 다시 허(虛)하고 고요함이 극(極)하여 은연중 일점(一點)의 동(動)이 생길 때, 또는 정욕이 멈추는 순간 진지(眞知)가 맨 처음 나타날 때. *이허양실(以虛養實) : 허하고 고요한 것으로 실하고 동하는 것(즉 眞知)을 기름. *광진금순(鑛盡金純) : 잡쇳덩이가 모두 없어지고 단련하여 순수한 금만 남음.

음양이 조화를

원성과 원정을 충족하려면
도심의 진지로 수련해야만 하며
지나침과 모자람도 밝혀 내고
이미 충족되었으면 그칠 줄 알며
길함과 흉함을 분별하고
느릴 때와 빠를 때를 잘 알아야 하거늘

음양이 어울어지고
진성과 진정이 온전해 뭉치면
저 허무한 공간으로부터
성태라는 장생약이 드러날까

그것은 선천지기
화후는 단을 수련하는 절차와 법
대단은 환단된 것을 가지고
더욱 단련해 무너지지 않는
천선의 경지

모두 화하여 마침내
고요하여 움직임 하나 없으나
그 고요함에서 자연스레 느끼어
통하는 바가 있어
영원히 허물어지지 않는
사물, 그 환단이 이루어질까

*이팔수(二八數) : 이(二)는 음(陰)이고 지이화(地二火)로 영성(靈性)이 되고, 팔(八)
은 음목(陰木)이고 진정(眞情)이 되니, 즉 원성원정(元性元情)이다.

더함도 덜함도 없는

장생약이 실제로 산이나 들에서
나는 약초로 알고
그곳에서 찾으려 함은 어리석은 일
그것은 오직 자신 안에 음양을 교합시킨
강건한 진지의 정과
유순한 영지의 성을
더함도 덜함도 없는 가운데 있으니

사람이 자기 안에 어둡지 않은
진지가 있음을 안다면
이것은 범상한 인심의
가정가성이 아닌 것

후천에 들어 오적으로 변해
선천의 오덕으로 되돌아가게
도심의 진지 위에서 내세우고
사물의 욕으로 캄캄하게 어두워진
선천성에서 본래의 모습을 회복하면
일륜 명월이 천지를 비추어
어두운 성정이 밝아지리

*전빙화후(全憑火候) : 오로지 수련하는 공력을 의지함. *성태(聖胎) : 단(丹), 선천
지기(先天之氣)가 응결된 것.

*산두월백약묘신(山頭月白藥苗新) : 산머리에 달이 밝으면 약의 싹이 새롭다. 월
백(月白)은 도시(道心)의 진지(眞知)가 정중동(靜中動)으로 나타나는 것을 비유함.
약묘(藥苗)는 단(丹)이니, 즉 선천지기(先天之氣). *오적(五賊) : 희(喜), 노(怒), 애
(哀), 낙(樂), 욕(慾). *오덕(五德) : 인(仁), 의(義), 예(禮), 지(智), 신(信). *일륜 명월
(一輪明月) : 망월(望月). 즉 더할 나위 없이 둥글고 밝은 달.

성명의 근원

강한 덕이 명을 다스리고
그 강함은 양기이라
사람의 명은 양기이니
양기가 강하지 못하고 유약해지면
그 명은 오래 가지 못하거늘

성은 유한 덕을 갖추어
그 유함이 음이라 인선을 베풀어서
외부의 감정을 이기지 못할 때가 많거늘
양의 강기를 운용하여 이를 다스려야
성의 인선함을 유지할 수 있으니

양의 강한 덕과
음의 유한 덕이 제대로 운용되어
명을 지키고 성을 밝게 하는 까닭에
음양 강유의 덕은 성명의 근원일까

*양(陽)은 억센 것이고 음(陰)은 유순한 것이다. 강한 것의 덕은 명을 맡고 유순한
것의 덕은 성품을 받으니, 이 양의 강함과 음의 유순함은 곧 성품과 명의 근본임.

득 류

양과 양이 함께 하고
음과 음이 함께 한다면
만물이 불생하고 조화가 없으니
오직 음과 양이 서로 배합하고
교감되어야 만물이 생장하고
조화가 무궁하리니

득류란 음이 음을 만나고
양이 양을 만나는 것이 아니라

사람이 후천에 들어
이성과 감정이 갈피를 찾지 못하니
양은 양대로 쪼개지고
음은 음대로 쪼개지어
도심의 진지를 응용해서
음양을 모이게 하면
양정의 강건함과 음성의 유순함이
서로 감응하여 하나를 이루니

선천적으로 본래부터 갖추어진
지극히 참된 순양지기와 순음지기는
강건하고 유순한 것
서로 합해서 이루어진 환단,
금단은 나의 성명의 진리를 다하는
참된 보배 그것이니

*득류(得類) : 음이 양을 만나고 양이 음을 만나는 것. *강유상응(剛柔相應) : 일신
은 강한 기와 유한 기가 서로 조화를 이룸.

인간이 후천에서 사물을 접촉함에
순백한 지양지기 속으로
혼탁한 음질이 배여들어
밝은 양기가 어둠에 가려져
모두 청맹과니가 되어
세상을 마칠 때까지 헛된 도만 구할까

참된 진인의 단법을 알아
분리된 음양을 모아들이고
성정을 뭉치게 해서
선천지기를 다시 찾을 수 있을까

장생의 참된 도는
바로 자신의 태어난 본래 면목이
어디에 있는가를 알아내어
그 본원을 회복하는 것이니

장생지도,
하늘로부터 지니고 온 선천지기
유일무이한 장생약을……

*미유불교감자야(未有不交感者也) : 사귀어 느끼지 않음이 있지 아니하다. 교감은 남녀가 교합하는 의(義)로 간단한 말로 '교합(交合)하지 않음이 없다.' 로 풀이됨.

*양리음정(陽裏陰精) : 양(陽) 속의 음(陰)의 정(情). 여기에서의 양은 선천의 지양지기(至陽之氣). 음정(陰精)은 후천의 물욕에 오염되어 혼탁한 정(精). *노형안인(勞形按引) : 육체(形)를 괴롭히고 안마하고 인도함. 즉 몸의 건강을 위해 신체에 물리적 행동을 더함.

불결한 음정

세상에 태어나 후천에 접어들면서
이목구비를 비롯한 신체의 부분에서
사물에 욕망의 날개가 돋아남으로
타고난 진양지기는 어느덧 잃어버리고
일신에 남은 것은 혼탁한 음정 뿐
고작 사귀어 느끼는 정으로써
눈물·콧물·침·피 등
불결한 음정

육체가 있고 없음에 따라
음정도 있고 없게 됨을

기를 불어내고 들이마시는 호흡법이나
몸의 혈기를 유동시키는 안마법은
음정을 가지고 수련하는 일에 불과하거늘
이런 방법으로 장생하려 한다면
그것은 물에 비친 달 그림자를 건지려는
어리석음과 다름이 없으리

*필세만구 연홍복(畢世謾求 鉛汞伏) : 세상을 마칠 때까지 속아서 거짓된 것만 구
(求)함. 연홍복(鉛汞伏)이란 진성(鉛)과 영성(汞)이 가성 가정으로 된 것. 즉 죽을 때
까지 거짓된 것만 구(求)한다는 뜻. *반복환원시약왕(返本還原是藥王) : 보원을 돌
이키는 것이 장생하는 약의 으뜸이 됨. 약은 단(丹)이며, 선천지기(先天之氣)로 장
생지도(長生之道)를 약(藥)에 비유,

*기(氣)를 불어 내고 들이마시는 호흡법이나 몸의 혈기를 유통시키는 안마동 등은
음정을 닦는 일인데, 비록 몸의 건강에는 유익할는지 모르나 생명을 오래 보전하
기는 어려우니, 음정(陰精)을 아무리 단련해도 끝내는 육신이 늙고 병들어 죽게 되
는 것이며 이러한 방법으로 장생하려 한다면 결코 허망해진다는 것.

흘레처럼

범부범모가,
흘레를 이루기 직전에는
서로 그리워하는 마음이 있어
서로 음양의 기가 움직이는 것이며
남녀가 흘레를 이루고
남녀가 무념무상의 절정에 이르러야만
정난이 하나 되어서 잉태되거늘

잉부는 그 태가 안전하게 자라도록
십삭간을 조심스레 보내는 바,
언행 그리고 음식 등을 주의하여
출산 뒤에는 젖을 물리고
기저귀를 갈아 채우며
마른자리 진자리 춥지도 덥지도 않게
정성스럽게 기르게 되듯

영부가 되는 도심의 진지는 남자
성부가 되는 인심의 영지는 여자
흘레는 성정이 합일하는 상이니
잉태는 금단이니
태를 보호하여 출산후
젖을 먹여 길러 나가는 것은
금단을 온화하게 기르며
단련해 나가는 것이니

*범부범모(凡父凡母) : 육신을 가진 아버지와 어머니. 즉 남녀. *생환신(生幻身) :
육체가 있는 몸으로 영구하지 못하고 잠깐 동안 존재(存在)하다가 없어지는 몸이
란 뜻. *흘레 : 교접(交接)함. 또는 그 짓, 교미(交尾)

신선이 되어

처음 시작할 때부터
끝마칠 때까지
맑고 밝은 마음과
강하고 굽히지 않는 의지로
줄곧 앞으로 닦아 나가면
자신의 본래 면목인 본원
선천지기가 회복되어지고

이것은 죽은 것을 일으켜
다시 살려내는 도
명을 보존하고 육체를 훼손되지 않도록
보존하는 도
실로 큰 약물 가운데
가장 으뜸이라 할 수 있으니

신선이 되어 장생하는 도
단도를 닦는 도
다른 방법이 있는 것이 아니고
오직 태생하는 육신의 도
이 이치를 대오대철하면 되거늘

*영부성모(靈父聖母) : 형(形)이나 질(質)이 없는 것으로 도심(道心)의 진지(眞知)는
양(陽)에 속하니 영부(靈父)가 되고 인심(人心)의 영지(靈知)는 음(陰)에 속하니 성모
(聖母)가 됨. *진신(眞身) : 영구히 멸하지 않은 영혼과 육체. 즉 불로장생하는 몸.

*강건지진지(剛健之眞知) : 강건한 것은 도심의 진지(眞知)로 양(陽)에 속한다.

도심의 진지

기쁨으로 도심의 진지를 채취하여
뜻을 진지에 붙여 단이 있는 곳을 찾아내어
황금보다 값진 세월을 헛되이 보내지 말고
강건한 진지[地魄]로 진정을 사로잡으면
자연히 유순한 성[天魂]으로
인심의 영지를 다스리게 되니

도가 높으면 능히 음양을 상합해서
금단을 이룩할 것이고
덕이 중하여 귀신도 공경하리니
수명은 천지의 유구함과 나란히 하고
번뇌 따위는 마음에 일어나지 아니할까

*유순지영지(柔順之靈知) : 유순한 것은 인심의 영지(靈知)로 음(陰)에 속한다. *성범(聖凡) : 보통 사람의 정기를 초월한 자가 성(聖)이고 보통 사람은 모두 범(凡)이 됨. *대오대철(大悟大徹) : 크게 깨우쳐 이치를 통함.

*지백(地魄) : 호(虎), 즉 강건한 정(情). *천혼(天魂) : 용(龍), 유순한 성(性). *귀신(鬼神) : 귀(鬼)는 후천오물(後天五物)의 귀백(鬼魄), 신(神)은 역시 후천오물(後天五物)의 식신(識神).

수중은

자현진인이 말하기를,
'진연은 선천의 진일지기로 금단이다
지백은 정으로부터 외부에 있으면
사물에 흔들리기 쉬운 가정이 되어
백호에 비유하고
내부에 있으면 진정이 된다
본래 면목인 금단이며 선천지기
천혼은 정인데 외부에 있으면
후천의 가성이 되어
청용에 비유하고
내부에 있으면 몸의 진정이 되거늘
주홍은 주리홍이라 하는 바,
외부에 있으면 백호의 현기가 되고
내부에 있으면 금단이 된다
이를 수중은이라고도 하는 바,
이 모두 내부의 약과 외부의 약을
비유하는 이름' 이라고 했거늘

*자현진인(紫賢眞人) : 한(漢)의 여양(汝陽) 사람으로 성명(姓名)은 주의산(周義山). 단도(丹道)를 이룩한 인물. 자현진인은 도호(道號)로, 도(道)를 통철한 사람을 진인(眞人)이라 일컬음. *백호(白虎) : 강건한 진정(眞情)의 딴 이름. *청룡(靑龍) : 유순한 진성(眞性)의 딴 이름. *주홍(朱汞) : 주리홍(朱裡汞)으로 붉은 수은, 즉 인심의 영지(靈知). *수중은(水中銀) : 영성(靈性)의 유순함을 비유.

성정과 음양

자기의 생명이 다할 경우
약인 금단도 같이 없어져
소용없게 되는 것이니
약이 어디에 있을까를 생각하고
속히 금단을 단련함으로써
살고 죽는 경지에서 벗어날까

진지의 강건한 정으로
영지의 유순한 성을 이끌면
영성도 역시 진정을 이끌어
자연스레 성정이 하나 되고
음양이기가 교합해서
금단을 이루거늘

성정과 음양이 상합해서
이룩된 금단을 보듬으며
함께 엉켜 성태를 맺으리

*과명즉수멸(過命卽隨滅) : 수명이 다하면 그것에 따라 같이 없어짐. *초생사(超生死) : 살고 죽는 것을 초월함. *단(丹)으로 자기의 진기를 사로잡으면 진기도 역시 금단을 사모하여 성태를 맺어 외부의 진룡과 진호가 이미 내리면 내부의 청룡과 백호가 자연 굴복하여, 안으로 신혼을 단련해서 귀백이 이미 성스러워지면 외부의 귀신이 자연 공경한다. 만 가지가 모두 공이니 무슨 번뇌가 있으랴는 뜻임.

공으로 돌아가서

진지와 영지가 후천에 들어
접촉에 몸밖의 사물이 된 것을
내 것으로 회복하면
내 몸에 항시 갖춰져 있는 성정이
진성진정으로 되어 몸밖의 것과
몸 안의 것이 한데 뭉쳐지고

안으로 단련해서 식신 유혼을
선천의 원성 원신으로 들이키고
혼백이 원정으로 화하여
진성진정으로 불러들이면
안에 머물던 기질성과 감성이
항복하여 진성진정으로 화하거늘

후천의 혼백이 선천의 원정으로
귀신도 공명하고 두려워하게 되니
모든 사물이 함께 공으로 돌아가서
어찌 사물로 인한 번뇌로 남아 있으랴

*신혼(神魂) : 후천의 오물(五物) 가운데 속하는 것으로 신(神)은 식신(識神), 혼(魂)
은 유혼(遊魂). *신귀(神鬼) : 신(神)과 귀(鬼). 즉 신령과 귀신. 식신(識神)과 귀백(鬼
魄)이 아님. *후천의 귀백이 선천의 원정(元情)으로 화(化)하여 외부의 귀신도 공
경하고 두려워하게 된다. 모든 사물이 함께 공(空)으로 돌아가니, 어찌 사물 따위
로 인한 번뇌가 남아 있으랴는 뜻임.

진의 경지에 이르면

누런 싹과 흰 눈에 대한 이치를
알기 어려운 것이 아니고
사물의 이치에 통한 사람은
덕과 선행의 깊음에 의지하여
단도를 쉽사리 이룩할 수 있으니

목화금수의 사상은
전부 한가운데 토를 의지하고
삼원과 팔괘는 북방의 일수인
임의 정일한 기에서 벗어나지 못하거늘
영명한 바탕을 단련해서
단도를 이룩할까

보통 사람은 알기 어렵고
음마를 없애는 위력이 있으므로
진의 경지에 이르면
귀신 따위는 침범을 못하리

*사상(四象) : 태양(太陽), 소음(少陰), 소양(小陽), 태음(太陰)의 네 가지. 또는 목화
금수(木火金水). *삼원(三元) : 천원(天元), 인원(人元), 지원(地元)의 세 가지. 또는
금목수(金木水). *팔괘(八卦) : 〈주역(周易)〉의 건(乾, 하늘[天]을 상징.), 감(坎, 물
[水]를 상징.), 간(艮, 산[山]을 상징.), 진(震, 천둥[雷]을 상징.), 손(巽, 바람[風]을 상
징.), 이(離, 불[火]을 상징.), 곤(坤, 땅[地]을 상징.), 태(兌, 못[澤]을 상징.)의 팔괘.

사상이란,
태양 · 소음 · 소양 · 태음이 아니라
인의예지를 일컬음이라
인은 동방목
의는 서방금
예는 남방화
지는 북방수
모두 성 가운데 중정한 신토가 아니면
생성작용을 못하니

선천의 오원에
성 · 정 · 정 · 신 · 기가 있으나
임수 같은 정일하고 순청한 기를
받지 않고는 하나로 조화를 이루지 못하고

오원이 하나 되지 못하면
성은 성대로 정은 정대로
신과 기가 흩어져 영명함을 잃게 되거늘

*성정정신기 불리정일야(性情精神氣 不離精一也) : 선천에 있어 성정정신기(性情精神氣)를 오원(五元)이라 한다. 원성(元性), 원정(元情), 원정(元精), 원신(元神), 원기(元氣)로서 성(性)은 동방목(東方木)이고, 정(情)은 서방금(西方金)이고, 정(精)은 북방수(北方水)고, 신(神)은 남방화(南方火)고, 기(氣)는 중앙토(中央土)에 속하는 바, 이 오원중 성과 정과 정과 신과 기의 오기(五氣)는 정일하고 순청한 임수(任水)를 떠나지 못함.

토의 생기는
신의 정중한 덕이
마음 한가운데 있어
사상을 통솔정리하고
경청한 기로 하나되어
조화시켜 나가는 것이니

본래 오원은 하나로 합쳐진 것이나
후천에 들어와 성은 성대로
정은 정대로 사명을 느끼는 감정에
두 개의 물질이 된 것을
도심의 진지[火]로 합일시키는 것

정 · 신 · 기는 각각 분리지만
북방 일수의 정일한 기를 의지하여
하나로 모으면 오덕과 오원이
하나로 뭉쳐 흩어지지 않고
무너지지 않는 금단을 이루게 될까

*토지생기야(土之生氣也) : 토(土)는 오방(五方) 가운데 중앙이고, 색은 황색(黃色)이며 오덕(五德)에 신(信)이 되고, 오기(五氣) 가운데 뜻[意]에 속하여 오행(五行)과 오기를 다스린다. 그러므로 생(生)하는 기(氣)가 됨.

색도 공도 아니다

오직 정명하게 살피고 하나되어
중정한 것을 튼튼히 잡아 단련하기를
오래오래 더욱 힘써 나가면
올바른 도심만이 머물러 발휘되고
올바르지 못한 인심은 항시 고요하여
도심에 순종하게 되므로

도심 안에 참된 지성과
인심 안에 영명한 지혜가 하나로 뭉치고
분리된 성정, 음양도 화합해서
낟알 만한 크기의 보배로운 구슬이
비어 있는 공간의 심계 내에 매달리거늘

이것이 움직이기도 하고
이것이 고요하기도 하는 기미를 지녀
때로는 사물에 시비곡직과 길흉화복을
정확히 분변하기도 하고
때로는 그저 지극히 고요하여
무념무상의 경지에도 들어가는 바,

무엇이 있을 거라고 할 색도 아니며
무엇이 없을 거라고 할 공도 아니니
때로는 또렷이 나타나기도 하고
때로는 깊숙이 잠겨 아무런 기미도 없을까

*정일 집중(精一執中) : 잡(雜)이 없이 오직 한 가지 참된 기(氣)만이 그 중정(中正)
한[지나치고 부족한 것이 없으며 치우치지 않고 반듯한 것] 것을 뜻함. *도심상진
(道心常振) : 도심(道心)은 중정(中正)한 마음. 정당한 마음이니 정정당당한 도덕심
이 항시 발휘됨.

성인의 지위

대자연 지고지대한 흐름
하늘 흐름
우주공간을 가득 채운 그 무엇도
하늘이 창조하지 않은 것이 없으니

대우주 속에 명성진의 순환도
자연법칙은 시공에 착오없이
정해진 궤도에서 벗어나지 않으며
만물의 생성성쇠이며
인간의 수천궁달도
하늘이 맡아 다스림이니

단법을 수련하여
대단을 성취해서 진인의 경지에 이르면
음양오행의 생극제화의 영향에서 벗어나
자유자재의 몸이 되므로
자연의 성쇠법칙에 지배받지 않거늘

동굴에 들어가서 벽을 향하여
도를 닦지 않아도
단도의 진묘한 이치를 올바르게 깨달아
수련하는 사람은 머지 않은 시간에
성인의 지위에 오를 수도 있으리

*현어허공지중(懸於虛空之中) : 여기에서 허공(虛空)이란 몸밖의 어떤 위치가 아
니라, 심계 내의 고요한 공간을 가리키는 말로 심계의 텅 비어 있는 곳에 매달려
있음. *상응상정(常應常靜) : 항시 느끼어 통하지만 그 자체는 항시 고요하여 사물
에 동요되지 않음.

음양이기

음양 가운데 양이 없거나 음이 없다면
초목은 열매는커녕 꽃도 맺지 못하니
처음에 새 싹이 돋아나며
양기가 먼저 음기를 인도하고
다음에 붉은 꽃이 피어
음기가 양기의 뒤를 따라 생겨나듯
말없는 초목도 음양이기가 있거늘

천지만물의 떳떳한 도
이것은 매일 사용하는 도
별도로 다른 도가 있지 않으니

주역에 이르기를,
'한번 양이 가면 음기가 오고
한번 음이 가면 양기가 오는 것을 일컬어
자연의 도라 한다.' 했거늘

*선천이천불위(先天而天不違) : 인간은 무슨 일이나 하늘의 뒤에 하는 것이 원칙으로 천지조화(天地造化)와 천리(天理)에 뒤따라르는 것이 당연하다. 그렇더라도 가령 하늘보다 한 발 앞서 어떤 조화(造化)를 부린다 할지라도 하늘이 그것을 못하게 막지 않는다는 뜻임. *후천이봉천시(後天而奉天時) : 천지조화의 자연법칙을 밝게 터득해서 모든 일을 하늘의 준칙(準則)을 올바르게 따름.

*일음일양(一陰一陽) : 한번 양(陽)이 가면 음(陰)이 오고 한번 음이 가면 양이 와서 사령(司令)함. *천지인온(天地絪縕) : 천지 음양(陰陽)의 두 기운이 긴밀히 화합함. *남녀구정(男女構精) : 남(男)은 양(陽), 여(女)는 음(陰)의 비유로 음양이 정기(精氣)를 합함.

수명을 연장하다

금단도, 장생하는 도는
음양을 다루므로서 비롯되고
도심 중에 있는 진지를 발하여
굳세고 건전한 양기와
유순한 음기를 운용하는 것이니

후천에 들어 분리된 음양이
한 쪽이 더하고 덜함이 없도록
균형을 이루어 하나로 합하면
단이 생겨 수명을 연장할 수 있거늘

음양 두 기운 가운데 어느 한 쪽이
지나치게 더하거나 덜하면
음양이 어기는 상으로
음은 음대로 양은 양대로
서로 분리되어 있으므로
서로 어긋나서 결국 상명하리니

*상명(喪命) : 생명을 잃음. *금단의 도는 양기의 강건함과 음기의 유순함으로 운용되므로 음양이 하나로 모이면 곧 단이 생겨 명을 연장하고 음양이 서로 어그러지면 성질이 비꼬여서 명이 상하게 됨.

현빈의 문

단도를 닦는 순서가 있는 바
맨 먼저 시작해야 할 것은
음양이 두 갈래가 어떠한 것인지
그 이치부터 알아야 하고
음양의 원리를 완전히 터득하여
확신하게 되면
단도의 참된 근원을 밝게 앎이니

진원이란 현빈의 문이라
현빈을 일명 원빈이라고도 일컫는데
현은 수컷으로 양이 되는 바
빈은 암컷으로 음이 되는 바
현빈은 음양이 생기는 구멍이며
동하고 정하는 것이 생기는 기관
음도 이 구멍에서 생기고
양도 이 구멍에서 생겨나며
순역의 묘리가 여기서 나오거늘

*진원(眞源) : 참된 근원. *현빈(玄牝) : 현(玄)은 수컷으로 양(陽)이며 빈(牝)은 암컷
으로 음(陰)이 됨. *글로 표기할 수 없고 말로 형용할 수 없는 곳. 자기 마음 속의 상
상력으로 혼자만이 느끼는 곳, 음양의 동정과 순역의 이치를 확실히 알면, 능히 본
원 즉 잃어버린 선천지기를 다시 회복해서 금시 선인의 경지에 이르게 됨.

순역의 이치

음양이란 그리 쉽지 않으니
한 사람이 지닌 음양을 갈래한다면
선천에 속하는 음양으로 나누고
후천에 속하는 음양으로 나누고
성 가운데 음양이 있고
명 가운데 음양이 있거늘

도심의 진지 속에 진음양이 있고
인심의 영지 속에 가음양이 있으니
일신의 외부에 작용한 외음양과
내부에 항시 갖추어 있는 내음양이 그것

자기의 심체 안에서 동하고 정하는
기미를 살펴 현빈을 알아내어
음양의 동정을 살펴야 하거늘

글로 쓸 수 없고
말로 할 수 없는 곳
자신 마음 속의 상상력으로
혼자만이 느끼는 곳

음양의 동정과 순역의 이치를
확실히 알면 능히 본원,
잃어버린 선천지기를 다시 회복해서
당장 진인의 경지에 이르지 않을까

*선천에도 음양이 있고 후천에도 음양이 있고, 명(命) 가운데도 음양이 있고, 성
(性) 가운데도 음양이 있고, 진(眞) 가운데도 음양이 있고, 가(假) 가운데도 음양이
있고, 외(外) 가운데도 음양이 있고, 내(內) 가운데도 음양이 있으며, 이러한 음양
을 샅샅이 추구한 뒤에야 드디어 손멜 것이니, 만일 그렇지 못하면 자송성명하게
된다.

정욕의 속박에서

단도의 현묘한 이치 가운데
거꾸로 놓는 방법을 모르면
어두어진 정욕 가운데
선천의 본성을 찾을 수 있을까

서방의 숲인 백호,
강건한 도심의 진지로서
진성을 붙여 길러 나가고
하나의 환도인 밝은 구슬을 만들면
이것은 달과 같이 둥글까

경지에 이르거든
정신과 호흡을 편안하게 하여
단이 자연스레 자라도록 하거늘
모든 정욕이 다 없어지고
단이 완전하게 이룩될 것이며
정욕의 속박에서 벗어나
수명은 만년이나 누리리

*자송성명(自送性命) : 스스로 생명을 잃음. 성명은 생명과 같고 송(送)은, '보낸다'로 생명을 붙잡아 두지 못한다는 뜻.

*전도전(顚倒顚) : 거꾸로 바꾸어 놓음. 후천에 들어와 사물로 인한 욕망 때문에 망정이 판을 치는 것을 도심 가운데 있는 진정으로 망정을 억제하는 것. *백호(白虎) : 서방의 강건한 숲에 속하므로 도심의 진정을 비유함.

정이 물욕에 물들어

도심의 진지가 아래에 있는 것을
위로 바꾸어 놓은 것이
거꾸로 뒤집는다
사람이 세상 밖으로 태어나면
모든 사물에 접촉하게 되고
탐하려는 기질적인 정욕이 생겨나

이때부터 인심이 주장되어
본래 면목인 도심은
인심에 가려져 나타나지 못하며
망령된 욕정만 점점 커 나아가니

진성과 진정은 하늘로부터
타고 나온 선천지기이나 정은
물욕에 물들어 망정으로 변해서
제멋대로 망동함으로써
성과 떨어지게 되거늘

*망정(妄情) : 이목구비를 통해 좋은 것만 탐하는 감정. * 뒤집는다' 함은 무엇을
뒤집는 것이며, '거꾸로 한다' 함은 무엇을 거꾸로 한다는 건가를 탐구하여야 한
다. 백호는 금에 속하니, 즉 건궁의 한 점 강건하고 중정한 기운이라 이름하여 도
심(道心)이나 발하면 진지의 정이 됨.

본래대로 돌아오게

단도를 수련하는 방법 가운데
현묘한 요점은 전도법
전도란 다름 아닌
망정 가운데 가려워진 진정을
본래대로 돌아오게 하는 것이니
도심의 진지를 응용해서
진정으로 다시 바꾸어 놓는 일이거늘

진정은 내 안에 모습을 감춘 채
항시 있는 진정과 화합하게 되고
허무한 곳으로부터 선천지기가 들어와
하나로 응결되어 단이 이루어지니

---

*전도법(顚倒法) : 거꾸로 바꾸는 방법. 아래에 있는 것을 위로하고, 위에 있는 것을 아래로 바꾸어 놓는 것.

가성과 망정이 되어

후천에 들어와 욕심에
가성과 망정이 되어
본래 일체였던 성정이
각각 분리되어 있던 것을
도심의 진지로써 망정에 묻힌
진정을 돌아오게 한다면

오랜만에 만난 진성[음]과 진정[양]은
그리워하던 나머지
즉시 하나로 합하게 되고
이 찰나에 어디선가
모습을 감추던 선천의 진일지기가
저 허무한 곳으로부터 찾아와서
단을 이룩하거늘
이것을 일컬어 환단이라고

*환단(還丹) : 금단(金丹), 또는 다시 찾아 이룩된 단(丹)이라는 뜻, 또는 선천지기(先天之氣)를 회복하였다는 뜻. *진정이 이미 돌아오면 진성이 즉시 나타나며, 성과 정이 서로 그리워하면 선천의 진일지기(眞一之氣)가 허무한 가운데로부터 오리니, 이를 환단이라 함.

순양의 기

분리되었던 진성과 진정이
하나로 합하고 선천지기가
환단이 된 후에는
사물에 관여하여 처리하거나
언어, 행동 하나하나에 있어
정규, 정도에 맞지 않는 일이 없거늘

단은 도심이고
도심은 단이 되어
도의 밖에 벗어나지 않으니
정신을 수고롭게 할 것도 없고
호흡조절 따위의 운기법도 필요 없이

과일이 익는 것을 기다리듯
자연에 맡겨 두면 단련된
정신, 뜻, 마음, 성품의 합일체가
음양이 화합한 진성진정으로
후천의 찌꺼기인 모든 정욕 따위의 사기를
다 달아서 없어지고
도에 의한 정연한 순양의 기만 남아
대단를 이루리

*환단이 이미 맺으면 고요한 때는 하는 일이 없고, 움직일 때는 도에 맞는지라 약이 즉 화(火)요, 화가 즉 약이라 채취하는 공력이 쓸 테 없다. 그러므로 다만 정신과 호흡을 편안히 하고 그 천연대로 맡겨 조화의 화로 가운데 음양 화기의 참된 화(火)로서 후천의 음기를 없애면 순수한 양기만으로 화하리니 이것을 '단이 익은 것'이라 한다. *단숙(丹熟) : 완전무결하게 선천지기를 회복하여 다시 잃지 않는 경지에 이른 것.

음기 속에 묻힌 양기

금단법은 오직 선법의 근본
본래 천지조화의 원리를 인용한 것으로
하늘의 기미를 함부로 누설한다고
괴이하게 여기지 말라고

단법, 즉 선법을 닦는 도는
먼저 음기 속에 묻힌
양기를 찾아내어 운용하는 것이니
인심의 영지에서 도심의 진지를 취하여
사물에 동요되기 쉬운 인심의 영지를
도심의 진정으로 화하도록 하는데 있을까

도심의 진지로서 인심 가운데 있는
영지를 감화시켜
영지가 본래의 참됨으로 되돌아가면
진지가 더욱 영명해지고

진지가 영명해지면
양인 도심은 그 근본대로 강건해지고
음인 인심은 그 근본대로 유순해져
음양이 도를 잃지 않음으로써
서로 교감하게 되니
강함과 유함이 더도 덜도 없이 적당하거늘
참된 영기가 흩어지지 않으므로
자연히 본래인 선천지기가 회복되리

신실이 오래도록

단도에 있어 가장 중요한 것은
바르고 튼튼한 의지를 지녀야만
마음이 안전되고
모든 과정을 걸칠 수 있고
의지가 바르지 못하거나 약하면
마음이 흔들려 아무 일도 해내지 못하고

의지가 강건한 사람이라도
욕심이 있고 보면
사물에 곧잘 동요되고
신실의 들보와 기둥이 바르고 튼튼하면
오래도록 무너지지 않으나
반대로 양주가 약하거나 삐뚤어지면
얼마 안 가서 무너지니

*단법 또는 선법을 닦는 도는 무엇보다도 먼저 음기 속에 묻힌 양기를 찾아내어 운용하는 것이니, 즉 인심의 영지에서 도심의 진지를 취하여 사물에 동요되기 쉬운 인심의 영지를 도심의 진정으로 화하도록 하는데 있음.

*신실(神室) : 마음[心]이 항시 거하는 곳. 즉 중심적인 심의. *양주(梁柱) : 마음의 집을 짓는데 필요한 재목으로 강한 의지의 비유. *단도를 닦는데 있어 중요한 것은 바르고 튼튼한 의지를 지녀야만 그 마음이 안정되어 모든 행사를 해 나아갈 수 있고, 의지가 바르지 못하거나 약하면 마음이 흔들려 아무 일도 해내지 못함.

공으로 만들어진 풍진세계

부귀 · 권위 · 무력에도 흔들이거나
굽히지 않는 마음이 강
억장이 무너지는 고난 속에도
초지를 변하지 않는 마음이 강
불의를 보면 예리한 칼로
과단성 있게 처리하는 것이 강

도를 닦는 일은
범부로는 참으로 감당하기 힘든 것
세상의 사물과 인연을 끊는 것
한 칼로 베어 두 토막내는 것
티끌 만한 흔적도 마음에 두지 않고
공으로 만들어진 풍진세계의 속됨에서
완연히 벗어나야만 하거늘

화려한 옷이나 좋은 음식에 눈을 두지 말며
비록 누더기 옷에 찬밥신세가 되었다 해도
그것에서 벗어나려 소란 피우지 말며
온갖 장애가 따른다고 해도
그것을 피하기 위해 몸부림치지 말며
모두를 되는대로 맡길 것이며
살고 죽고 흥하고 망하는 것까지도
하늘이 정해진 대로 맡겨야 함이니

*강(剛)은 바로 도를 행하고 수련하는 근본이 된다. 강이라 하는 것은 장한 것이고
씩씩한 것이고 과단성이며 장(壯)하고 성대한 것이며, 날카로운 기운이며, 예리
(銳利)한 기구라는 뜻임.

예기가 흩어지면

강기가 서지 못하여 사지가 무력하고
전신이 풀이 죽어 두려움이 앞서고
예기가 흩어지면
육적이 제멋대로 날뛰고
삼시가 발광하여 의지가 흔들리고
의심만 돋아나 아무런 결정도 못하는

온갖 근심 속에
굶주림을 당할까 두려워하고
시련에 부딪칠까 두려워하고
도를 닦아 나아감에 두려워하고
할 일이 그르칠까 두려워하고
마장의 고초를 두려워하고

강기가 서지 못하면
두려움과 근심과 의심만 많아져
도를 이루지 못하여
되려 질병, 고초, 단명 등
재앙만 초래하는 원인이 되거늘

*육적(六賊) : 육근에서 일어남. 육근은 눈[眼], 귀[耳], 코[鼻], 혀[舌], 몸[身], 뜻[意]으로 눈으로는 빛(光)을 보고, 귀로는 소리(聲)를 듣고, 코는 냄새(香)를 맡고, 혀는 맛(味)을 알고, 몸은 촉감(觸)을 느끼고, 뜻은 방법(法)을 만듦. *삼시(三尸) : 유혼(遊魂), 귀백(鬼魄), 식신(識神)인데, 삼시(三尸)를 육신과 육진이라 한 뜻은 안(眼), 이(耳), 비(鼻), 설(舌), 신(身), 의(意) 육근에서 나오는 색(色), 성(聲), 향(香), 미(味), 촉(觸), 법(法)의 육진(六塵)은 모두 후천의 오물에 속하는 유혼(遊魂), 귀백(鬼魄), 음정(陰精), 식신(識神), 망의(妄意) 가운데 유혼(遊魂), 귀백(鬼魄), 식신(識神) 등의 귀물(鬼物)이 주동되어 일으키는 이유임.

육근을 멸함이

남에게 은혜를 입거나
남에게 은혜를 베푸는 따위의 인연과
사람을 사랑하고
물건을 욕심내는 마음을
칼로 자르듯이 베어 끊고
보고 듣고 맡고 맛보고
닿고 본받은 일체를……

눈이 없고 귀가 없고 코가 없고
혀가 없고 몸이 없고 뜻이 없어
보지도 못하고 듣지도 못하고
맡지도 못하고 먹지도 못하고
느끼지도 못하고 본받지 못하는 것 같이

육근, 육진을 멸함이 강
일에 임하며 마장과 어려움을
두려워 아니함이 강
정신을 정돈하여 용맹하게
정진하는 의지가 강
잠도 잊고 끼니도 잊고
모든 사물의 시비 속에
관여하지 않는 것이 강

*강(剛)이란 사공(思恐)과 애증(愛憎) 관계를 끊고 육근에서 일어나는 육진의 욕을 끊으며, 고난을 두려워 아니하고 오직 도에만 정진할 뿐, 세상만사의 시비에 관여하지 않음.

강이란

이럴까 저럴까 두 마음이 없이
오래도록 초지를 바꾸지 않음이 강
사람들과 어울리되 그 사람들이
아무렇게나 하는 일에 동화되지 않고
사람들과 어울러 함께 있어도
사람들과 작당하지 않음이 강
악을 멀리하고
선을 취하여 행하는 것이 강

사람들이 다 욕심내고
사랑하는 것을
자신은 사랑하지 않고
사람들이 받기 어려운 고통을
기꺼이 감내해 낼 수 있는 강
내부의 마음가짐과
외부의 행동이 한결 같고
공부에만 전념하는 것이 강

모든 강의 도를 그대로 실행하는
수련에 도달했다면
한 걸음에 단도에 들어가
극락지지인 진인의 경지에 이르니

*강(剛)이란 초지를 바꾸지 않은 마음이다. 군중 속에 있어 작당하거나 동화되지 않으며, 선을 행하고 악을 피하여, 탐욕이 없고 고난을 극복하며, 심행(心行)이 한 결같고 도(道)에만 전심하는 것임.

불택곡목

강이 체라면 유는 용이라
강의 재목으로 신실의 체가 되는
기둥과 들보를 삼아
건물의 뼈대를 세우고
유의 모양의 여러 가지 목재로
서까래도 걸치고 문짝도 달며
아름답게 장식을 함으로써
그 건물은 튼튼하고 쓸모 있으니

양공은 불택곡목이라,
맥이편수는 나무의 생김새에 따라
적용함으로써 버릴 나무가 없거늘
마음의 허소인 신실에서
유의 굽고 곧고 모나고 둥근 생김새는
목재는 그 마음을 수시로 쓰임이며
목재의 성질이 유순한 것은
맥이편수가 손질하기 수월함이니
성품에 강함 가운데 유함이 있어야
마음을 쓰기에 편리하거늘

단도는 마음부터 수련해야 하고
마음수련을 하려면 강하고 유한 성품을
병용하되 강으로 부동체를 삼고
유로 수시 응물하는 쓰임으로 삼거늘

*맥이편수 : 서까래를 마름질하여 얹고 초맥이, 이맥이를 막는 편수(도꼭지).

혈기의 성질

시비흑백을 가리기에 앞서
혈기만 발하여 쉽게 성내고
쉽게 풀어지며 금시 좋아하고
금시 괴로워하는 버릇과
자기를 싫어하고
이기는 것을 좋아하는 것 등을
유의 덕을 쓸 줄 모르기에

혈기의 성질이란
사물에 쉽게 동요되지 감정인 바
혈기만 갖추었으면
투쟁과 호승심만 있는 것이 아니라
명리와 주색만을 좋아하는
빈진치애에 사로잡혀
희로애락의 불일함으로써
미쳐 날뛰는 미치광이와 같으니

순(順)이란 거칠지 않은 성품
약(弱)이란 차마 하지 못하는 마음
극기(克己)란 사욕을 이기는 것
자퇴(自退)란 불필요한 싸움을 하지 않음
자굴(自屈)란 겸손한 마음
무망(無妄)이란 사리를 바르게 행함
순박(淳朴)이란 간사한 마음이 없음
노(老)란 매사 여유가 있는 마음가짐
실(實)이란 거짓없이 진일됨

명리와 명예

부귀 권세와 명예 재산 그리고 높은
지식이 있어도 없는 것같이 하고
심지와 학문이 가득차 있어도
아무것도 없이 빈 듯이 하며
남이 내게 잘못을 범하여도
그것을 트집 잡지 말아야 하거늘

하늘로부터 받은 인간 본연의 사명과
인의예지의 행을 닦고
인간에게 받은 품직인 관록을
가벼이 여기며
도를 수련하는데
필요로 하는 것은 구할지언정
세상의 재물을 멀리하고
세상 사람들과 명리와 명예를
다투지 아니하면 도의 문이 열릴까

*《옥구경(玉樞經)》에서 '대개 도란 처음에 도에 들어갈 때 성실한 마음으로 들어
가야 하며 유한 것으로 씀을 삼는다.' 또는 '도에 들어갈 때 먼저 성실하고 자신에
찬 마음으로 들어가 유한 것으로 써야 한다.' 선서(仙書)인 《참동계(參同契)》에서
'약이란 도를 이루는데 경험이 되고 유한 것은 도의 강이 된다.' 또는 '약하고 유
한 것을 먼저 실행하여 도의 경험을 삼으라.' 라고 한 뜻임.

*빈진치애(貧嗔痴愛) : 가난과 성냄과 어리석음과 사랑. *잘못을 깨닫지 못하고
도리어 가서는 안 될 곳으로 빠져 들어간다는 뜻임. 순과 약과 극기와 양보와 겸손
과 바른 행실과 순박함과 노련함과 진실이 모두 유(柔)의 덕임.

무용지물이 되고 만다

세상의 일이 모두 거짓이란
만유가 마침내 다 멸하여
없어지기 때문이고
이 몸이 허함이란
세상의 부귀영화를 좋아하여
모든 사람이 다 바라는 일이지만
그것은 영원한 것이 못되고
일장춘몽 같은 허무한 일이니

자기라는 일신도 어느 순간에
초로와 같이 사라지고 마니
설사 세상의 모든 것이
다 자기의 소유라고 해도
자신이 멸해 버리고 나면
모두 쓰레기가 되고 마니
세사가 다 거짓이고
이 몸 역시 허사비 아닌가

*겸손한 덕과 관용의 덕, 인간이 반드시 행해야 할 충효며 예의염치를 존중하고 아울러 명리에 마음 두지 않는 것이 유(柔)의 쓰임. 원래 있던 본성이 화하여 물욕에 물들어 혈기의 탁기로 변했음을 알아서 날마다 수련하는 도를 쉬지 않고 더욱 증진시키며, 기성과 탁기를 감하고 또 감하여 아무것도 없는 경지까지 닦아 나가면 성명을 이루는 도, 즉 단도를 성취하리라는 뜻임.

*초로(草露) : 풀잎에 맺힌 이슬. *불[火]은 모든 물건을 태워 재[灰]로 만든다. 이 몸의 정욕과 객기의 불이 진원지기를 깎아 소멸하는 것으로, 이 진세는 불덩어리[大火坑中]나 다름없으므로 그 불구덩이 속에 미련[執着]을 두지 말고 무색계 즉 성(性)·명(命)·정(精)·기(氣) 등에 마음을 머물게 하라는 것이다. 유(柔)의 도(道)는 순(順)이므로 천시와 천리를 순히 따르면서 도에 정진해 나가야 공이 이룩된다는 뜻임.

무명욕화

천시에 순히 따르고
천리에 순히 따르면서
수련에 차츰 공을 드리면
일순 도의 문이 열리는 바
그 몸이 생긴 뒤에 닦아도
몸이 먼저 단련되거늘
유는 순종하는 도

유순한 성으로 착심하지 않으며
무명욕화가 일어나
스스로 끊지 못하므로
삼보인 정·신·기가 상하고
온몸이 욕화에 빠져
신실을 짓는 목재가 큰불에 타서
아무것도 남지 않고
모두가 허사[空]으로 돌아갈까

*천시(天時) : 하늘이 정한 시간. *천리(天理) : 천도(天道)와 같은 말로 천연(天然)의 도리(道理), 천지만물(天地萬物)에 속하는 이치, 즉 진리. *무명번뇌(無明煩惱) : 무명과 번뇌. 무명은 번뇌의 근본, 번뇌는 사물에 대한 신심의 미혹. *유(柔)의 도(道)를 상실하면 무명욕화에 타서 재가 되어 아무것도 이루지 못함.

적자의 마음을

맹자가 이르길,
'대인은 적자의 마음을 잃지 않고
그대로 보존한 자다.' 라 했고
노자가 이르길,
'기가 전일하게 하여
유한 것으로 이르게 함을
어린아이 때와 같이 하면
만 가지 인연이 모두
공이 되리라.' 고 했거늘

갓난아이는 아직 후천성에
물들지 않았으므로
그 심계가 때묻지 않은
거울처럼 맑고 공하나
갓난아이는 성깔도 없고
감정도 없어
나쁜 것을 보고 성낼 줄 모르고
좋은 것을 보고 기뻐할 줄 모르며
탐욕 같은 것이 전혀 없어
심계가 지극히 맑고 순수할까

---

*적자(赤子) : 갓난아이. *심계(心界) : 마음의 본성(本性).

자웅

웅의 백절불굴하고 두려움 없는
양강의 도를 알고
자의 음유의 도를 지키며
백의 올바른 지식을 갖추고
흑의 알 듯 모르는 듯한 겸허한 덕을 지켜
나를 치는 자를 순히 받고
나를 꾸짖는 자를 웃음으로 맞이하거늘
질병에 걸리더라도 관심 두지 말고
시비 가운데 들어가지 말며
예로써 사람을 대하리
그리하면 거만함이 모두 사라지고
습관에 젖은 나쁜 버릇이 사라질 것

때때로 지난 잘못이 없는가 반성하고
곳곳마다 나의 본성을 점검하여
남이 보지 않는 곳에서도 동행을 조심하고
남이 듣지 못하는 곳일지라도
남이 듣는 것 같이 두려워하며
주어진 지위와 환경 그대로 순응하고
자기 분수 밖의 것을 원치 않으며
모든 인정과 풍진에
물을 것도 없고 알아볼 것도 없으며
모든 간사하고 망령된 생각을
흔적 없이 쓸어버려라

*자웅(雌雄) : 암컷과 수컷. *유(柔)의 쓰임은 겸허와 초연함과 분수를 지키는 일과
수신에 있음.

두 다리를 잘라

머리를 숙이고
자기가 닦아야 할 도에만 나가고
기묘한 일에 자랑하지 말고
이상한 것을 구하려 말며
망령되고 허탈할 일을 하지 말며
스스로 믿지도 말고
마음을 안고
본래 세운 뜻을 지켜야 하는

행동을 살얼음 걷듯 조심하고
거지를 죽은 사람처럼 여기고
사물을 잊고 형체마저 잊어
뜻이 냉각되어 마음이 삭으면
도의 문이 보일 것이니

옛날 어느 선인은
단도를 수련함에 있어
자기 몸을 움직이지 않으려고
두 다리를 잘라 벽에 높이 걸어 놓고서
몸의 불편함도 염두에 두지 않은 채
오래도록 수련하였다고 하거늘

*단도(丹道)를 닦음에는 자아(自我)를 버리고 오직 수련(修鍊)에만 전념해야 한다.
한 뜻으로 나아가 사물을 잊고 자신마저 잊는 경지까지 이르도록 하라는 것이다.
* 도를 수련하는 중에 혹 기이한 현상이 생기더라도 그것을 자랑하거나 과시하지
말며, 오직 행동거지를 조심하면서, 한 뜻으로 나아가 사물도 잊고 자신마저 잊는
경지까지 이르도록 하라는 뜻임.

집터를 잘 고르고

무릇 집을 지으려면
집을 지을 만한 집터가 정해지면
잡초나 잡석을 거둬 내고
높고 낮음이 없이 평평하게 골라
단단하게 다진 뒤에 주춧돌을 놓고
기둥을 세우거늘

집터가 높고 낮음이 있어
기울거나 다진 흙이 단단치 못하면
집을 다 세운 뒤에나 미처 세우기도 전에
한쪽으로 기울어 그 집은 허물어진다
집터를 다지는 것
기울어진 곳이 없도록 하고
집을 지은 뒤에도 꺼지거나
무너질 근심이 없도록 함이

집을 지을 때 먼저 집터를 잘 고르고
단단히 다져야 함에 마찬가지로
단도에 처음 들어가려면
성이라는 성실하고 진신한 마음으로
신실을 짓는데 있어
그 집터로 삼아야 함이니

*신실(神室) : 마치 마음[心]과 뜻[意]이 성명(性命)이 거처하는 곳으로 비유, 집터
는 성(誠)에 비유함. *신실의 터가 튼튼해야 하는 것같이 단도에 들어설 때, 성(誠)
을 다하라는 뜻임.

불구덩이와 칼에 꽂힌 산

사람 성품은 거의 같으나
습관에 따라 상당한 차이가 있어
후천에 들어 사물과 접촉함으로써
선천의 천기가 상하여 없어지고
사욕만이 분분히 일어날까

심지에 가득 차서
내부에 남아 있는 것은
간사하고 망령된 생각 뿐
외부에 처한 바,
불구덩이와 칼이 꽂힌 산

정심을 지켜 물욕에
동요되지 않는 이가 있으랴
물욕에 이끌려 본성은 온데간데없고
사악한 마음만 남은 사람은
성명을 오래 보존치 못하는 용인우부가 아닌가

사람은 더러 기질성을 드러내어
함부로 날뛰는 까닭에
원성과는 거리가 멀어지고
사람마다 천선은 같으나
사람마다 습성된 후천성은 다를까

*용인우부(庸人愚夫) : 용인, 품을 파는 사람. 우부, 어리석은 지아비.

망령된 생각

도는 길이다
사람이 밟고 다니는 길이다
어느 곳을 목적하고 가도
바른 길을 가지 않으면
자칫 샛길로 빠져 헛걸음을 하고

도에 들어선 사람이 정도가 아닌
사도에 들어섰다면
괜히 시간과 노력만 낭비할 뿐
차라리 가지 않음만 못하니
한 치의 오차가 있어도
길은 길이 아니거늘

성실치 못하면 마음이 불순하고
마음이 불순하면 의혹이 생기고
의혹이 생기면 망념이 일어나고
망념이 일어나면 각근이 부실해서
단 한 걸음이 허하고
거짓된 곳으로 들어가 일거일동이
모두 번뇌와 망상으로 남으리

대도가 막히고 영지의 구멍이 닫혀
도를 밝히려 해도 도에서 멀어지거늘

*성명(性命)을 지키기 위해 단도(丹道)를 수련하려면 자기가 태어나기 이전의 근
본처(根本處)까지 거슬러 올라가는 공부를 해야 올바른 도(道)에 임한다는 것이
다. 그렇지 않으면 부질없이 심력(心力)만 허비할 따름으로 죽을 때에 임박해서야
지난날 어리석었음을 뉘우치게 됨.

허공 중에 집을

성이란 순수하고 후덕한 것이며
노련하고 실한 것이며
거짓이 없음이며
숨김이 없고 속임이 없는 것이니

성(誠)이란 글자 하나는
언(言), 곧 말씀이며
성(成), 이룸이라
실로 도를 닦는데 있어
시종을 막론하고 같은 뜻이며
같은 마음이니

성실한 뜻과 마음을 떠나서
닦는다면 마치 집터가 없이
허공에 집을 짓는 것 같이
어떻게 신실을 지으랴
무엇을 가지고 성명을 닦으랴

*각근(脚根) : 도를 닦겠다는 애초의 마음. *도(道)란 사람이 걸어다니는 길과 같은 것으로, 도에 들어설 때 성실한 마음자세가 중요한 것이므로 성실한 마음이 없으면 의혹과 망령이 생겨 길이 막히고 지혜가 막혀 도(道)의 길이 캄캄해지는 까닭에 도(道)에서 점점 멀어진다는 것임.

*성(誠)이란 도(道)는 진실하고 전일(專一)한 마음과 의심 없는 굳은 신념(信念)을 지니고 운영해 나가야 한다. 그저 시험적으로 무턱대고 수련해 나아간다면 행공(行功)하는 중간에 의심이 생기고, 의심이 일단 생기면 숱한 번뇌와 망상과 잡념이 꼬리를 물고 일어나 도(道)를 이루기는커녕 의심과 잡념만 평소보다 더욱 늘어날 뿐임.

서까래와 기왓장

하나의 법인 신은
서까래와 기왓장 같아서
서까래와 기왓장은 모여 있는
일기가 아래위를 막아 주어
신실의 전체를 보호하는 것이니

서까래와 기왓장이 잘 덮어지면
밖으로 간사한 바람을 막고
안으로 온화한 기운을 쌓아
신실이 튼튼해서 무너지지 않거늘
신이나 의는 형체도 없고
소리도 없고 어디에 있는 것이라
가름할 만한 위치도 없지만

노자가 이르기를,
'황홀이여! 그 가운데 신이 있고
아득하고 아득함이여
현묘한 가운데 정이 있으니
그 정이 매우 참된 것은
그 가운데 신이 있음이다.' 고 했거늘

신이란 인생의 근본이고
신실의 긴요한 것이며
신이 없으면 사상이 불합하고
오행이 불화하며 음양이 분리되어
대업, 즉 단도를 이루지 못하거늘

# 시비 흑백과 정사의 구분

옛날 순양진인 여조사가
'문득 꿈속에 대도로 들어간 것이
바로 신이다'
신을 얻고 잃음에 따라
도의 성패가 가름됨으로
도를 닦는 사람은 반드시
신을 근본으로 삼아야 하거늘

충과 효와 염치
더불어 인과 의와 예와 지며
시비흑백과 정사의 구분이
모두 신이란 중심체에 의해
그 중용이 세워 이루어지니

만약 신이 없다면
마치 줏대 없는 것처럼
이리 쏠리고 저리 쏠려
충성해야 할 경우 충성하지 못하고
효도를 행해야 되는데도 효도는커녕
불효를 범하기 쉽고
물욕의 사심에 치우쳐
몰염치한 사람이 되기 십상이니

*도(道)를 닦아 나아가려면 신(信)이 중요하며 신(信)이 있어야 외부의 사기를 막
고 내부의 화기를 조성함으로서 도(道)가 이룩됨.

 *진인(眞人) : 도인(道人). *정사(正邪) : 바른 일과 사악한 일.

진세에서 탈피

신이란 먹은 마음을 고치지 아니하고
올곧은 생각이 자리잡아
태산처럼 무겁고 튼튼하여
사물을 응용할 때도 주관이 또렷해서
바람에 흔들리듯 물결에 흘러가듯
줏대 잃은 행동을 아니하고

주야를 막론하고 심성이 맑고 밝아
물에 물 탄 듯, 술에 술 탄 듯
흐리멍덩하지 않으며
보고 듣는 사물을 대하여
싫고 좋은 감정과 집착이 없으니
비록 인계에 몸을 두고 있을망정
실은 진세를 탈피된 것이니

부귀에도 방종하지 않고
빈천에도 뜻을 옮기지 않아
홍몽 속 인계에 살면서도
세상의 풍진을 떠난 것이니

*여조사(呂祖師)는 순양자(純陽子)라 추칭(追稱)하는 바, 이름은 암(嵓)이고 자는
동빈(洞賓)이라 한다. *신(信)은 수도(修道)의 근본으로 삼아야 하므로 도(道)의 상
태는 신(信)의 유무(有無)에 관계되는 것이라 함.

*진세(塵世) : 티끌 세상, 귀찮은 세상, 속세. *신(信)의 도(道)는 참으로 위대하다.
초지 일관하는 신념과 중용(中庸)의 정심(正心)이 언제나 자리잡고 있어 사물의 어
떠한 유혹에도 동요되지 않으며, 명리와 오욕 칠정에 초연하여 풍진세상을 벗어
난 도인의 경지에 들어가는 것이 신(信)의 쓰임.

안 될 일은

신은 중용과 같음에
반드시 해야 할 일은 꼭 해야 하고
해서는 안 될 일은 행하지 않음이니

느리게 해야 할 일에 느리게 하고
급히 서둘러야 할 일에 급히 하고
뒤에 할 일은 뒤에 하고
앞서 할 일은 앞서 하며

나가야 할 일은 나가고
물러나야 할 일은 주저 없이 물러나고
놓아야 할 일은 미련 없이 놓아야 하고
거둬야 할 일은 거둬는

*느리고 하고 빠르게 하며 먼저 하고 뒤에 하며, 나아가고 물러가며, 놓고 취하는
일 등을 신중히 살펴 그 당연성(當然性)을 확신한 뒤에 가부(可否)를 결정하여 행
(行)하는 것도 신(信)이 아니고는 아니 됨.

홍몽 한가운데

단도를 수련함에 있어
몸과 마음이 하나가 되게 하여
몸이니 마음이니 구분조차 없는
한 몸 한 뜻으로 뭉친 뒤 비로소
저 홍몽 한가운데
한 점이라도 흩어짐 없는
태극[丹]이 둥글게 뭉쳐

고요하여 부동한 가운데에서
한 점 약물을 채취하여
화후, 불에 단련하는 것이
심화를 단련하되
무위의 안에서 행공하여
거짓 가운데 참을 찾아내고
없앰으로써 단도를 이룩하기 위해
신을 응용하지 않는 것이 없으니

신이란 가슴 속 깊은 정이 진실하며
바로 믿어 의혹하지 않는 마음이라
진실한 마음으로 한 번 믿는 마음을
절대 바꾸지 않는 것
참된 것만 확신하는 것
중심부에 튼튼히 주장을 세워
흔들리지 않는 마음이니

*홍몽(鴻濛) : 꿈속에서 보는 것 같이 황홀하고 아득히 멀고 허하여 어느 곳이라고 종잡을 수 없는 환경, 즉 선천지기(先天之氣)다. 선천지기는 태극(太極)이고 단(丹)이며, 화후(火候)는 심성(心性)을 단련하는 것의 비유이고, 가(假)는 가장(假情) 가성(假性)이며 일체의 사기(邪氣)다. 진(眞)은 진정(眞情) 진성(眞性)이며 정기(正氣)를 뜻함.

슬퍼할 일에 슬퍼하고

대도, 단도에 임하여
들어설 때부터 끝마칠 때까지
신으로 귀결지어야 하거늘

술을 마시고 색을 범하고
재화의 값을 따지고
호승을 부려 힘자랑하는 따위에도
신을 가지고 옳고 그르고 좋고 나쁘고
해야 할 일이나 아니해야 할 일을 가름하고
기뻐하고 성내고 슬퍼하고 즐거워하는 일에도
신으로 바로잡아
마땅히 기뻐할 일에는 기뻐하고
마땅히 성내야 할 일에는 성내고
마땅히 슬퍼할 일에는 슬퍼하고
마땅히 즐거워할 일에는 즐거워 하는

보고 듣고 말하고 움직이는 일도
신으로써 바르게 보고 바르게 듣고
바르게 말하고 바르게 행하며
인격과 학식이며
품행의 높고 낮은 것도
있고 없고 하는 것과
어떤 것이 간사한 일이고
어떤 것이 정당한 일인가를
분별하는 것도 신으로 가름하거늘

큰 수레에 수레채마구리

신의 뜻을 바르게 깨치는 사람은
현인도 바라보고 성인도 바라볼 수 있으나
신의 도를 모르면
죽어 없어지는 범인이 되거나
죽은 귀신밖에 될 수 없으니

공자가 이르기를,
'사람에 신이 없으면
그 옳은 것을 모르는지라, 비유하건대
큰 수레에 수레채마구리가 없고
작은 수레에 멍에채마구리가 없으면
어찌 굴러갈쏘냐.' 했거늘

신을 쓰지 못하는 것은
바로 성명의 살고 죽는 일이
신이 있고 없는 것에 따라 구분되고
길하고 흉하고 잘못을 뉘우치는 일도
신에서 분별되므로 두려운 일이 아닐까

*단도(丹道)에 이르는 일 뿐 아니라, 인간 만사(萬事)의 시비(是非), 흑백(黑白), 정사(正邪)와 행동거지(行動舉止)를 올바르게 판단하고 올바르게 행하려면 신(信)이 아니고는 불가하다는 뜻임.

*성명(性命) : 인성(人性)과 천명(天命). *수레 : 바퀴를 달아 굴러가게 만들어 그 위에 사람이나 물건을 실어 옮길 수 있게 된 탈것. *멍에 : 달구지나 쟁기를 끌 때에 마소의 목에 가로 얹는, 둥그렇게 구부러진 막대. *마구리 : 바퀴의 둥근 양면. *채 : 발구나 달구지 따위의 앞쪽으로 양옆에 길게 댄 나무. *신(信)은 죽고 살고, 길하고 흉한 일의 관련이 되기도 한다는 뜻임. *신(信)에 대한 원리를 알고 모르는 것에 따라 범인과 성인의 구별이 된다고 함.

도를 이루어 천보를

신의 법을 올바로 얻으면
신실이란 집이 엄밀하게 만들어져서
오래도록 바람이 침입하거나
비가 새지 않아 오래 보존되는 것 같이
신을 갖추어 도를 수련하면
죽지 않고 오래 사는 도를 이루니

신에 대한 법은 쉽게 이해될 것 같지만
막상 행하려 들 때는 어떻게 하는 것이
올바른 신의 도인지 실로 어려운 일

신의 뜻은 가장 심오하고 현묘해서
평범한 믿음이란 뜻이 아니라
이에 대도를 이룩하는 신
천실을 얻는 신
신의 뜻을 깨쳐서 몸소 운행해 나가면
도를 이루어 천보를 손쉽게 얻을 것이니

*천실(天室) : 선천지기, 즉 단. *천보(天寶) : 단. *신(信)을 알고 행하면 대도(大道)를 이룬다고 하였다. 그러나 무엇을 의미하는지 짐작은 가지만 막상 실행하려면 심히 어려운 것은, 이는 신의 뜻이 심오 현묘하기 때문이니 일상에 쓰는 '믿음'이란 의미의 신(信)으로만 말고 깊이 궁구해야 올바른 뜻을 터득해서 도(道)를 이룰 수 있음. *성심 성의로 확고한 신념과 신(信)의 정의를 써서 수련한다면 마침내 환단되고, 또는 대단을 이룩하여 장생 불사하는 선인(仙人)이 될 것이라는 뜻.

규제하는 관문

신실이 궁전이라면 문호는 성문
성문은 사람이 출입하기에
편리하도록 만들어진 것으로
바깥잡인이 함부로 드나들지 못하니

규제하는 관문이라 날이 새면
문을 열어 사람들이 출입하도록 하고
날이 저물면 굳게 닫아
외적이나 잡인의 침입을 막거늘

화는 건물의 문호에 비유함은
빛나고 환히 트여 출입에
장애가 없도록 하고
외침을 방지하여 안에 있는
모든 것을 스스로 경계함을 뜻하니

*문호(門戶)라 하는 것은 빛이 잘 스며들어 밝고 훤하게 뚫려 절대로 막히는 일이 없어야 마음대로 드나들 수가 있고, 열고 닫음이 때가 있어 외부의 침입을 막고 내부를 스스로 경계하는 것임.

둥글고 너그러워

문호가 세워지면
신실이 이루어지는 것
유자가 이르기를,
'예의 쓰임은 화가 귀한 것이라.'
예만 치우치면 너무 엄격해서
분위기가 딱딱하여 상하
의사 소통이 어렵게 됨으로써
예를 행해 나아가는데 화가 겸해야
그 자리가 화기에 차서
어색한 분위기가 조화되거늘

《중용》에 이르기를,
'화가 천하에 통달하는 도다.'
만일 높은 신분과 낮은 신분 사이에
화가 없으면 높고 낮은 신분 차이로
아랫사람의 입장으로는 윗사람에게
자기 뜻을 피력할 수가 없고
부자간에 화가 없으면 정이 멀어지거늘

인류에 화가 없으면 너무 딱딱해서
마치 원격조작이 되는 인조인간처럼
자기 할 일만 할 뿐
인화가 이루어지지 않아
찬바람이 부는 세상 같이
일을 원만히 타협할 수 있을까
화가 없으면 족히 예라 할 수 없고
통달한 도라 할 수 없으니

화의 뜻은 둥글고 너그러워
크고 작은 차별이 없고
낮은 차별도 없으며
안이니 밖이니 하는 것도 없고
지극히 중정원만한 것이니

*지극히 공정 무사하고 원만 중정한 것이 화(和)이니, 어느 한 편에 치우치지 않는
중용(中庸)의 입장에 선 것이 화이므로, 상하의 신분이 지켜야 할 예(禮) 가운데도
화가 있으므로 의사소통이 원만히 이루어지고, 천하 만물 만사에 화가 있음으로
써 사물에 조화 형성하니, 화는 실로 모든 것을 달성시키는 천하의 달도(達道)라
하겠음.

빛을 화하게

하늘은 화로써 춘하추동
사시를 순히 운행하고
땅은 화기로 엉켜 합하니
'화가 달도다.'
실로 헛된 말이 아니니

화란 통하는 것
순히 하는 것
기뻐함
종용함
차분함

신실을 이루고자 할 때에
화가 아니면 아니 되어
이를 속된 것을 섞어
빛을 화하게 함이니

---

*화(和)의 쓰임은 하늘에 있어 사시(四時)가 순행하고 땅에 있어 만물이 생기며 사람에 있어 인화(人和)의 도(道)를 이룩함. *통(通)이란 서로 원만히 소통시키는 일이오, 순(順)은 이치를 순히 따름이오, 열(悅)은 성내는 일이 없음이오, 종용(從容)은 온전함이오, 서완(徐緩)은 서둘러지 않고 순서에 따라 차분히 행해 나가는 일임.

둥글면 둥근 대로

화를 잘 운용한다 함은
남에게 동떨어진 언행을 하지 않고
남에게 어울려 함께하는 것이니

자신이 아무리 학문이 높고
사물에 아는 것이 많더라도
어리석은 사람을 대할 때는
자기도 어리석은 듯이 하고
철모르는 어린이를 대할 때는
자기도 어린이가 된 듯이 하고
유능한 지식인을 대할 때는
그만큼 수준을 높여
그와 대등한 입장에서 대하는 것이니

세상에 나와 평소에
보고 듣고 관행하던 사람들 앞에서
그들이 보지도 듣지도 않는 일을 행하여
그들을 놀래게 하면 화가 아니고
여러 사람이 모인 곳에서
훌륭한 입장에 서도 화가 아니니

화는 어느 한쪽을 편들지 말아야 하고
모나면 모난대로 둥글면 둥근대로
그때그때 여건에 따라 적당히 처신하되
자기 뚜렷한 주체성만 세워
올바름을 행해 나가면서
외부로 무리를 함께 있는 듯
인화를 이루어 나가는 것이 내강외유
화를 잘 운용하는 사람이니

대도에 들어간 사람

큰 지혜를 얻은 사람은
외려 어리석은 듯하고
대교을 지닌 사람은
재주가 무딘 듯하거늘
이는 바로 화를 쓰기에
대도에 들어간 사람은
남이 알까 암암리에 수련함에
남이 알지 못하거늘

자기만을 알아 자존심만 높고
남을 무시하는 마음을 갖고
행위가 지나치게 고집불통으로
변통성이 없어 헤프거나 모자람으로써
중화의 도를 잃게 되니

천지의 조화를 훔치어
음양을 합하여 무 가운데 유를 만들거나
유 가운데 무를 만들어 낼지라도
영구히 새지 않고 무너지지 않는
금옥을 만들어 내기는 어려울 것이니

화란 사람을 예로 대하되
남을 높이고 자기를 낮추어
유순온화하여 포악하거나
성질 내는 일은 아니하는 것이니

*화(和)를 잘 운용하는 사람은 풍속과 동떨어진 엉뚱한 일을 아니하며 여러 사람을 깜짝 놀래게 아니하며, 쓸데없는 고집을 부리거나 편벽 되지 아니하므로 모지면 모진 대로 따르고, 둥글면 둥근 것을 따라 안으로 강(剛)하고 겉으로는 유(柔)함.

너는 너, 나는 나

크면서 작은 듯이 하고
강하면서 약한 듯이 하며
내남 구분없이 하고
귀하고 천한 것과
부하고 빈한 것도 구분하지 않고
발끈 성내는 기질을 변하여
선한 성품으로 돌아가게 하고
남에게 질투하는 마음을 없애야 하며

언행이 일치하여 내놓는 말은
무슨 일이 있어도 실천하고
움직일 때와 가만히 있을 때를
여건대로 순히 하며
무엇을 특별히 좋아하거나
무엇을 특별히 미워하고
싫어하는 마음이 없도록
무명지화도 없게 하고
괴이하고 허탈한 일도 하지 않고
거짓도 없고 부정한 마음도 없으며

가는 곳마다 화기를 베풀어
심기가 항상 활발하고 정신이
둥글게 뭉쳐 외부의 사물에 대하여
너는 너, 나는 나 하는 투로
한 점 집착심도 없이하는 일이니

*대교(大巧) : 뛰어나게 썩 잘함. 매우 교묘함. *중화(中和) : 성격이나 감정이 치우
침이 없고 올바른 상태. *대지(大智) : 성현(聖賢)을 일컬음. *금옥(金屋) : 금단(金
丹). *오만하고 자존심만 높이며 자기가 행하는 일만 무조건 옳다고 고집하는 사
람은 화(和)를 운용할 줄 모르는 사람이므로 비록 단도(丹道)를 이루어 온갖 신비
한 조화를 부리고자 마음을 먹었더라도 도저히 도(道)를 이룰 수 없다는 뜻임.

성정이 있는 곳

남은 항상 남이고
나는 항상 나라는 벽을 무너뜨리고
성정이 있는 곳을 찾아 뚫고 열어서

이미 지난날에 가졌던 마음이나
높은 체하여 거만한 마음이나
남을 속이려는 간사한 마음이나
다혈질의 성내는 마음이나
불평스럽고 중정하지 못한 마음이나
유통되지 않고 막힌 기나
세상을 좁게 보는 편협된 지식이나
말끔히 지우고 없앤 다음

화평한 성정과 유순한 바탕으로
신명한 영기로 은은히 응용해서
선천의 참된 진일지기를 구하고
후천의 탁한 음기를 없애야만 하거늘

*무명지화(無明之火) : 분노(忿怒). *화(和)란 사람을 예로 대하되, 남을 높이고 자기를 낮추어 겸손 공손하며 유순 온화하여 포악하거나 성질 내는 일을 아니하는 것이다. 오만하고 자존심만 높이며 자기가 행하는 일만 무조건 옳다고 고집하는 사람은 화(和)를 운용할 줄 모른다. 이런 사람은 비록 단도(丹道)를 이루어 온갖 신비한 조화를 부리고자 마음을 먹었더라도 도저히 도(道)를 이룰 수 없다는 것이다.

*진일지기(眞一之氣) : 단(丹). *자기 몸 어딘가에 있는 진정(眞情)과 영성(靈性)을 찾아 이 성정(性情)을 단련해서 오만심, 다혈성, 편견과 중정치 못한 마음을 버리고 화평하고 온유한 마음으로 바꾸어 선천의 진일지기(眞一之氣)를 회복하고 후천의 음탁한 것을 떨구어 내는 일이 단도(丹道)를 이루는 것임.

천지가 다 내게로 돌아온다

정은 신실의 담벽이라
좋은 자재로 집을 잘 지었다 해도
담이나 벽이 없으면 그 집은
비바람, 벌레나 짐승들이
지나다녀 사람이 거처할 수 없듯이
집도 위로 들보를 받들고
튼튼한 기둥을 세우지 않으면
지붕은 무너져 내리니

노자가 이르길,
'지극히 허하고 지극히 고요함에
만물이 아울러 만들어지는지라
내가 그 회복되는 것을 보았노라.' 하였고
'사람이 능히 심계가 항상 맑고
항상 고요하면 천지가
다 내게로 돌아온다.' 했거늘

수도하는 사람들이 지극히 맑고
지극히 고요한 경지에 이르지 못해서
천심, 본래의 마음이 회복되지 않고
신실이 이룩되지 못하거늘

*장벽(墻壁) : 담장과 벽. *수도(修道)하는 사람이 심신의 단련을 쌓고 심계(心界)
에 사물이 없는 경지, 즉 지극히 맑고 지극히 고요한 상태에 들어가면 천심(天心)
인 본래의 마음을 다시 찾아 단도(丹道)를 이룬다는 것임.

유무가 모두 공이다

움직이거나 머물거나
허하지 않음이나 허함은 유구한 세월
아니 태초에서 영원까지
반복 순환하는 도이니

한번 움직이면 한번 고요하고
한번 고요하면 한번 움직이고
한번 실하면 한번 허하고
한번 허하면 한번 실해지는

무는 허가 되고 유는 실이 되고
유라 하면 무이고 무라 하면 유이거늘
유무가 모두 공
공이, 즉 유
색

무에서 유를 돌이켜 찾고
유에서 무가 되는 진리를 깨달아
무 속에서 유를 창조해야 하고
유에서 무로 돌아가는 것이 도이거늘

단도는 허무한 곳에서
진일지기를 찾아내고
만유에 집착하지 않는 무심을 만들어
순정한 마음으로 돌아가게 하여
허극실, 정극동의 원리로
본래 면목인 천심으로
천지인 단을 찾아내야 하거늘

티끌이나 먼지도 생기지 않아

아무 잡념 없이
지극히 고요할 때에야
천지의 마음으로
본래의 성품을 찾을 수 있거늘

정이란 안전됨
고요함
움직이지 않음
안으로 편안함
생각이 없음
욕심이 없음

아무 생각도 없이 편안하고
고요하여 움직이지 않으면 깊고
조밀하고 조촐하고 맑아
산들바람이라도 들어오지 않고
티끌이나 먼지도 생기지 않으니

신실을 감싼 담장과 벽이 긴밀해서
신실을 지은 자재들이 상하지 않고
오래 보존될 것이니
신실은 영원히 무너지지 않을까

*허극실(虛極實) : 아주 공허함 속에 실함. *정극동(靜極動) : 깊은 고요 속에 움직임. *허한 것이 극하면 고요해지고 고요한 것이 극하면 동하는 것은 천지 자연의 이치(理致)라, 동하고 정하는 사이에 천성(天性)이 나타나는 바, 천심(天心)이란 천지(天地)의 마음.

*안전된 마음으로 고요히 동하지 않고 생각도 없고 욕망도 없어 오직 편안한 상태를 정(靜)이라 한다. 그 정의 도를 능히 행하여 무념무상(無念無想)의 경지에 들어가는 수련을 능히 할 수 있으면 단이 편안하여 영원히 흩어지지 않는다는 뜻임.

진가를 구분 못하며

정의 도는 좋은 일에 기뻐하지 않고
나쁜 일에 근심하지 않으며
마음을 한결같이 하여
좋은 경물을 대하더라도
정을 잊어 동요되지 않으며
심계는 맑은 거울 같은
잔잔한 물결 같은

사람은 후천에 들어와
선천의 진일지기가 흩어져
사사로운 욕망에 가려져
정연의 티끌에 흔들린 바
그 정욕이 시키는대로 동분서주
허둥대며 잠시도 몸과 마음이
편하거나 안정된 때가 없으니

마음이 고요할 때가 없이
망령된 생각이 수없이 생겨나고
행하는 일이 고되고 괴로운 것이나
도리어 즐거움으로 삼고
거짓된 도리를 진리인 양 착각해서
진가를 구분 못하며 날뛰니
어찌 대도를 꿈꿀까

*사물에 집착이 없고 좋고 나쁜 것이 없어 명경지수(明鏡止水)와 같이 오직 맑고
고요하여 태산(泰山)처럼 흔들리지 않은 마음이 정(靜)을 바르게 쓰는 사람이다.
대개 사람들은 선천에서 부여받은 양지(良知)와 양능(良能)이 후천의 물욕(物慾)
에 가려지고 어두워져 정욕(情慾)대로 따라가기 위해 동분서주(東奔西走)로 한가
한 날이 없으며 진가(眞假)를 모르고 날뛰기만 하니 도(道)와는 거리가 먼일이라
하겠음.

완공으로 착각해선 안 된다

도를 이룩하려면
정으로 가는 수련을 쌓아야 하고
정으로 무념무상을 만나 지극히
고요한 경지에 도달하면 도의 문이 열리니

정이란 어떤 사물을 대할 경우
사물의 흑백을 올바로 분간하는 의식은
사물에 집착하지 않는 마음
좋아도 탐욕이 생기지 않는 마음
싫어도 근심하지 않는 마음
정감에 동요되지 않는 마음

정을 완공으로 착각해선 안 되거늘
완공이란 진공으로 참선하여
망아지경에 들어가는 것 같이
내남없는 온 세상 모두가
공으로 돌아가게 하는 도이며
사물도 없고 사비흑백도 없고
내 주체도 없이 완전한 무이며
공인 상태로 들어간 적멸의 공

참선의 수련도 완공이 아니라
공 한가운데 일맥의 진기
진영만은 남겨 두고
어찌 망아지경에 몰입하는가

*완공(頑空) : 굳어 변하지 않는 빈 공간. *진공(眞空) : 일체의 망집을 떠나 사량분
별을 끊은 불가득(不可得)의 반야(般若)를 말함. *망아지경(忘我之境) : 어떤 상대
에 마음을 빼앗기어 자신을 잊어버린 경지.

참다운 정이란

참다운 정이란 한 마음도 간사하지 않고
한 점 생각도 잡념도 일어나지 아니하며
말을 구차스레 꾸며서 변명하지 않고
몸을 함부로 가볍게 움직이지 아니하며
일이 되기도 전에 매듭을 걱정하지 않고
일이 끝난 뒤에 매듭을 비판하지 않으니

참다운 정이란 남의 결점을 보더라도
아는 체 하지 않고 자신의 좋은 점이 있어도
그것을 모르는 것 같이 하며
항시 자기 언행 가운데 잘못이 없는가를
반성하여 잘못이 있으면 바로 고치고
굶주리고 갈증나는 것을 마음에 두지 않고
입고 먹는 것에 걱정하지 않으니

살고 죽는 것은 오로지 하늘에 맡겨
천명을 순히 따르고 피아의 편벽된
마음도 갖지 않거늘
예가 아닌 것,
보아선 아니 될 것은 보지 않고
예가 아닌 일은 행하지 않으며
사물의 경우를 분명해야 하고
남이 보지 않는 곳을 막론하고
남도 자신도 속이지 말거늘

*정(靜)이란 아무 흔적도 없이 완전히 없는 완공과 같은 아주 없어지는 데까지 이르게 하라는 학문이 아니다. 참선(參禪)하고 앉아서 사물을 잊고 만상과 자신 존재까지 잊으라는 학설도 아니다. 정(靜)이란 말 그대로, 항상 응하고 항상 고요하여, 그 몸이 사물 가운데 있어도 그 사물에 집착하지 않고 사물의 영향권에서 벗어나는 일임.

정 욕

참다운 정은 선천의 태극과 같으므로
조화의 힘으로도 그것을 옮길 수 없는
신실은 선천지기가 거하는 곳
풍한서습은 건물 밖에 있는 사물이고
모기, 파리, 바퀴벌레는 건물 안에
고여 드는 정욕

정의 참된 의미를 깨달아서
정의 도를 능히 사용함으로써
완전무결한 인격이 이루어지면
외부로 사물에 동요되지 않고
내부로 정욕이 나오지 않으니

혼탁한 혈기로 얽어진 심장을 놓고
애당초 낭생면목을 이끌어
마음을 하나로 정해져서
지극히 착한 데까지 이르러 그치고
마음과 정욕의 때를 한 점도 남김없이
깨끗이 씻어 사물에 집착하지 말거늘

*정(靜)을 바르게 쓰는 사람은 쓸데없는 말과 행동과 생각을 하지 않으며 간사하지 않고 꾸미지 않는다. 항상 도(道)를 향한 일념으로 자기 결점이 없는가 반성하여 고치고, 먹고 입고 죽고 살고 하는데도 하늘에 맡겨 상관하지 말고 옳은 일만 보고 행하며, 남이나 자신을 속이지 않는 정당한 마음으로 수련해 나가면 모든 잡탁한 정욕(情慾)을 없애고 본래의 도심(道心)을 찾아 도(道)를 이루게 된다는 뜻임.

*태극(太極) : 온 세상의 만물이 나오는 근원. *풍한서습(風寒暑濕) : 바람과 추위와 더위와 습기.

도는 허무한 곳으로부터

허의 도는,
신실의 내부인 방
넓고 비고 깨끗해야 하는 방
한 점 티끌도 없이 쓸고 닦아
귀한 손님을 맞이할 수 있어야 하거늘
그 귀한 가객이란 진일지기
심계가 청정하고 허하여야
그를 맞이해 대접할 수 있지 않을까

오진편에 이르기를,
'도는 허무한 곳으로부터 일기가 생겼고
그 일기에서 음양이 생겼다
이 음양이 두 번 합하여
삼체가 되고 삼체가 또 거듭해서
만물이 생기고 번창한다' 고 했고
주역에 이르기를,
'태극에서 양의가 생기고
양의에서 사상이 생긴다' 고 했거늘……

*낭생면목(娘生面目) : 출생하여 후생에 들어가기 이전인 모태에서 선천의 진일
지기를 그대로 간직하고 있던 때를 뜻한다. 이는 곧 '본래면목(本來面目)' 이다. 발
가벗은 몸을 때 한 점 없이 물로 깨끗이 씻듯이, 탁하고 잡된 사기(邪氣)와 정욕의
때를 씻어 심계(心界)를 청정하게 만드는 일이다. 후천의 기질성(氣質性)을 없애
고 선천의 본성(本性)을 찾아 온갖 더러워진 마음을 씻는 일이 도(道)의 눈을 밝히
는 일임.

*양의(兩儀) : 음(陰)과 양(陽). *사상(四象) : 1)천체에서 일(日), 월(月), 신(辰)을 이
르는 말. 2)역(易)에서 소양(少陽), 태양(太陽), 소음(少陰), 태음(太陰)을 이르는 말.

무이면서 유이고

도는 지극히 진실한 이치로
무
일기
태극
진일지기
단
천리

그러므로 도는
어떤 형체도 없고
어떤 소리도 없고
어떤 바탕도 없으며

그러므로 도는
눈으로 볼 수 없고
귀로 들을 수 없으며
손으로 잡을 수 없으며

그러므로 도는
무이고 하라 하나
무이면서 유이고
허이면서 지극히
실한 것이 도인 것이니

---

*허(虛)는 건물의 내부인 방에 비유한다. 옛 진인(眞人)이 이르길, '선천의 진일지기(眞一之氣)가 허무한 가운데로부터 온다'고 했다. 허즉실(虛則實) 실즉허(實則虛), 곧 허(虛)라는 것은 실(實)한 것을 낳는 기본이다. 실은 허한 곳에서 실물이 생기는 까닭이므로 실은 허를 표현할 수 있는 증거가 된다는 뜻임.

황홀하고 아득한 가운데

지극히 허하게 비어 있으면
어떤 물건이라도 그 안에
포용되지 않는 것이 없는 것이므로
신실은 가운데가 허한 것이
더없이 중요함이니

가운데가 허하게 비어 있으면
그 안에서 음양이 순환하기도 하고
화합하기도 하며
정신이 그 안에 꽉 차서
일기가 혼연하여 안팎이 없고
좌우 상하 전후가 없이
그저 어디라고 상상해 볼 수 없는
황홀하고 아득한 가운데 자리하리

*도(道)는 보아도 보이지 않고 들어도 들리지 않으며 잡아도 얻지 못하는 것이니,
그 근본(根本)이 지극히 없는 것이오, 지극히 없으면서 지극히 허(虛)한 것임.

*아무것도 없이 텅 비어 있는 그릇 속에는 물건을 많이 담을 수 있는 것처럼, 신실
(神室)이 허(虛)하면 만물(萬物)을 모두 포용할 수 있는 바, 그 비어 있음에 어떠한
형태라 상상해 볼 수 없는 황홀하고 아득한 곳이지만 그 안에 혼연히 빛나는 단
(丹)이 있다는 뜻임.

태극인 단이 맺힌다

허라 함은 비어 있는 공
아무 물질도 없는 무
그 안에 만물을 포용할 수 있는
너그러움
형체가 없는 것
빛도 없는 것

도를 수련하여 심계가 지극히
공허하여 마음에 형상이나
색 같은 물이 없는[無物]
경지에 이르면 사상과 오행과
삼원 팔괘가 하나로 혼합되어
태극인 단이 맺히거늘
그 비어 있는 곳에

*사상(四象) : 태양(太陽), 소음(少陰), 소양(少陽), 태음(太陰)의 네 가지 실은 인의
예지(仁義禮智)를 뜻함, *삼원(三元) : 천(天), 지(地), 인(人)이나 성(性)과 정(情)과
의(意)를 뜻함.

부귀 보기를 뜬구름 같이

허의 도를 잘 운용하는 사람은
세상의 모든 사물을 가볍게 여겨
그 도량이 천지와 같이 크고 넓으며
그 마음은 욕심이 없어
태극 같이 비어 있으므로
자기 몸 보기를 질곡같이 하고
자기 모습 보기를 군더더기나
혹 같이 꺼림칙하게 여기며
육문을 마치 보기 흉하게
뚫린 구멍 보듯

세인들이 탐하는 부귀 보기를
뜬구름 같이 여기고
세인들이 바라는 명예와 이익을
금시 녹아 버리는
눈과 서리처럼 여기고
자기 마음 속에서 일어나는
정욕을 도둑과 원수처럼 여기어
없애려 애쓰는 것이니
이 모두 자기가 도에 뜻을 두고 행함에
해만 있고 이익이 없는 거짓된 것에
유혹되지 않으려 함이니

*질곡(桎梏) : 차꼬와 수갑(형틀). *육문(六門) : 눈과 코와 귀와 입과 음부와 항문.
*허(虛)의 뜻은 자기의 심계(心界)에 사물을 두지 않고 허하게 비어 놓는데 있다.
세상만사가 모두 일장춘몽(一場春夢) 속에 나타나는 환상(幻想)이라서 잡아도 오
래 머물러 두지 못하는 허무한 것에 연연하기보다는 영원토록 성명(性命)을 보존
하는 도(道)가 실(實) 가운데 참된 실(實)이라 함.

신실이 썩은 오물에

사람이 생겨나서
몸 밖에 있는 모든 사물에
유혹되어 좋은 것만 가지려고
온갖 수단과 방법을 가리지 않고
행하던 습관이
가슴 한 가운데 가득히 끼어
빠진 것이 없어
본래의 보배스런 진일지기를
던져 버린 셈이니

사람마다 가지고 있는
성과 정이 서로 떨어져
어느 곳이나 방황하다가
성은 가성으로 변하여
제멋대로 행동하고
정은 정대로 방종해져
욕정이 이끄는대로 따라 감에
도의 길은 날이 갈수록 멀어지거늘
신실이 썩은 오물에 부패될 뿐
환신 역시 상하게 되거늘

*환신(幻身) : 형(形)을 지닌 육체(肉體)는 얼마 안 가서 죽고 없어져 아무것도 남지 않는다 해서 붙여진 육신의 다른 말. *사물로 인한 정욕(情慾)의 악습(惡習)이 마음이라는 그릇 속에 꽉 차여 정령 담아 두어야 할 진일지기(眞一之氣)는 포기한 것이 된다는 뜻임.

모든 거짓된 일을 깨뜨려

신실과 성명을 지키는 도는
심중을 허하게 하는 수련으로
내세움을 삼아야 하고

잡념을 떨쳐 사물에
쉽게 동요되는 기질성을 바꾸어
본성으로 돌아가게 하며
지난날 사욕에 의하여
누적된 나쁜 윤회종자를
내쫓아 내고

인간관계의 모든 은혜며
애정 따위에 얽매인 것과
거짓된 일을 깨뜨려 없애서
심계 내에 단 한 가지 사물도
머물러 있지 않게 하고
외부로부터 오는
유혹도 뿌리쳐야 하거늘

*윤회종자(輪廻種子) : 지난날 나쁜 버릇. *신실(神室)을 보호하여 성명(性命)을 온
전히 지키려면 오직 심중(心中)을 허(虛)하게 만드는 것을 주로 삼아야 한다. 잡념
(雜念)과 악습(惡習)과 은공(恩怨)과 애증(愛憎)관계 및 일체의 사물(事物)을 받아
들이지 않는 일.

유무가 내 마음 속에 없으면

모든 인연이 공으로 돌아가고
부와 귀와 명과 리의
사대 욕망을 놓아 버리며
눈이 없고 귀가 없고
코가 없고 혀가 없고
몸이 없으니

빛도 없고 소리도 없고
향기도 없고 맛도 없고
법도 없이 하여
육근과 육종을 없애니

번뇌와 두려움도 없고
좋고 싫어함도 없고
사랑하고 미워함도 없고
아첨하고 자랑함도 없고
교만과 간사함과 미치는 일도 없고
사물에 뜻을 두는 일이나
일을 꼭 해내야겠다는 마음도 없고

고집도 없고
자기라는 것도 없고
단 하나라도 사랑하거나
마음에 담아 두지 않고
작은 티끌만한 물질이라도
받아들이지 아니하면
몸과 마음의 속박이 없을 것이니

*육근(六根) : 여섯 가지 감각기관. 즉 안(眼), 이(耳), 비(鼻), 설(舌), 신(身), 의(意).

태허의 경지에

신실이 활짝 열리어
밝고 깨끗하여 터럭 한 낱도 없이
태허의 경지에 이르는 것으로
자연스레 선천지기가
허무한 곳으로부터 들어와
엉켜서 흩어지지 않으니

도를 닦는 사람에게
모든 인연된 일이 사라지면
공으로 돌아가 티끌도 묻지 말고
허하게 비어 있는 배를 채우려면
그 마음을 허하게 하여야 하고
그 공백을 생기게 하려면
그 마음을 비어야 하며
모든 것을 머물러 두지 않고
집착해서는 안 되거늘

*육진(六塵) : 6경(境)을 말한다. 6경은 6근을 통하여 몸속에 들어가서 우리들의 정심(靜心)을 더럽히고 진성(眞性)을 덮어 흐리게 하므로 진(塵)이라 함. *사물(邪物) : 사악한 물건. *모두 공(空)으로 돌아가게 하여 몸 밖에 있는 사물(事物)을 들이지 아니하고 내 마음의 정욕(情慾)에서 일어나는 온갖 것을 무(無)로하여 단 한 가지 미세한 것에 이르기까지 심계(心界) 내에 두지 않는 것이 참된 허(虛)가 된다는 뜻임.

*도(道)에 들어간 사람이 심계(心界)를 청정하게 비어 태허(太虛)의 경지에 이르도록 하면 선천지기가 맺어지게 되므로 구태여 수련하는 방법을 쓰지 않아도 자연히 도(道)와 일치한다. 일체의 인연을 끊어 공(空)으로 만들고 모든 사물을 심계에 머물게 하거나 집착하지 않으면 자연히 도(道)의 심오한 경지에 이르게 된다는 뜻임.

물고기 금빛비늘
– 영은 곧 신실의 주인이다

건물에 주인이 있으면
때때로 고치고 말아
오래 지탱할 수 있듯이
영은 곧 신실의 주인

허나 건물을 지키는 사람이 없다면
날이 가고 달이 가면서 그 건물은
낡기 시작해 한 곳이 허물어지거나
비가 새기도 하여 쉽게 부서질 것이니

도에 나가는 사람이
영명하지 못하면
수련법을 행할지라도
대도를 이룩하기 어렵거늘

티끌을 닦는 도는 영명하면
둥글게 통하여 거리낌없고
한 가지에만 집착하게 되고
공에만 집착하여 융통성이 없으면
고집이 되어 도를 통하지 못하리

*영(靈)의 한 가지 법은 곧 신실의 주인(主人)이며, 그 주인이 없으면 신실(神室)은 관리 수선하지 못하므로 오랜 세월이 지난 뒤에는 반드시 비가 새어 신실이 무너지게 될 것이다. 고집이란 자기를 알고 행하는 것이 옳다고 한번 인정될 때는 그 생각만 꼭 잡고 주장하여 설사 남이 올바름을 일깨워 주더라도 아랑곳하지 않는 것이다. 이를 두고 '고집불통(固執不通)' 이라 함.

화후법

통하지 못함은 하는 짓이 지나치거나
부족한 데가 있어 실패하기 쉬우며
비단 단도 뿐 아니라,
어느 일이든 막론하고 중정하지 못하고
너무 지나치거나 너무 모자라면
그 일은 실패하는 것이 당연하거늘

단도를 수련하는 사람은
지나치거나 부족해서
중정한 도를 잃으면
어찌 황홀하고 아득한 사이에서
선천지기인 약을 캐낼 것이며

단이 맺어진 뒤에 무위의 행공으로 들어가
자연으로 나가는 그 안에서
온화하게 단련해 나가는
화후법을 행할 수 있으리

*화후(火候) : 단을 단련해 나가는 일. *도(道)를 닦는데 있어 너무 지나치거나 모자라면 중정의 도(道)를 잃는다. 소위 '불통(不通)' 이다. 그러므로 행공함에 과부족이 없도록 중정의 도(道)를 지켜 나아가야만 한다는 뜻임.

대도는 아득하다

중정한 도를 잃어 불통이 되면
양[火]을 더해야 할 때에
양을 내지 못하고
음을 없애야 할 때에
음을 물리치지 못하며

나아가고 물러서는 일이 절차를 잃고
급히 하는 것이 옳으면 급히 해야 하고
느리게 하는 것이 옳으면
느리게 해야 하는 것이 당연하나
그렇지 못해 급히 하고
느리게 함의 도수를 잃으면
때를 잃는 것이니

음양도 괴이하게 어긋나서
음이 과하거나 부족하고
양이 과하거나 부족하여
화합을 못하고 따라서
성정도 합일하지 못하니
대도를 이루는 경지에 들기가
꿈결같이 아득하고 멀어지리

*단(丹)이 이미 맺은 뒤에 해당되는 말이다. 설사 선천지기(先天之氣)를 회복해서
단(丹)이 맺어졌더라도 그것으로 끝나는 것이 아니라, 화후(火候)의 공(功)으로 맺
은 단(丹)을 단련해서 대도(大丹)을 만들어야 한다. 그러므로 반드시 양(陽)을 내고
음(陰)을 물리며 급하고 느린 것이며 늙고 연한 것을 절도와 때를 맞추어야 대도를
이룩할 수 있음.

 362

화를 만나도 옥을 품어

먼저 발하여 사람을
제어하는 것을 일러 영
의물이 손을
따르지 못하는 것을 일러 영
선천지기를 거슬러 올라가
섭취하는 것을 일러 영
화를 만나도 옥을 품어
놓치지 않는 것을 일러 영
마음은 죽었어도 정신만
살아 있는 것을 일러 영

심계가 지극히 고요한 경지에 들어
사물을 세밀하고 바르게 관찰해서
몸을 수련하며
때를 기다리는 것이 영
천지조화 운행하는 감춰진 이치를
몰래 훔쳐내듯 깨달아 얻어
없는 것으로부터 있는 것을 찾아내어
잃지 않도록 지키는 것이 영

속이지 않는 정명한 마음이 영
응해야 될 때에 자유롭게 응하고
고요히 해야 할 때에
자유로이 고요할 수 있는 것이 영
범이 사람을 상하지 못하게 하고
용이 안개를 일으키지 못하게 함은 영이니

*의물(儀物) : 의례(儀禮) 또는 행사에 사용되는 물건. *손[賓] : 손님. *영(靈)이란
사물을 바르게 살피고 몸을 단련하여 때를 기다리며 조화(造化)를 알아내거나 무
(無)에서 유(有)를 찾아 지키며 기만하지 않고 항시 응하고 항시 정(靜)하며, 성(性)
과 정(情)이 난동하지 않고 본래의 천성(天性)을 지켜 나가는 것임.

느낌이 오고 드디어

도를 닦는 사람이
영의 일기를 제대로 갖춘다면
동해야 할 때에 자유로이 동하고
정해야 할 때에 자유로이 정하며
강을 쓰고자 하면 강을 쓰고
유를 쓰고자 하면 유를 쓰니

성과 신과 화와 정이 중정하여
성명을 수련하는 도를 이루어지고
신실이 주인이 있어 영구하도록
무너지지 않으므로 대도를 성취하거늘

사라지는 빛을 다시 비추이게 하고
대도도 두드려 보고 신실도 두드려 보며
그날그날 항시 자기의 마음을
어둡게 말아야 하고
잘못의 유무를 빈틈없이 살피면서
닿거든 한번 직접 부딪쳐 보고
스스로 깨달아 마치 텅 빈 골짜기에서
소리치면 메아리로 돌아오는 것 같고
쇠종을 쳐서 울리는 것 같고
맑은 거울에 비추어 곧 보이는 것 같아
고요하고 움직이지 않는
느낌이 오고 일순 통함이 있느니

*도(道)에 들어가서는 직접 부딪쳐 경험해 보면서 실증(實證)을 얻어내야 하는 것
이다. 어둡지 않은 영(靈)으로 항시 수련해 나가면 고요하고 움직이지 않고 느낌이
있어 마침내 통하는 경지(境地)에 이르게 된다는 뜻임.

양을 내고 음을 없애는

영을 운용하여 단도를 수련함에
화후니 약물의 무게이니 하는 절차도 없이
양을 내고 음을 없애는 공정이 없으므로
일단 선천지기를 회복하여
도로 맺히기만 하면
대단을 이루는 도이므로
도를 이룩하느냐 못하느냐는
영을 잘 쓰고 못쓰고에 달렸으니

진영을 어찌 쉽사리 알 수 있으며
그것을 어찌 쉽사리 행할 수 있으랴
쉽게 알지 못함은
마음을 두어 도를 구하지 않음이고
마음을 두지 않고 얻지 못함이니
마음을 두어 구하면
유에 집착함이 되어 불가하고
마음을 두지 않고 구하면
무에 집착되어 불가하거늘

*영(靈)으로 도(道)에 임함에 있어 마음을 두고 구해도 안 되고, 마음을 두지 않고 얻으려 해도 안 된다. 마음을 두면 공(空)을 서두르는 일에 집착되기 쉽고, 마음을 두지 않으면 사물(事物)을 무(無)로 돌아가게 하겠다는 생각에 집착되는 바, 이 모두 진영(塵纓)의 참뜻을 모르는 일임.

기미가 살고 정신이 둥글면

진영을 알아도 쉽게 행하지 못함은
억지로 행하는 것이 아니고
순리로 행하는 것도 아니니
억지로 행하면 진이 불진이 되고
순리로 행하면 영이 영스럽지 못하므로
유이니 무이니 하는 것에 구애받지 말고
역과 순을 그같이 쓰는데 있으니
기미가 살고 정신이 둥글면
영의 법을 알았음이니

오직 두려운 것은
사람들이 진을 알지 못하고
정도를 버리고 사도로 들어가서 기껏해야
형체만을 가지고 복식법 정도의 수련은
돌아가므로 한갓 무익할 뿐
되려 해가 될 우려가 없지 않거늘

*진영(塵纓)을 알아도 행하기가 어렵다. 도(道)를 수련해 나아갈 때, 억지로 해도 안 되고 순리(順理)로 해도 안 되기 때문이다. 다만 유무(有無)에, 아무 것에도 구애받지 말고 순역법(順逆法)을 병용하며 영(靈)을 행할 줄 알아야 한다. 단도(丹道)의 참된 이치(理致)를 모르는 사람들은 사도(邪道)에 빠지기 쉽고 유해무익(有害無益)한 일이 될 수도 있음.